달의 아이

Child of Moon

달의 아이 2

박이수 판타지 장편 소설

초판 1쇄 찍은 날 § 2002년 8월 20일
초판 1쇄 펴낸 날 § 2002년 8월 30일

지은이 § 박이수
펴낸이 § 서경석

편집장 § 문혜영
편집 § 장상수 · 박영주 · 김희정 · 권민정 · 이종민
마케팅 § 정필 · 강양원 · 김규진 · 안진원

펴낸곳 § 도서출판 청어람
등록번호 § 제1081-1-89호
등록일자 § 1999. 5. 31
어람번호 § 제1-0280호

주소 § 경기도 부천시 원미구 심곡1동 350-1 남성B/D 3F (우) 420-011
전화 § 032-656-4452 팩스 § 032-656-4453
http://www.chungeoram.com
E-mail § eoram99@chol.net

값 7,500원

ISBN 89-5505-457-2 (SET)
ISBN 89-5505-459-9 04810

박이수 판타지 장편 소설

달의 아이

Child of Moon

2

빛과 어둠의 궤적

도서출판

청어람

2권
빛과 어둠의 궤적

목   차

성 아우렐리아 축일이 하루 앞으로 다가오자 조용하고 차분하기만
하던 아시리움 성전도 조금씩 들썩이기 시작했다. 무엇이라고 꼬집어
말할 수는 없지만 여기저기에서 들뜬 분위기가 느껴졌다.

하지만 엄밀히 말하면 축일의 시작은 4일 후였다.

금욕적인 생활을 요구하는 성 아우렐리아 축일이 본격적으로 시작
되기 전 3일 동안 사람들은 마음의 준비를 하듯 마음껏 웃고 즐기는 시
간을 가진다. 때문에 성 아우렐리아 축일은 진정한 축일이 이어지는
30일과 그전의 3일이 합쳐져 33일간 지속된다. 축일 전의 3일은 희락
을 뜻하는 하렐로, 그 뒤 30일간은 깨달음을 뜻하는 바이람으로 구분
된다. 이러한 33일간의 축일은 마지막 날 밤을 새며 벌어지는 화려한
축제를 끝으로 막을 내린다.

성 아우렐리아 축일을 처음 경험하게 되는 엘은 은근히 가슴이 설레

었다. 그녀가 살던 딜람에서도 자그마한 행사가 벌어지곤 했으나 엘은 한 번도 참석해 본 적이 없었다. 그저 멀리서 울리는 어렴풋한 음악 소리나 사람들의 웃음소리를 들어본 게 고작이었다. 때문에 잔뜩 들떠 있는 리오처럼 겉으로 드러내지는 않았지만 엘 역시 하루 앞으로 다가온 축일에 대한 기대로 마음이 설레는 건 어쩔 수 없었다.

한 가지 엘의 마음을 괴롭히는 건 축일의 마지막 날 열리는 연회에서 트레비아를 연주해야 한다는 거였다. 그것도 법황 성하 앞에서 말이다. 연회를 머리에 떠올리기만 해도 엘은 뒷골이 쭈뼛 곤두서는 것 같았다. 실제로 그때마다 엘의 팔엔 싸늘한 소름이 돋곤 했다.

'그래도 아직은 시간이 있다'는 생각을 떠올리며 엘은 애써 스스로를 격려했다. 골치 아픈 걱정거린 모두 잊고 내일 하루를 마음껏 즐긴 후, 물건 찾기에만 전심전력을 기울인다면 연회 전에 일을 마무리 지을 수도 있을 것이다.

물론 운이 따라줘야 가능하겠지만.

이곳에 와 50일째로 접어든 지금 시점에서 아직 제대로 살펴본 건물이 하나도 없다는 사실이 떠오르자 엘의 입에선 깊고 깊은 한숨이 터져 나왔다.

엘은 이리저리 뒤지던 책 꾸러미들 사이에 털썩 주저앉아 높이 쌓여 있는 책 더미에 힘없이 머리를 기댔다.

전에 조금씩 해오던 것처럼 혼자 있는 틈을 이용해 책을 보관하는 창고를 수색했으나 먼지투성이가 됐을 뿐 그녀가 찾는 물건은 그림자도 보이지 않았다. 의기소침해지고 힘이 빠질 대로 빠져 거의 자포자기에 이른 엘은 눈을 지그시 감고 철추를 매단 듯 무겁게 느껴지는 팔을 바닥에 축 늘어뜨렸다.

계속해서 엉뚱한 곳만 찾고 있는 건 아닐까?

이런 식이라면 평생을 헤매도 물건을 손에 넣지 못할 거라는 생각이 들었다. 도무지 알 수 없는 물건의 행방만 떠올리면 엘은 숨 쉬기가 힘들 만큼 가슴이 답답해졌다.

그녀는 잠시 동안 한숨만 푹푹 내쉬다가 힘없이 고개를 숙인 채 무거운 몸을 일으켰다. 저녁 식사 전에 먼지투성이 몸을 씻으려면 더 이상 시간을 지체할 수 없었다.

엘이 창고의 문을 닫고 도서관을 반 정도 가로질렀을 때였다. 저만치 커다란 창문 앞에 서서 밖을 내다보고 있는 루드비히가 눈에 들어왔다. 지금껏 혼자 있다 생각하고 있던 엘은 순간적으로 몸을 멈칫했다.

지난번 루드비히에게서 낯설고 이상한 느낌을 받은 이후 그와 처음 대면하는 거였다.

엘은 잠시 망설이다 할 말이 있다는 생각에 그를 향해 다가갔다.

그녀의 발소리가 휑한 도서관에 규칙적으로 울려 퍼졌지만 루드비히는 돌아보지 않았다.

엘은 서너 걸음 떨어진 곳에 멈춰 서서 몇 번 헛기침을 했다.

"무슨 일이십니까?"

루드비히가 고개도 돌리지 않은 채 조용한 어조로 물었다.

"저… 궁금한 게 있어서……."

엘은 힘들게 말을 꺼냈다.

지금까지와는 달리 루드비히를 대하는 게 마냥 어색하고 거북했다.

"지난번 루드비히가 그런 말씀을 하셨죠. 하루도 도서관 일에 빠지면 안 된다고요. 빠지려면 허락을 받아야 된다고. 그래서 말입니다만⋯⋯."

"하렐에 대해 말씀하시는 겁니까?"

"예."

엘은 성급하게 대답했다.

"마음대로 하십시오."

무심한 어조의 말에 엘은 잠시 머뭇거리다 아무 말 없이 몸을 돌렸다.

사람들을 사귄 적이 거의 없는 엘로서는 이런 상황에서 어떻게 행동해야 하는지 감을 잡을 수 없었다. 그저 무엇인가를 잃어버린 것처럼 우울하고 허전한 마음이 들며 가슴이 답답할 뿐이었다.

엘은 무거운 한숨을 내쉬며 도서관을 나서려다 루드비히에게 문득 시선을 되돌렸다. 여전히 그는 좀 전과 마찬가지로 미동없이 서 있었다.

그녀는 이것저것 생각하지 않고 성큼성큼 루드비히를 향해 다시 다가갔다.

"제가 뭐 잘못한 거라도 있습니까?"

엘은 허리에 척 두 손을 올리고 따지는 말투로 강경하게 소리쳤다.

루드비히가 천천히 몸을 돌려 그녀를 바라봤다.

극도로 잔잔한 깊은 호수를 앞에 두고 있는 것처럼 그의 아름다운 얼굴에서 감정을 읽을 수는 없었다.

"왜 그런 생각을 하십니까?"

"당연하지 않습니까? 루드비히가 저에게 화를 내고 있으니까요!"

루드비히의 은회색 눈이 순간적으로 반짝였다.

그가 아무 말 없이 물끄러미 그녀를 바라보고만 있자 엘은 슬슬 약이 오르기 시작했다.

"뾰로통해서 잔뜩 인상을 쓰고 절 아예 외면하고 계셨지 않습니까? 이유도 말 안 해주고 팽 토라져서 있으면 누가 벌벌 떨기라도 할 것 같습니까? 아무리 좋게 봐주려고 해도 다 큰… 그러니까 책임감있어야 할 어른이 그렇게 어린아이 같은 유치한 행동을 하는 건 보기 흉할 뿐입니다!"

엘의 숨찬 질타가 끝나자 주위에 잠시 침묵이 감돌았다. 엘은 조금도 꿀릴 게 없다는 도전적인 얼굴로 루드비히를 노려봤다.

그녀의 시선과 마주친 은회색 눈동자에 희미한 반짝임이 스친 순간 루드비히가 천천히 입술을 열었다.

"제가 뾰로통해져서 인상을 쓰고 팽 토라져 있었다는 말씀입니까?"

자신이 들은 것을 믿을 수 없다는, 귀를 의심하는 듯한 말투였다.

"정확히 맞습니다."

엘은 냉큼 대답했다.

그녀는 반박하려면 한번 해보라는 얼굴로 루드비히를 똑바로 응시했다. 루드비히는 한동안 도저히 이해가 불가능한 묘한 표정을 짓고 있었다.

이윽고 조각한 듯한 그의 입술이 천천히 움직이는가 싶더니 미소가 번지기 시작했다.

어찌 생각하면 모욕일 수도 있는 말에 미소를 짓는 그를 보며 엘은 잠시 어리둥절해졌다.

루드비히는 이제 고개를 절레절레 흔들며 쿡쿡 웃고 있었다. 그러자 전염이라도 된 듯, 짐짓 얼굴을 찌푸리고 그를 노려보고 있던 엘에게서도 피식피식 웃음이 새어 나왔다.

둘의 시선이 마주친 순간 엘과 루드비히는 동시에 큰 소리로 웃음을 터뜨렸다. 웃음이 가득한 은회색 눈동자가 투명하게 반짝였다.

한동안 두 사람 사이에 흐르던 웃음소리가 서서히 잦아들었다.

입가에 희미한 웃음기가 남아 있는 루드비히가 가까이 오라는 듯 엘을 향해 한쪽 손을 내밀었다. 그녀는 스스럼없이 루드비히를 향해 다가갔다.

루드비히가 엘을 위해 조금 자리를 비켜주자 두 사람은 창가에 나란히 자리 잡게 되었다.

하늘 가장자리를 불그스름한 보랏빛으로 뒤덮어 버리고 땅 위로 긴 그림자를 늘어뜨린 태양이 지평선 너머로 기울고 있었다.

엘은 눈앞에 펼쳐진 아름답고 숭엄하기까지 한 광경에 정신을 빼앗겼다.

두 사람은 연보랏빛으로 변한 하늘이 초저녁 별들을 마법처럼 하나둘 드러낼 때까지 말없이 서 있었다.

엘은 뺨에 느껴지는 루드비히의 시선에 고개를 돌렸다. 눈이 마주친 순간 엘은 그에게 편안한 미소를 지어 보였다. 그러자 루드비히 역시 그녀를 향해 부드러운 미소를 되돌렸다. 아름답고 특별한 시간을 공유했다는 마음 때문인지 엘은 루드비히가 새삼스레 가깝게 느껴졌다.

"이번 하렐에 무엇을 할 생각이십니까?"

루드비히가 은근히 호기심을 드러내며 물었다.

엘은 갑작스런 질문에 머리를 갸웃하며 입을 열었다.

"글쎄요… 아직은 잘 모르겠는데요. 일단 리반하고 리오와 같이 나가긴 할 것 같은데… 리오가 여러 가지 의견을 내놓긴 했지만 딱히 정한 건 없거든요. 아, 그러고 보니 루드비히는 아직 한 번도 리오를 만난 적이 없겠군요. 언제 한번 꼭 두 사람을 서로 소개시키겠습니다. 되도록 가까운 시일이 좋겠군요. 제 친구라서 하는 말이 아니라 리오는 정말 좋은 녀석입니다. 장담하지만 아마 루드비히도 그를 좋아하게 될 거예요."

리오를 생각하며 엘은 환하게 미소 지었다.

루드비히의 은회색 눈동자가 일순 서늘하게 빛났지만 엘은 눈치 채지 못했다.

"정말 재미있는 친구예요. 좀 단순하고, 장난기 많고, 또 엉뚱한 면도 있습니다만, 그게 오히려 리오의 장점이라는 생각이 들어요. 하하하! 모르긴 몰라도 리오는 밖에 나가면 예쁜 아가씨부터 찾을 겁니다. 그 다음엔 술집에 들어가려 할 거고요. 순서가 바뀔 수도 있겠지만요. 어쩌면 두 가지를 한꺼번에 해결하려고 할지도 모르겠습니다. 그러고 보니 어제 그 녀석이 한 말이 생각나는군요. 글쎄 저보고……."

"저 먼저 실례하겠습니다."

신이 나서 정신없이 떠드는 엘의 말을 루드비히가 조용한 어조로 끊었다.

"아, 예, 그러십시오. 바쁘실 텐데……."

엘이 얼떨결에 대답했을 때 이미 루드비히는 성큼성큼 문을 향해 걸음을 옮기고 있었다.

"루드비히도 즐거운 시간 보내십시오!"

그가 막 문을 나서려 할 때 엘이 소리쳤다.

걸음을 멈춘 루드비히는 잠시 그녀를 바라보다 아무 말 없이 몸을 돌렸다.

"저 때문에 괜한 고생을 하시는군요."

아르벨라가 수줍은 듯 아랫입술을 살짝 깨물며 엘이 내민 꾸러미를 받아 들었다.

"이번이 겨우 세 번째인데요. 또 고생이라 할 것도 없습니다."

엘은 아르벨라를 향해 불편해할 필요 없다는 뜻을 담아 씩 웃음을 지었다. 아르벨라가 답례하듯 입꼬리를 올려 미소 짓자 그녀의 하얀 치아가 어둠 속에서 반짝였다.

사실 엘의 말처럼 아르벨라에게 음식을 가져다 주는 일쯤은 아무것도 아니었다. 넘쳐 나는 음식 중에 이동과 보관이 간편한 걸 골라두었다가 수색하러 나가는 길에 건네주면 됐으니까 말이다.

"내일은 좀 양을 넉넉히 가져다 드리겠습니다. 모레 하루는 성전을 떠나 있게 될 것 같으니까요."

"그러실 필요 없습니다."

조용히 말하는 아르벨라의 어조엔 희미한 아쉬움이 어려 있었다.

"아르벨라도 이번 하렐에 밖으로 나가실 계획이군요?"

"아니오, 그게 아니라……."

"알겠습니다."

더 이상 듣지 않아도 자일스가 자신의 힘을 충분히 과시했다는 판단을 내렸음을 알 수 있었다.

엘은 아르벨라에게 할 말이 남은 것 같은 느낌에 잠시 머뭇거리다가 입을 열었다.

"전 이만 가보겠습니다."

"알렉스."

그녀를 부르는 아르벨라의 나지막한 속삭임에 엘은 반쯤 돌렸던 몸을 바로잡았다.

왜 그러냐는 표정을 짓고 있는 그녀에게 아르벨라가 망설이는 기색을 보이며 입술을 움직였다.

"부디 조심하세요. 자일스 오라버니께서 어제오늘 연이어 왕자님들을 불러들이신 것 같습니다. 별일 아닐 수도 있지만… 자꾸 불안한 마음이 들어서……."

"아르벨라 말처럼 별일 아닐 겁니다. 아마 모여서 하렐을 어떻게 즐길지 계획이라도 세웠겠지요."

엘은 걱정이 가득한 아르벨라의 얼굴을 보며 일부러 아무렇지 않다는 듯 자신만만하게 말했다.

"제가 괜한 말씀을 드려 알렉스의 기분을 상하게 해드린 것 같네요. 즐거워야 할 하렐을 저 때문에 망치시는 건 아닌지……."

"전혀 그렇지 않습니다. 제 걱정은 깨끗이 잊어버리시고 골치 아픈 바이람이 시작되기 전에 하렐을 마음껏 즐길 생각이나 하십시오."

엘은 가벼운 어조로 말하며 빙그레 미소를 지어 보였다. 하지만 창틀에 서서 밧줄을 움켜쥐는 그녀의 얼굴은 슬쩍 찌푸려져 있었다.

아치 형 입구를 나서는 순간 정면에서 세찬 먼지바람이 확 달려들었다. 엘은 팔로 얼굴을 가리며 재빨리 고개를 옆으로 돌렸다.

"알렉스, 뭐 해? 빨리 가자!"

계단을 달려 내려가며 리오가 크게 소리쳤다.

그는 먼지바람을 맞아도 마냥 즐겁다는 얼굴이었다.

"야, 리반! 이 굼벵이 같으니! 좀 서두르란 말이야!"

엘과 리반은 서로 마주 보고 피식 웃음을 지은 후 서둘러 계단을 내려갔다. 그리고 리오를 따라 금빛 깃털과 금박이 새겨진 화려한 마구로 멋을 낸 네 마리의 말이 매달려 있는 마차에 올랐다. 우아한 곡선미를 자랑하는 은백색의 마차엔 아시리움 종단을 상징하는 불꽃과 태양 문양이 교묘하게 결합되어 위아래 대각선 방향으로 새겨져 있었다.

"이 마차만 타고 있으면 무서울 게 없겠는데!"

리오의 말에 엘은 고개를 끄덕였다.

시선을 확 잡아끄는 붉은색의 강렬한 문양을 알아보지 못하는 사람은 거의 없을 뿐더러, 그들 중 누구도 감히 마차에 접근할 마음을 먹지 못한다는 건 지난번 마차 여행을 통해 그녀도 잘 알고 있었다.

엘은 나란히 자리 잡은 쌍둥이 형제 맞은편의 탄력있는 가죽 의자에 앉아 마차 안을 둘러보았다. 아시리움에 도착할 때 타고 온 것보다 면적이 조금 넓은 거 빼고는 구분하기 힘들 만큼 똑같은 구조를 갖고 있는 마차였다.

아시리움 성전 측은 말을 원하는 사람에겐 말을, 마차를 원하는 사람에겐 마차를 제공했다.

아직 말을 다루는 데 자신이 없는 엘은 마차가 낫겠다는 그녀의 의견을 쾌히 받아준 리오와 리반이 고마울 뿐이었다.

하지만 리반은 몰라도 리오는 답답한 마차를 선택할 사람이 아니라는 걸 엘은 미처 깨닫지 못했다.

마차가 막 출발하는 순간 리오가 은근한 표정을 지으며 상체를 앞으로 숙였다.

"드디어 본격적으로 계획에 착수할 때가 왔군. 두 사람 다 잘 들어. 성전을 벗어나자마자 가장 먼저 할 건 거추장스러운 기사들을 떼버리는 일이야."

그럴 줄 알았다는 듯 리반이 미간을 찡그리며 낮게 혀를 찼다.

"왜 기사들을 떼버려야 한다는 거야? 우리 안전을 위해 성전 측에서 일부러 붙여준 사람들인데."

"리반 말이 맞는 것 같아. 기사들도 자신들에게 맡겨진 임무에 충실할 뿐이잖아."

"그럼 재미없게 저들과 함께 다니자고? 모처럼의 소중한 자유 시간을? 게다가 한두 명도 아니고 근엄한 척 인상을 구기고 있는 일곱 명의 칙칙한 남자들과? 쳇! 그럴 바에야 차라리 성전 안에 남아 있는 게 낫겠다!"

시큰둥한 엘과 리반의 반응이 불만스러운지 리오가 못마땅한 얼굴로 소리를 높였다.

"대체 어떻게 하자는 거야?"

리오의 희망대로 그들끼리만 다니는 것도 괜찮겠다 싶은 마음에 엘은 씩 웃으며 질문을 던졌다.

금세 얼굴이 밝아진 리오가 신이 나서 소리쳤다.

"염려하지 마! 내가 이미 치밀한 작전을 완벽하게 세워놓았으니까! 그럼 잘 들어봐. 우린 아마 점심때쯤 시내에 도착하게 될 거야. 그럼 자연스럽게 식당부터 찾게 되겠지. 근데 중요한 건 우리는 마차에서 내려 식당 안으로 곧바로 들어가면 되지만 기사들은 먼저 말부터 처리해야 한다는 거야. 그들이 밖에서 시간을 끄는 동안 우린 뒷문으로 살짝 빠져나오면 되는 거지. 어때? 꽤 훌륭한 생각이지?"

희희낙락하는 리오의 얼굴엔 흡족한 미소가 가득했다.

"뒷문이 없으면 어떻게 되는 거야?"

그를 빤히 쳐다보던 리반이 한숨을 내쉬며 결정적인 질문을 던졌다.

"그, 그거야… 그러니까……."

머리를 쥐어짜 내는 듯 잔뜩 인상을 찌푸리고 말을 길게 늘이던 리오가 끝내 힘없이 입술을 다물었다.

리오의 계획대로 되려면 치밀한 작전보다는 요행이 필요하리라.

떨떠름한 얼굴을 하고 있는 리오를 바라보다 엘은 피식 웃으며 창밖으로 시선을 돌렸다.

마차는 막 육중한 철문을 통과하는 중이었다.

철문을 벗어나자 마치 그녀가 성전에 잡혀 있던 죄수라도 되는 듯이 시원한 해방감이 밀려들었다. 시원한 바람을 한껏 들이마시는 엘의 얼굴에 저절로 미소가 피어올랐다.

"나만 믿어. 모든 게 잘 풀릴 테니까. 그런 예감이 들어."

히죽 웃으며 작게 소곤대던 리오가 식당 입구와 연결된 낮은 계단을 씩씩하게 올라갔다. 엘과 리반은 어쩔 수 없다는, 조금은 자포자기한 시선을 교환한 후 나란히 걸음을 옮겼다.

기사들이 권하는 꽤 괜찮아 보이는 식당들을 고집스럽게 거절하던 리오가 마침내 선택한 건, 골목 어귀에 위치한 판자를 잇대서 조잡스럽게 만든 그리 깨끗해 보이지 않는 식당이었다.

마차에서 내리기 직전 리오가 엘의 귀에 대고 속삭인 말에 따르면, 이런 곳에 있는 식당의 말 보관소는 으레 좀 떨어진 곳에 위치한다는 거였다.

과연 그 말이 맞을지 반신반의하며 엘은 식당으로 들어섰다.

주인을 붙잡고 몇 마디 나누던 리오가 환하게 웃으며 엘과 리반을 향해 손을 흔들었다.

이로 금화를 깨물어보며 입을 헤벌쭉 벌리고 있는 식당 주인을 보건 대 양쪽이 만족할 만한 결과가 나온 것이 분명했다.

"빨리 와, 빨리! 이쪽이야!"

다급한 외침을 따라 리반과 엘은 재빨리 몸을 움직였다.

그런데 리오가 미처 생각지 못한 것이 있었다. 그건 세 명의 왕자들만 남겨두고 모조리 말을 맡기러 가는 기사들은 그리 흔하지 않다는 거였다.

그들보다 한발 늦게 식당 안으로 들어온 기사들은 세 사람이 뒤쪽으로 뛰어가는 걸 발견하자마자 소리를 지르며 결사적으로 따라오기 시작했다.

뒷문은 퀴퀴한 냄새가 나는 지저분한 부엌을 지나 잡동사니를 쌓아둔 작은 창고 한쪽으로 나 있었다.

여기저기 놓여 있는 크고 작은 꾸러미들과 그릇들, 갖가지 식료품들과 정체를 알 수 없는 액체가 담겨 있는 단지들을 피해 재빨리 움직이는 건 꽤 골치 아픈 일이었다. 물론 엘은 이리저리 펄쩍펄쩍 뛰는 일이 은근히 재미있었지만 말이다.

그들은 뒷문을 나와 집과 상점들이 조밀하게 얽혀 있는 협소한 골목을 전속력으로 달렸다.

리오가 비키라고 버럭 고함을 지르자 골목을 오가던 사람들이 화들짝 놀라 서둘러 길을 내주었다.

엘은 옆 골목에서 갑자기 불쑥 튀어나오는 손수레를 훌쩍 뛰어넘었다. 숨이 찬 와중에서도 저절로 웃음이 터져 나왔다. 바람에 머리카락을 날리며 맹렬히 달리고 있으려니 왠지 모를 해방감이 느껴졌다.

"리반!"

엘의 앞에서 달리던 리오가 뒤를 돌아다보며 크게 소리쳤다.

엘은 반사적으로 속도를 줄이며 고개를 돌렸다. 저만치에서 비틀거리며 달려오는 리반이 보였다. 힘겹게 숨을 몰아쉬던 리반은 점점 걸음을 늦추더니 급기야 옆구리를 부여잡은 채 멈춰 서버렸다.

"그렇고 있으면 어떡해? 빨리 와!"

리오가 다급히 소리쳤다.

얼마 떨어지지 않은 골목 모퉁이에서 기사들의 모습이 나타났다. 하지만 리반은 이제 뛰기는커녕 제대로 걷지도 못할 것처럼 보였다.

"난… 이제… 못 가……."

숨을 헐떡이며 그가 힘겹게 말을 이었다.

"너희들… 끼리… 가……."

리오와 엘은 순간적으로 시선을 교환했다.

두 명의 기사가 리반을 부축하는 모습이 보였다. 다른 기사들은 엘과 리오 쪽으로 다가오기 시작했다. 리반처럼 두 사람도 이미 포기 상태라 판단했는지 그들은 거친 숨을 몰아쉬며 어슬렁어슬렁 걸어오고 있었다.

"가자, 알렉스!"

리오의 말이 떨어졌을 때 이미 엘은 달리고 있었다.

소리를 지르며 황급히 그들을 따라오려고 하던 기사들이 무언가를 밟고 비틀거리는 맨 앞 사람을 시작으로 모두 넘어지는 모습이 보였다.

엘과 리오는 소리 내어 웃으며 속도를 높였다.

"리반은 괜찮을까?"

꼭 그를 배신한 채 버리고 온 것 같아 엘은 은근히 마음이 불편했다.

"뭐야? 그런 걸 걱정하고 있었던 거야? 그 느림보 녀석은 돌아가서 편하게 책을 볼 수 있게 됐다고 더 좋아하고 있을걸. 이번에도 안 오려고 버둥거리는 리반을 끌고 나오느라 내가 얼마나 힘들었는데. 그러니 신경 쓸 필요 없어."

입 안에 있던 음식물을 꿀꺽 삼키고 나서 리오가 심드렁하게 대답했다.

"그럼 다행이고."

엘은 물잔을 들어 올리며 주위를 둘러봤다.

그들은 작은 식당 한구석에 앉아 있었다. 겉모습은 도무지 들어가고 싶은 마음이 생기지 않을 만큼 지저분하고 초라해 보였지만, 안은 의외로 깔끔하게 정돈되어 있는 식당이었다.

음식 맛도 그럭저럭 입에 맞아 한바탕 땀을 뺀 후 의자에 느긋하게 기대앉아 휴식을 취하기에 안성맞춤인 곳이었다.

내가 이런 음식을 평범한 것으로 생각하게 되었다니…….

눈앞의 음식들은 예전 같으면 엘이 한번 입에 대보지도 못할 것들이었다. 그런데 자신도 모르는 사이 그녀는 풍족하고 화려한 생활에 익숙해져 있었던 것이다.

배가 고플 땐 나무뿌리를 캐내 껍질을 벗겨 먹었던 내가 이렇게 바뀌다니…….

지금 내 앞에 할머니가 끓여주시던 풀뿌리 죽이 있으면 난 그걸 먹을 수 있을까? 혹시 구역질을 하진 않을까?

점점 그녀 자신을 잃어가고 있는지도 모른다는 생각이 들자 엘의 입술에 쓸쓸한 미소가 그려졌다.

"왜 그래, 알렉스?"

리오가 의아하다는 눈으로 엘을 바라보고 있었다.

지금 리오는 누굴 보고 있을까? 그의 눈엔 고급 옷을 입고 있는 알렉스란 왕자가 비치고 있겠지? 덕지덕지 기운 누더기를 걸친 천민 엘이 아니라.

엘은 자꾸만 이어지는 쓸모없는 상념을 떨쳐 버리려 고개를 세차게 흔들었다.

"너 좀 이상하다?"

"이상하긴 뭐가 이상해?"

엘은 눈을 둥그렇게 뜨고 그녀를 살피고 있는 리오를 향해 피식 웃었다.

"앞으로의 계획이나 세우자. 식사도 거의 끝나가고 있으니까."

엘이 재빨리 화제를 바꾸자 리오의 얼굴에 금세 활기가 찾아왔다.

"골치 아프게 계획은 무슨 계획! 계획 같은 건 집어치우고 적당한 여관이나 하나 잡아놓은 다음 여기저기 다니며 느긋하게 구경이나 하자고. 어, 그러고 보니 잊어버릴 뻔했네. 가장 먼저 할 일은 사람들 틈에 자연스럽게 섞여 들어갈 수 있는 평범한 옷으로 갈아입는 거야. 그래야 제대로 하렐을 즐길 수 있지. 내가 생각해도 난 머리 하나는 정말 좋은 것 같다니까!"

말을 마친 리오가 소리 내어 웃음을 터뜨렸다.

엘도 그를 향해 환한 미소를 지었다.

친구라는 건 이렇게 편하고 기분 좋은 존재로구나. 리오, 넌 나에게 생긴 첫 번째 친구가 바로 너라는 걸 모르고 있겠지?

물건을 찾는 순간 리오와도 영영 못 만나게 되리라는 생각이 머리를 스쳐 갔다.

그녀의 얼굴에서 서서히 웃음이 잦아들었다.

이러지 말자. 어차피 일어날 수밖에 없는 일을 붙잡고 우울해하며 소중한 시간을 낭비하지 말자. 그냥 내게 찾아온 친구라는 귀한 행운을 고맙게 받아들이자. 비록 그 끝이 보인다고 해도.

엘은 벌떡 일어나며 활기있게 소리쳤다.

"뭐 해, 리오! 어서 일어나! 아까운 시간이 흘러가고 있다고!"

"이것 좀 봐, 알렉스. 이게 대체 뭐 같으니?"

나무 막대에 척척 걸쳐져 있는 기다란 끈을 유심히 살피는 보라색 눈이 쉴 새 없이 반짝였다.

리오는 흐뭇한 미소를 지으며 알렉스를 바라봤다.

왠지 모르게 우울해하던 그가 시장을 구경하는 사이 놀랄 정도로 활기를 되찾았다. 그러자 덩달아 리오 역시 기분이 좋아졌다.

리오는 자신이 왜 이렇게 알렉스에게 신경을 쓰는지, 왜 그의 기분에 따라 자신도 흐렸다 개였다 하는지 깊이 생각해 보지 않았다.

그는 그저 알렉스가 좋았고 그와 함께하는 모든 시간이 즐거웠다.

그러나 지난번 온실에서 알렉스의 잠든 모습을 본 이후 리오는 심각한 고민에 빠져 있었다. 알렉스의 비단 같은 검푸른 머리카락이 바람에 날릴 때나 그가 자신을 향해 보라색 눈동자를 반짝이며 환하게 웃을 때는 가끔 가슴이 덜컥 내려앉는 것 같은 느낌이 들곤 했다. 지금처럼 햇빛이 알렉스의 얼굴을 비칠 때면 너무나 부드러워 보이는 볼을 만져 보고 싶다는 생각에 손가락이 가늘게 경련을 일으켰다.

젠장! 정신 차려, 멍청아!

리오는 붉은 머리카락을 거칠게 쓸어 올리며 알렉스에게서 시선을 뗐다.

알렉스는 남자야! 남자라고! 여자가 아니란 말이야!

남자를 보며 이런 이상한 감정이 생긴 적은 지금껏 한 번도 없었다. 알렉스를 만나기 전에는 꿈에서조차 상상하지 못할 일이었다.

내가 서서히 미쳐 가고 있는 걸까? 아니, 이미 미쳐 버린 걸까? 그래, 그럴지도 몰라. 제정신으로 그런 생각을 할 수는 없을 테니까.

"리오, 이게 뭔지 알았어! 리오! 리오!"

"어, 어어!"

리오는 알렉스의 목소리에 정신을 차리며 그에게 고개를 돌렸다.

"무슨 생각을 하는데 몇 번을 불러도 못 들어?"

"어, 그냥… 별거 아니야."

리오는 쑥스러운 마음에 목덜미를 긁적였다.

"이게 뭔지 알았다니까. 알고 보니 뱀 가죽이었어. 대단하지? 이 긴 가죽을 봐. 어른 키의 열 배도 넘을 것 같아. 정말 어마어마하게 큰 뱀이었을 거야. 이름이 뭐라더라?"

머리를 갸웃거리던 알렉스가 다른 사람과 흥정을 벌이고 있는 주인을 향해 목소리를 높였다.

"뱀 이름이 뭐라고 했습니까?"

"예? 아, 그거요! 칸타라는 놈입니다. 말이 뱀이지 실은 괴물 같은 놈입니다. 어찌나 힘이 센지 큰 건 웬만한 집도 무너뜨릴 수 있는 놈이죠. 거기 그 유난히 황금빛이 진한 놈은 사람을 열한 명이나 잡아먹었다고 하더군요."

신이 나서 소리치던 주인이 소매를 건드리는 손님에게 주의를 돌렸다.

"우와! 대단하군! 사람까지 잡아먹는 뱀이라니!"

리오는 알렉스의 감탄사를 건성으로 듣고 있었다. 가슴이 답답하고 혼란스러워서 제대로 귀를 기울일 수 없었다.

"리오, 대체 왜 그래? 너, 정말 이상하다! 좀 전에 먹은 음식이 상하기라도 한 거야?"

고개를 갸웃거리던 알렉스가 리오의 어깨 너머로 시선을 옮기더니 피식 웃으며 그에게 은근한 표정을 지어 보였다.

"이제 알았다. 너, 저기 저 아가씨들한테 어떻게 접근할까 궁리하고 있었지? 하여튼 알아줘야 한다니까."

알렉스의 시선을 따라가 보니 그들을 흘끗대며 소곤거리고 있는 젊은 여자 세 명이 눈에 들어왔다. 키득거리며 고개를 돌리는 여자들을 바라보며 리오는 얼굴을 찌푸렸다.

"꽤 예쁜데? 나이는 너보다 한참 위일 것 같지만, 뭐 어때? 천하의 바람둥이 리오님에게 그게 대수겠어?"

알렉스가 리오를 살살 놀리며 낄낄거리기 시작했다.

"그런 거 아니야!"

"하하하! 얼굴까지 빨개졌네! 왜 안 어울리게 부끄러워하고 그래? 내가 도와줄까? 응? 어느 쪽이 마음에 들어?"

"이런 젠장!"

버럭 욕설을 내뱉은 리오가 씩씩대며 빠르게 걸음을 옮겼다.

꽤 놀란 듯 눈을 동그랗게 뜨고 있던 알렉스에게 뒤따라오는 발소리가 들렸다.

리오는 무거운 한숨을 내쉬며 걸음을 늦췄다.

단순한 녀석!

어느새 풀어져 헤헤거리고 있는 리오를 보니 엘은 자꾸 웃음이 나오려 했다. 인상을 쓰고 괜히 심술을 부리는 그를 남겨두고 그냥 혼자 가버릴까 하다 마음을 고치길 잘했다는 생각이 들었다. 엘이 몇 마디 아부성 짙은 말로 부추기자 리오는 거짓말같이 기분을 풀었다.

리오와 함께 있으면 지루할 틈이 없다는 생각을 하며 엘은 피식 웃음을 지었다.

"시작한다!"

리오의 말에 엘은 시선을 앞으로 돌렸다.

갖가지 화려한 끈과 천으로 장식된 자그마한 마차가 멈춰 서더니 문이 열리며 함박 웃는 젊은 남녀가 모습을 보였다. 그러자 혼인식 하객들은 나무 방울을 흔드는 걸로, 구경꾼들은 환호성으로 그들을 맞아주었다.

방울은 혼인을 하는 양측 집안에서 만들어 하객들에게 나눠 주는 것으로 신랑과 신부의 행복을 기원하는 일종의 상징물이었다.

귀족이나 재력이 있는 사람들은 금으로 만든 방울을 사용했으나 평범한 사람들은 재료에 딱히 구애받지 않고 주위에서 구할 수 있는 걸 이용해서 만들었다.

"저쪽에서도 혼인식이 열리는 것 같은데? 잘 들어봐, 방울 소리 들리지? 리반이 하렐 기간에는 혼인식이 많이 열린다고 하던데, 그 말이 사실인가 봐. 듣기로는 하렐에 내려지는 축복을 받기 위해서 그런 거라는데. 하긴 바이람 기간엔 하고 싶어도 못할 테니 자연히 하렐에 몰리는 거겠지."

엘은 리오의 말에 건성으로 고개를 끄덕였다. 그녀의 온 신경은 생전 처음 보는 이국적인 혼인식에 쏠려 있었다.

신랑과 신부가 마주 보고 서서 두 손을 맞대더니 그 자세 그대로 천천히 붉은 천이 깔린 바닥에 무릎을 꿇었다. 그러자 양쪽의 부모들이 앞으로 나와 여러 개의 색실을 꼬아 만든 긴 줄로 두 사람의 손목을 연결해 묶었다.

"왜 저러는 거지?"

"난들 아나?"

리오가 이맛살을 찌푸리며 시큰둥하게 대답했다.

좀이 쑤셔 못 견딜 지경인 리오의 상태가 눈에 빤히 보였지만 엘은 모르는 척 아무 대꾸도 하지 않았다.

신랑 신부가 이마를 마주 대고 무슨 말인가를 중얼거리며 손목을 묶고 있던 색실을 풀어 서로의 목에 걸어주었다. 그러자 다시 주위에 방울 소리와 환호성이 가득 차더니 곧 이어 악사들의 연주가 그 위에 어우러졌다. 밝고 경쾌한 음악 소리에 사람들이 즐거운 웃음을 터뜨리며 하나둘 춤을 추기 시작했다.

"알렉스, 우리도 춤이나 추자!"

리오가 푸른 눈을 반짝이며 크게 소리쳤다.

하객들과 구경꾼들이 와자지껄하게 한데 어울려 즐기는 모습에 덩달아 신이 난 모양이었다.

"알렉스, 뭐 해?"

일어서서 답답하다는 눈으로 그녀를 내려다보는 리오를 향해 엘은 얼른 입을 열었다.

"리오, 목마르지 않아?"

"마르긴 하지만 그건 먼저 춤을……."

"리오, 우리 술집에 가보자!"

리오의 말을 끊으며 엘은 냉큼 소리쳤다. 그리고 그가 반대할 시간을 주지 않기 위해 서둘러 잰걸음을 옮겼다. 자신의 어색한 춤 실력을 절대 리오에게 보이고 싶지 않은 엘로서는 우선 이곳에서 멀어지는 일이 급선무였다.

얼마간 걷다 속도를 줄이며 슬그머니 동정을 살펴보니 리오가 투덜거리면서도 그녀의 뒤를 따라오고 있다는 걸 알 수 있었다. 엘은 슬쩍 안도의 한숨을 내쉬며 가까이 다가온 리오에게 미안한 마음을 담아 씩 웃음을 건넸다.

"저기가 가장 괜찮아 보인다! 네가 보기엔 어때?"

리오의 손가락 끝이 가리키고 있는 곳은 다름 아닌 '지혜의 샘'이란 거창한 이름을 가진 술집이었다.

"그래, 괜찮은 것 같긴 해. 하지만 아직 초저녁인데 술을 마시기는 좀……."

계면쩍은 얼굴을 하고 괜스레 머리를 쓸어 넘기는 엘을 보며 리오가 얼굴을 찌푸렸다. 그리고 어이가 없다는 어조로 소리쳤다.

"나참, 술집에 가자고 한 게 누군데 그런 말을 해? 그리고 지금부터 시작해야 느긋하게 많이 마실 수 있지. 어떻게 할 거야? 들어가는 거지?"

그래, 누가 널 말리겠니?

"그래, 그러지 뭐."

엘은 속으로 투덜거리며 체념 어린 목소리로 말했다.

지금까지 술집은 겉모습만 몇 번 본 적이 있을 뿐이었다. 더군다나 그 몇 번조차 엘은 제대로 보지 않고 도망치듯이 걸음을 빨리해 지나치곤 했다.

딜람에 하나밖에 없는 술집은 지금 보고 있는 곳처럼 깨끗하지 않았다. 다 떨어져 나간 간판이 쉴 새 없이 삐걱거리는 먼지투성이 술집 주위엔 몸을 비척대는 지저분한 남자들이 하루 종일 어슬렁거렸다. 간혹 엘이 그들 눈에 띄게 되면 남자들은 그녀를 향해 끔찍한 욕과 음담패설을 소리치며 낄낄거렸다. 심지어는 엘을 잡으려고 비틀거리며 다가오는 남자들도 있었다. 그때마다 엘은 기겁을 해서 전속력으로 도망치곤 했다.

때문에 그녀에게 술집은 더럽고 불쾌한 느낌으로 가득 찬 곳이었다. 하지만 엘은 리오와 함께 있다면 혐오감을 누르고 용기있게 술집 문을 열 수 있으리란 생각을 하며 그의 뒤를 따라 술집 안으로 들어섰다.

이십여 개의 탁자가 놓여 있는 꽤 넓은 술집 안은 식당과 그리 달라 보이지 않았다. 식당과 비교해서 조금 사람이 많고 더 와자지껄할 뿐이었다.

고개를 누리번거리던 리오가 사람들 틈에서 빈자리를 발견하고 엘에게 눈짓을 했다. 두 사람은 구석진 곳에 놓여 있는 작은 탁자에 자리를 잡았다.

엘은 호기심 어린 눈으로 주위를 둘러보았다. 남녀를 불문하고 하나같이 벌겋게 달아오른 얼굴로 소리 내어 웃고 떠들며 술을 마시고 있었다. 심지어는 술잔을 들고 있는 열 살 남짓한 아이들도 여기저기서 눈에 띄었다. 한 아이가 몸을 비틀거리다 바닥에 엉덩방아를 찧자 사람들이 박장대소를 터뜨렸다.

엘은 슬쩍 얼굴을 찌푸리며 고개를 앞으로 돌렸다. 마침 주문을 끝낸 리오가 그녀를 향해 씩 웃음을 지었다.

"뭘 시킨 거야?"

"술."

리오가 당연하지 않느냐는 표정을 지으며 짤막하게 답했다.

"그걸 누가 몰라. 그 술이란 게 대체 무슨 술이냐고?"

"나참, 말해 주면 네가 알아? 보아하니 술집도 처음 와보는 것 같은데 말이야. 그런 건 이 형님이 알아서 할 테니 넌 느긋하게 즐기기나 하라고."

뻐기는 듯한 말에 엘은 피식 웃으며 입을 열었다.

"형님은 무슨 형님. 나이도 동갑이면서."

"뭐? 너, 무슨 말을 하는 거야? 나이가 동갑이라니? 알렉스, 넌 이제 열일곱이잖아. 난 너보다 무려 한 살이나 많단 말이야."

"어, 어… 그렇지! 내가 잠깐 착각했나 봐."

순간 정신이 번쩍 든 엘은 재빨리 얼버무리며 리오의 눈치를 살폈다. 다행히 리오는 그녀의 말을 별 의심 없이 받아들이는 것 같았다.

당황한 그녀를 도우려는지 때마침 탁자에 두 개의 술잔이 놓여졌다.

"리오, 술이나 마시자!"

엘은 짐짓 쾌활하게 소리치며 술잔을 들었다. 그리고 호박빛 액체를 크게 한 모금 마셨다. 불덩어리가 목을 타고 넘어가는 느낌과 함께 갑자기 귀가 멍해졌다. 뜨거운 불길이 그녀의 내부로 흘러들며 급속도로 번지기 시작했다. 숨이 막힌 엘이 거친 기침을 터뜨리는 순간 귀가 뚫리며 주위의 소음이 밀려들었다.

"알렉스, 괜찮아?"

거친 기침을 토해내고 있는 엘을 향해 리오가 걱정스러운 시선을 던졌다.

"무, 물론이지."

잔뜩 쉰 목소리로 대답하고 나서 엘은 씩 웃음을 지었다. 가슴부터 배 전체에 걸친 후끈 달아오른 감각이 그리 불쾌하게 느껴지지 않았다. 아니, 조금 더 시간이 흐르자 오히려 몸이 둥둥 뜨는 것같이 머리가 몽롱해지며 기분이 좋아졌다.

엘은 남아 있는 술을 단숨에 들이켰다.

"알렉스, 천천히 마셔!"

리오가 다급히 만류했을 때 이미 엘은 술잔을 비우고 그를 향해 히죽 웃고 있었다.

"한 잔 더!"

엘이 호기롭게 소리치자마자 손잡이가 달린 작은 항아리를 들고 사람들 사이로 움직이던 술집 주인이 재빨리 다가왔다. 그리고 따르기 편하게 앞이 길게 튀어나와 있는 국자로 술을 퍼 그녀의 잔을 가득 채웠다.

확연히 굼떠 보이는 나른한 동작으로 엘이 술잔에 손을 대려는 순간 리오가 번개같이 팔을 뻗어 잔을 집어 올렸다.

"리오, 그거 이리 내놔!"

엘이 불만에 차서 크게 고함을 질렀다.

주위가 상당히 시끄러웠는데도 불구하고 주위의 몇몇 사람들이 그들에게 시선을 돌렸다.

"이제 그만 마셔, 알렉스"

리오는 살살 달래는 어조로 말했다.

"이제 겨우 한 잔밖에 못 마셨는데! 나 아무렇지도 않아, 리오! 오히려 기분이 아주 좋아. 한 잔만 더 마시면 하늘을 훨훨 날 수도 있을 것 같아! 이럴 줄 알았으면 진작 술을 마셔보는 건데 그랬어. 앞으로는 매일매일 술을 마셔야겠어."

"네 입에서 그런 말이 나온다는 것 자체가 넌 이미 술을 마실 만큼 마셨다는 걸 증명하는 거야. 네가 무슨 말을 하든 더 이상은 안 돼!"

리오의 어조는 강경했다.

입술을 비죽이며 리오를 노려보던 엘이 갑자기 은근한 표정을 지었다.

"리오……."

무척이나 심각한 목소리였다.

목소리만큼이나 엄숙하게 변한 엘의 얼굴을 보며 리오는 어리둥절할 수밖에 없었다.

"나 말이야… 너에게 고백할 게 있어."

"어… 뭔데?"

리오의 목소리도 덩달아 진지해졌다.

"네가 꼭 알아야 할 얘기가 있는데… 그게 뭐냐 하면……."

망설이는 기색이 역력한 그녀를 보며 리오가 걱정스럽다는 듯 미간을 찌푸렸을 때 엘이 냉큼 리오가 들고 있는 술잔을 낚아챘다.

"이 술은 내 술이라고!"

리오가 말릴 사이도 없이 단숨에 술을 들이킨 엘이 요란한 소리를 내며 잔을 세차게 탁자 위에 내려놨다.

황당하다는 표정을 짓고 있는 리오를 보자 그녀 자신도 모르게 웃음이 터져 나왔다.

"하하하하! 지금 네 얼굴이 얼마나 웃긴 줄 알아, 리오?"

정신없이 웃고 있는 엘을 보며 리오는 깊은 한숨을 내쉬었다.

"꼭 불붙은 장작개비 같아!"

기가 막힌 리오가 천장을 올려다보며 이리저리 눈을 굴리고 있으려니 갑자기 요란한 웃음소리가 뚝 끊겼다. 놀라 고개를 내린 그의 눈에 식탁에 아무렇게나 흩어져 있는 검푸른 머리카락이 보였다.

리오는 괴로운 신음 소리를 내며 자신의 머리를 와락 움켜잡았다.

"알렉스, 정신 좀 차려! 어휴, 내가 다시 너하고 술을 마시면 네 동생이다!"

리오는 투덜거리며 축 늘어져 자꾸만 미끄러지는 엘을 추슬러 등에 엎었다.

낮에 미리 잡아놓은 여관이 다행히 술집과 그리 멀지 않은 곳에 있다는 사실을 떠올리며 리오는 안도의 한숨을 내쉬었다.

"나참, 기가 차서! 술 두 잔에 사람이 이렇게 뻗을 수 있다니!"

그의 말이 끝나자마자 대답이라도 하듯 등 뒤에서 알아들을 수 없는 중얼거림이 늘려왔다. 리오는 피식 웃으며 고개를 절레절레 흔들었다.

낮에 비해서는 한산했지만 아직도 사람들의 모습이 꽤 많이 눈에 띄었고 음악 소리와 웃음소리도 여기저기에서 들려왔다.

다른 때 같으면 혼자서라도 사람들과 어울리고 싶어 안달이 났을 그였지만 오늘은 이상하게도 그러고 싶은 마음이 생기지 않았다. 빨리 가서 잠이나 푹 자야겠다는 생각을 하며 리오는 고개를 숙인 채 묵묵히 걸음을 재촉했다.

리오가 막 여관 입구가 보이는 골목 모퉁이에 도착했을 때였다. 눈앞에 갑자기 사람의 다리가 나타났다. 리오가 반사적으로 몸을 옆으로 움직이자 다리가 그를 따라와 다시 앞을 막아섰다. 퍼뜩 치켜든 리오의 눈에 위협하는 것처럼 몸을 비딱하게 세우고 정면에 서 있는 덩치큰 남자가 보였다. 리오가 주춤거리며 한 걸음 물러서자 뒤쪽에 있던 네 명의 남자들이 어슬렁거리며 다가와 그를 포위하듯 둘러섰다.

"무슨 일이야?"

경계심이 가득한 눈으로 남자들을 살펴보며 리오는 짐짓 목소리를 높였다. 하지만 그의 전신은 긴장으로 딱딱하게 굳어 있었다.

정면에 서 있는 남자가 히죽 웃음을 짓자 다른 남자들이 낄낄거리기 시작했다.

"용기가 꽤 가상한데? 말만 잘 들으며 널 해치진 않겠다! 우린 너한테 볼일 없으니까. 네 등에 있는 사람만 곱게 넘겨주면 넌 손끝 하나 다치지 않을 거다!"

알렉스! 이놈들은 알렉스를 노리고 있구나! 대체 어떤 놈들이지? 놈들 뒤에 자일스가 있는 걸까?

리오는 자신의 내부에서 급속도로 커지며 단단하게 뭉쳐지는 긴장을 느끼며 이를 악물었다. 그들을 피해 슬금슬금 자리를 피하는 사람들의 모습이 보였다. 주위 사람들에게서 도움을 받을 수 없다는 건 확실했다.

"자, 어떻게 할 거냐?"

리오는 얼굴을 찡그리고 잠시 생각해 보다 마지못한 기색이 역력한 표정으로 고개를 끄덕였다.

"할 수 없지. 친구를 넘겨주는 비겁한 짓은 하고 싶지 않지만, 내 몸이 다치는 건 더 더욱 싫으니까."

"잘 생각했다."

남자의 말이 끝나자마자 리오는 머리로 그의 가슴을 세차게 들이박았다. 그리고 그가 몸을 비틀거린 순간을 놓치지 않고 앞으로 튀어나갔다.

"빨리 잡아!"

다급한 외침을 들으며 리오는 미친 듯이 달렸다. 사람들이 많은 곳으로 나가면 놈들도 더 이상 그들을 따라오지 못하리라는 생각이 들었다. 하지만 등에 엘을 업은 그가 다섯 명의 젊은 남자들을 따돌리는 건 불가능한 일이었다.

어느새 뒤에 바싹 따라붙은 남자가 리오의 등에서 엘을 번쩍 들어 올렸다. 리오는 그 순간 몸을 휙 돌리며 남자의 얼굴을 향해 주먹을 휘둘렀다. 그리고 짧은 비명 소리를 들으며 이번엔 그의 뒤쪽으로 접근한 남자의 가슴을 걷어찼다.

리오가 다리를 내리기도 전에 그의 복부에 세찬 발길질이 가해졌다. 엄청난 통증에 숨이 막힌 리오가 허리를 꺾으며 뒤로 한 걸음 물러선 순간, 그의 눈에 축 늘어진 엘을 끌고 가는 남자 두 명이 잡혔다. 리오는 얼굴로 날아드는 주먹을 피하며 그쪽으로 몸을 날렸다. 하지만 엘에게 닿기 전 남자 한 명이 그의 두 팔을 잡고 거칠게 등 뒤로 꺾어 올렸다.

리오가 격하게 숨을 들이키는 순간 어느새 그를 둘러싸고 있던 네 명의 남자들에게서 무자비한 구타가 퍼부어졌다. 얼마 못 가 더 이상 버티지 못하고 바닥에 쓰러진 그에게 남자들이 욕설을 내뱉으며 마구 발길질을 가했다.

"이제 그만 해! 죽기라도 하면 큰일이니까!"

"알았어, 이 정도 했으면 이놈도 우리에게 덤빈 게 얼마나 어리석은 일이었는지 뼈저리게 느끼겠지."

남자들의 말소리가 저 멀리서 불고 있는 바람 소리처럼 아득하게 리오의 귀에 스며들었다.

정신을 잃으면 안 돼. 빨리 알렉스를 구해야 돼.

리오는 멀어지는 발소리를 들으며 두 손을 받침으로 삼아 힘겹게 상체를 들어 올리고 바닥에 무릎을 세웠다. 한시라도 빨리 아시리움 성전으로 가서 도움을 청해야 한다는 생각이 그의 뇌리를 가득 채우고 있었다.

얼마 남지 않은 힘을 짜내 억지로 몸을 일으키자 눈앞이 아찔해지며 세상이 빙빙 도는 듯한 어지러움이 느껴졌다. 리오는 메슥거리는 속을 무시하고 다리를 질질 끌며 서너 걸음 움직였다. 후들거리는 무릎이 힘없이 꺾이자 리오는 다시 바닥에 널브러질 수밖에 없었다. 숨결이 흩어지며 피로 얼룩진 살갗 위로 차가운 전율이 달음박질쳤다. 그 순간 칠흑 같은 어둠이 사방에서 쏟아져 내렸다. 그리고 고통없는 망각이 그를 휘감았다.

가라앉아 있었다.

심상치 않은 상황에 처해 있다는 느낌이 한층 더해지며 마주 잡은 두 손이 싸늘해졌다. 그와 동시에 끊임없이 귀를 파고드는 아이의 흐느낌이 더 이상 무시할 수 없을 만큼 그녀의 신경을 자극했다.

엘은 조심스럽게 아이에게 다가갔다. 그리고 잠시 망설이다 바르르 떨리는 가냘픈 어깨에 손을 얹었다. 몸을 움찔한 아이가 빠르게 고개를 치켜 올렸다. 퉁퉁 부어오른 빨간 눈동자가 경계심을 담아 엘을 바라봤다.

엘은 무슨 말을 해야 할지 몰라 조금 머뭇거리다 힘들게 입을 열었다.

"…울지 마."

자신을 해칠 사람은 아니라 판단했는지 아이의 눈빛이 가라앉으며 다시 눈물이 차 오르기 시작했다.

"이름이 뭐니?"

엘은 아이의 관심을 다른 곳으로 돌리기 위해 재빨리 질문을 던졌다.

"페, 페터요."

코를 훌쩍이던 아이가 소맷자락으로 코밑을 세차게 문지르더니 잔뜩 잠긴 목소리로 말했다.

"좋은 이름을 갖고 있구나, 페터. 난 알렉스라고 해. 으음~ 아무튼 만나서 반갑다."

엘은 페터를 향해 씩 웃음을 지어 보았다. 그녀의 웃음에 놀란 페터가 눈을 동그랗게 떴다.

"몇 살이야?"

"열 살이에요."

아이는 조금 전보다 많이 진정된 모습이었다.

"그런데… 여긴 어디니?"

엘은 자신의 질문이 아이의 울음을 되돌리지 않길 바라며 조심스럽게 눈물과 먼지로 얼룩진 작은 얼굴을 살폈다.

엘의 걱정과는 달리 페터는 울음을 터뜨리지 않았다. 오히려 이상하다는 눈으로 그녀를 바라볼 뿐이었다.

"정말 여기가 어딘지 몰라서 묻는 거예요?"

"응, 술 마신 후 잠이 들었나 봐. 깨어나 보니까 이곳이었고."

엘은 말을 마치고 쑥스러움이 담긴 미소를 지어 보였다.

"그럼 빨리 여기서 나가요! 형은 나갈 수 있을 거예요!"

놀랄 정도로 강경하게 소리친 페터가 벌떡 몸을 일으켰다. 그리고 엘이 입을 열기도 전에 그녀의 손을 잡아당겼다.

"어서 일어나요! 서둘러야 해요!"

엘은 어리둥절한 상태로 페터에게 이끌려 엉거주춤 다리를 움직였다.

페터는 사람들을 이리저리 피하고 타 넘기도 하며 잰걸음을 옮기더니 토굴의 맨 앞에 이르러서야 멈춰 섰다. 어두워서 미처 몰랐는데 사방의 벽엔 그녀의 키를 조금 넘을 높이로 시커멓게 썩은 나무판자가 빙 둘러쳐져 있었다.

갑자기 페터가 주먹으로 나무판자를 세차게 두드리기 시작했다.

"어서 저처럼 해요, 형!"

다급한 외침에 이끌려 엘도 팔을 들었다. 쿵쿵 소리가 토굴 안을 울리며 흙과 썩은 나무 부스러기들이 바닥으로 떨어져 내렸다.

쇠판에 사슬이 끌리는 것 같은 귀에 거슬리는 날카로운 소음과 함께 별안간 천장에서 눈부신 빛이 쏟아져 내렸다.

엘이 얼굴을 찌푸리며 손으로 눈을 가린 순간 험악한 고함 소리가 들려왔다.

"시끄러워! 대체 어떤 놈들이 소란을 피우는 거야?"

"여기 이 형은 아무 죄도 짓지 않았어요! 내보내 주세요!"

페터의 말에 엘의 입술이 멍하니 벌어졌다.

죄라니? 그게 무슨 말이지?

밝은 역광 때문에 보이지 않던 남자의 모습이 비로소 조금씩 눈에 들어왔다.

"그런 말 하는 놈들이 한둘인 줄 알아?"

버럭 소리치는 남자는 한눈에 알아볼 수 있는 회색과 검정색이 섞인 목이 빡빡해 보이는 제복을 입고 있었다. 그는 다름 아닌 그루지아 국의 병사였던 것이다.

"하지만 이 형은 정말이라고요! 정말 아무 죄도 없단 말이에요! 한번 확인해 보세요! 부탁이에요, 병사님!"

"알았으니까 조용히 해!"

투덜거리는 소리가 들리더니 천장 문이 요란한 소리를 내며 닫혔다. 한순간 눈앞을 분간할 수 없는 어둠이 밀려들었다.

"여긴 감옥이구나, 그렇지?"

엘의 입에서 나온 질문은 단순히 그녀의 생각을 확인하기 위한 절차에 지나지 않았다.

"예, 맞아요. 바로 슈바니츠 감옥이에요. 그것보다 형, 시간이 없어요! 아무 죄가 없다는 게 밝혀지면 형은 금방 밖으로 나갈 수 있을 거예요! 만약 그렇게 되면 제 부탁 좀 들어주세요! 엄마한테 제가 돈 벌러 멀리 떠났다고 말 좀 해주세요! 제 집은 찾기 어렵지만 엄마는 쉽게 만날 수 있을 거예요! 바베 시장 제일 안쪽으로 들어가면 '신의 축복'이라는 작은 술집이 있거든요! 거기 가서 고르키 부인을 찾으세요! 그분이 바로⋯⋯."

페터의 말을 자르며 천장 위의 문이 열렸다.

"누구냐?"

좀 전의 사병과는 다른 목소리가 들렸다.

"여기 이 형이에요!"

등에 얹어진 페터의 손에 밀려 엘은 엉겁결에 밝게 내리꽂히는 빛 속으로 한 걸음 나섰다. 곧바로 그녀의 몸을 샅샅이 훑어보는 눈길이 느껴졌다.

"그래, 바로 너구나."

조롱기 섞인 남자의 어조엔 기분을 불쾌하게 만드는 짙은 호기심이 담겨 있었다.

"그게 무슨 말입니까?"

엘이 날카롭게 소리쳤다.

"이런 데 들어오기 싫으면 높으신 어른께 밉보이지 말았어야지!"

킬킬거리는 웃음에 엘은 어금니를 질끈 물었다.

"아시리움 성전에서 특별 지시가 떨어졌다!"

순간 엘의 온몸이 뻣뻣하게 굳어졌다.

"아시리움⋯ 성전이라 했습니까?"

"그래, 만에 하나 기적이 일어나 이곳에 있는 죄수들이 다 풀려난다 해도 네놈만은 절대 여길 나갈 수 없다는 말이다. 그러니 알았으면 조

용히 입 닥치고 있어! 한 번만 더 소란을 피우면 내 손으로 네놈의 숨통을 끊어놓을 테니까!'

미처 정신을 차릴 새도 없이 문이 세차게 닫혔다.

"이젠 방법이 없어요, 형."

페터가 얼어붙은 듯 미동없이 서 있는 엘의 팔을 건드렸다. 희망을 모조리 잃어버린, 짙은 절망이 가득한 눈이 그녀를 바라보고 있었다.

"페터, 우선 좀 앉자. 그리고 네가 알고 있는 걸 하나도 빠짐없이 말해 줘."

엘은 고개를 끄덕이는 페터를 서둘러 잡아끌었다.

"여기가 슈… 바니츠 감옥이라고 했니?"

"예, 형은 그루지아 사람이 아닌가 봐요. 여기 사람들이라면 슈바니츠 감옥을 모를 수 없을 텐데…….'"

엘은 뒤이은 페터의 말을 건성으로 들으며 생각에 잠겼다.

삼옥이라… 아시리움 성전에서 특별 지시가 떨어졌다고 했지. 대체 누가 이런 일을 꾸민 걸까? 이번 일의 뒤에도 자일스가 있을까?

자일스의 짓이 분명하다는 생각이 들었다. 아무리 생각해 봐도 이런 일을 저지를 만한 다른 인물은 떠오르지 않았다.

"세상에! 아시리움 성전이라니! 형은 대체 어떤 엄청난 일을 저지른 거예요?"

"글쎄… 너무 잘나 감히 바라볼 수도 없는 놈의 비위를 거슬렀다고나 할까."

엘은 냉소적으로 말하고 쓴웃음을 지었다.

"그니저니 넌 무슨 일루 감옥까지 들어온 거니?"

페터의 작은 얼굴이 순식간에 얼어붙었다. 입술을 꾹 다물고 있던 아이가 잠시 후 침울한 어조로 말을 꺼냈다.

"배가 고파서… 먹을 걸 훔쳤어요. 시장에서… 친… 구와 함께요."

"친구라고? 그럼 친구는 도망가고 너만 잡힌 건가 보구나."

"아니오… 바크가 절 신고했어요. 친구라 생각했던 바크가요. 아마… 돈 때문일 거예요."

한순간 엘은 할 말을 찾지 못했다.

세상의 추한 면을 너무 일찍 알아버린 페터의 눈엔 절망과 자포자기가 담겨 있었다.

"그럼 넌… 언제까지 여기 있어야 하는 건데?"

"…정말 형은 아무것도 모르는군요. 아무것도… 여기 있는 사람들은 모두… 내일 죽게 돼요."

"뭐? 좀 자세히 말해 봐!"

엘은 경악에 싸여 자신도 모르게 버럭 소리를 질렀다. 그리고 긴장한 채 숨소리를 죽이며 페터를 응시했다.

"내일이 하렐 마지막 날이잖아요. 마지막 날은 사람들이 가장 기대하던 구경거리가 벌어져요. 바로… 정화 의식이요."

"정화 의식이라고? 그 정화 의식이란 게 죄수들을 죽이는 일을 말하는 거야?"

입술을 바르르 떨며 힘겹게 울음을 참고 있는 페터를 보건대 굳이 대답을 들을 필요도 없었다.

"그래! 우린 모두 죽어! 모조리 끔찍한 죽음을 맞게 되는 거야!"

갑자기 엘의 뒤쪽에 있던 남자 한 명이 벌떡 일어서며 소리를 질렀다.

"어떻게 죽게 될지 아무도 몰라! 사람들이 던지는 돌에 맞아 죽을지, 쇠꼬챙이에 배를 꿰어 죽을지 아무도 모른다고! 수레에 매달려 사지가 찢겨 나갈지도 몰라!"

남자는 극도의 공포로 인한 광기에 사로잡혀 목이 터져라 악을 써댔다.

"차라리 누가 나 좀 죽여줘! 고통없이 죽고 싶어! 내일이 오기 전에 누가 나 좀 죽여달라고!"

여기저기서 비명과 흐느낌이 터져 나왔다.

"시끄러워! 입 닥치지 못해!"

머리 위에서 발을 구르는 듯한 쿵쿵 소리와 함께 험악한 고함 소리가 들렸다.

"난 굶주린 맹수의 먹이가… 되고 싶지 않아……. 정말… 그것만은……."

소리치던 남자가 절망적인 울음을 터뜨리며 바닥으로 허물어져 내렸다.

"이제… 형도 알았죠?"

페터는 눈물이 그렁그렁 맺혀 있는 눈을 옷소매로 쓱 문질렀다.

"매년 죽음의 방법이 달라져요. 난 한 번도 본 적이 없는데… 바로 그 순간이… 죽는 그 순간이 될 때까지 우리는 아무것도 알 수 없대요."

"언제부터 이런 일이 있었던 거니?"

엘의 목소리는 바르르 떨리고 있었다.

"나도 몰라요. 내가 태어나기 오래전부터 내려온 건가 봐요. 바이람이 시작되기 전에 세상을 깨끗하게 히기 위해 그리는 기래요. 질 모르지만 정화 의식이란 말이 그런 뜻인가 봐요. 세상을 더럽히는 죄수들을 모조리 죽여야 한다는 뜻이요. 그래서 하렐이 가까워지면 사람들 모두 몸을 사려요. 죄수를 신고하는 사람에겐 돈까지 주니까요. 다른 때 같으면 금세 풀려날 수 있는 아무것도 아닌 일인데……. 저기 저 아주머니는 물건을 팔고 거스름돈을 잘못 줬다고 잡혀온 거래요."

페터의 목소리는 놀랄 만큼 담담했다. 삶의 희망이 사라져 버린, 지칠 대로 지친 공허한 아이의 눈이 엘의 심장을 날카롭게 후벼 팠다.

"형… 부탁이 있어요."

말을 끊고 잠시 망설이던 페터가 다시 입을 열었다.

엘은 페터가 매우 하기 힘든 얘기를 꺼내려 한다는 걸 느낄 수 있었다.

"내일… 그러니까 내가 죽을 때요… 옆에 있어줄래요? 조, 조금 무서워서… 그래요… 조금……."

엘의 얼굴이 딱딱하게 굳어졌다. 그녀는 입술을 꼭 다물고 간절한 빛으로 반짝이는 페터의 눈을 들여다봤다. 도저히 그 눈을 외면할 수 없었다. 빨갛게 충혈된 눈동자를 앞에 두고 엘은 거절의 말 따위는 떠올릴 수조차 없었다. 그녀는 속에서 무언가 뜨거운 것이 울컥 치밀어 오르는 걸 느끼며 주먹을 말아 쥐었다. 그리고 뻣뻣한 동작으로 천천히 고개를 끄덕였다.

"고마워요, 형. 만약 형보다 나중에 죽게 되면 그땐 내가 형 옆에 있어줄게요."

엘은 페터에게서 눈을 떼어 아른거리는 붉은 햇불에 비치는 사람들을 바라봤다. 그들을 둘러싼 절망과 죽음의 향기에 숨이 막혀왔다.

싫어! 페터의 죽음을 보고 싶지 않아! 죽어가는 그 애를 보며 내 죽음을 기다리고 싶지 않아! 난… 죽고 싶지 않아! 죽고 싶지 않다고!

마음속에서 미칠 듯한 절규가 터져 나왔다.

무슨 일이 있어도 여기서 나가야 돼! 무슨 일이 있어도!

웃옷을 더듬는 엘의 손끝이 경련을 일으켰다. 둥근 구슬의 존재를 확인하는 순간 엘은 참고 있던 숨을 거칠게 내쉬며 목까지 올라온 비명을 삼켰다.

*　　　*　　　*

"부르셨습니까?"

간드러질 정도로 매끄럽게 말한 여인이 천천히 허리를 숙였다. 그리고 우아한 동작으로 루드비히 앞에 무릎을 꿇었다. 살짝 고개를 치켜든 여인이 매혹적인 미소를 지었지만 루드비히의 얼굴은 무표정하기만 했다.

"전 성하께서 절 까맣게 잊으신 줄만 알고 있었습니다. 지난번 저의 어리석은 행동으로 인해 영원히 성하를 잃어버린 줄로만 알고 그동안 헤어 나올 수 없는 슬픔과 절망에 빠져 있었습니다. 성하의 부르심을 받고 얼마나 기뻤는지 이루 말할 수 없을 지경입니다."

물기 어린 여인의 검은 눈동자가 고혹적으로 반짝였다.

"벨리타."

루드비히의 목소리가 나지막이 흘러나왔다.

"예, 성하."

"네가 날 알게 된 이후 얼마나 지났는지 기억하느냐?"

벨리타의 입술에 달콤한 미소가 피어올랐다.

"예, 정확히 기억합니다. 제가 어찌 그걸 잊을 수 있겠습니까? 바이르잔드에서 성하를 처음 뵈었던 일이 아직도 생생하게 떠오릅니다. 그때 그 순간부터 지금까지 한시도 성하를 은애하지 않은 적이 없습니다."

"바이르잔드… 정말 오래됐군."

루드비히는 의자 등받이에 더욱 깊숙이 몸을 묻으며 혼잣말을 중얼거렸다.

"새삼스레 옛일이 생각나신 겁니까, 성하? 그렇다면 오늘 밤 성하를 모실 수 있게 허락해 주십시오. 성하와 함께 옛 추억을 되새기며 새로운 추억을 만들고 싶습니다."

벨리타의 말이 끝나자 루드비히의 얼굴에 재미있다는 표정이 나타났다. 하지만 그의 은회색 눈동자는 얼음 조각처럼 싸늘히 반짝일 뿐이었다.

"그 오랜 시간 동안 내가 너에게 한 말 중 지키지 않은 게 있느냐?"

"결코 그런 적은 없었습니다."

"그럼 내가 널 왜 불렀는지도 알겠군."

벨리타의 얼굴이 미세하게 굳어졌다.

"전 성하께서 무슨 말씀을 하시는지 도무지 모르겠습니다."

"그렇다면 내가 직접 알려주지. 난 네게 분명히 그 소년에게 손가락 하나라도 대는 날엔 네 몸뚱이를 갈기갈기 찢어주겠다고 말했다."

말을 끊은 루드비히가 숨을 깊이 들이마시는 벨리타를 차갑게 응시했다.

"이제 기억이 나는가 보군."

"성하의 말씀은 당연히 기억합니다. 다만 그토록 괴로운 기억을 들추어내시는 이유를 모르겠습니다."

벨리타는 얼굴에 살짝 울상을 지은 채 애처로움이 담긴 목소리로 말했다.

"이유라면 두 가지가 있다. 하나는 네가 내 말을 거역했다는 것, 다른 하나는 아시리움의 이름을 더럽혔다는 것이다. 좀 더 자세히 말해줄까?"

"그러실 필요 없습니다. 성하께서 무슨 말씀을 하시는지 잘 알고 있으니까요."

거리낌없는 어조로 말하며 벨리타가 몸을 일으켰다.

"정말 그 아이를 남다르게 생각하시는군요."

이를 악문 목소리엔 짙은 분노가 넘실거리고 있었다.

"그렇다고 해두지."

루드비히가 담담하게 말했다. 그러자 벨리타의 눈에 독기가 서리며 몸에 발작적인 경련이 일었다.

"예, 제가 그 아이를 슈바니츠에 넘겼습니다, 법황 성하. 몇몇 쓰레기들과 아시리움의 이름을 사용해서 말입니다. 사실 너무나 간단해서 지루할 정도였습니다. 성하께서 제 행동을 모르실 거라 생각하는 어리석음을 범했지만, 전 제가 한 일에 대해 조금도 후회하지 않습니다. 그 보잘것없는 아이가 한낱 비천한 구경거리가 되어 갈기갈기 찢겨져 나가는 꼴을 볼 수 없게 되었다는 것이 안타까울 뿐입니다."

"할 말이 아직 남은 것 같군. 계속해 봐라."

벨리타의 입술에 살짝 미소가 감돌았다.

"과연 성하시군요. 그 말씀대로입니다. 제가 한 일이 밝혀진 이상, 성하께서 절 가만두지 않을 생각이시란 건 이미 알고 있습니다. 그 어떤 자비도 용서도 구할 수 없는 분이란 걸 누구보다 잘 알고 있으니까요. 오히려 성하께선 매달리고 애원하는 이들을 더욱 가혹하게 대하셨죠."

루드비히에게 다가간 벨리타가 그의 옷자락을 들어 살짝 입을 맞추었다. 고개를 드는 그녀의 얼굴엔 유혹적인 미소가 가득했다.

"감히 말씀드리겠습니다, 법황 성하. 만약 성하께서 그 아이의 목숨을 계속 부지하고 싶으시다면 저 역시 살려두셔야 할 겁니다. 제가 목숨을 잃게 되면 그 아이 역시 오래 살아 있진 못할 테니까요."

무표정하던 루드비히의 눈에 한순간 섬광이 번득였다.

"알아채신 것 같군요. 예, 성하의 짐작이 맞습니다. 제가 만약 죽게되면 그 순간부터 제 형제들이 일제히 사냥을 시작하게 될 것입니다. 그들의 목표가 무엇인지는 굳이 말씀드리지 않아도 아실 겁니다. 물론 감히 아시리움 성전에서 일을 벌이진 않겠지만, 그 아이를 언제까지 성전에 붙들어두실 수야 없지 않습니까?"

두 사람의 눈이 정면에서 마주쳤다. 갑자기 루드비히의 입술에 미소가 피어오르더니 그가 큰 소리로 웃기 시작했다. 즐거움이라고는 조금도 느껴지지 않는 메마르고 건조한 웃음소리였다.

눈을 휘둥그렇게 뜨고 있던 벨리타의 얼굴에 희미한 불안이 스쳤을 때 거짓말같이 웃음기를 지운 루드비히가 천천히 입술을 움직였다.

"너와 난 똑같이 실수를 저질렀다. 그게 뭔지 아느냐?"

루드비히의 목소리는 불안할 정도로 조용했다.

벨리타는 가슴에서부터 서서히 번져 가는 두려움을 무시하며 입을 열었다.

"전 지금까지 실수를 한 적이 없습니다. 단 한 번도 말입니다."

"그럼 내가 말해 주지. 내가 한 실수는 지난번에 널 살려주었다는 거다. 그리고 네 실수는 감히 나에게 맞서려 한 것이다."

순식간에 벨리타의 얼굴에서 핏기가 빠져나갔다. 그녀가 두려움에 숨을 헐떡이며 뒤로 한 걸음 물러선 순간 소용돌이치는 검은 연기가 순식간에 그녀의 몸을 덮쳤다.

"그동안의 정을 생각해 고통없이 끝내주겠다."

비웃는 어조로 말한 루드비히가 은회색 눈을 싸늘하게 반짝이며 의자 깊숙이 몸을 묻었다.

그러자 벨리타의 몸을 감싸고 있던 검은 연기가 한꺼번에 그녀의 전신으로 스며들었다. 다음 순간 벨리타는 비명을 지를 새도 없이 산산조각나 터져 오르며 붉은 핏줄기를 내뿜었다.

*　　　　*　　　　*

"정신이 좀 드나, 젊은이?"

걸걸한 목소리가 몽롱한 머리를 파고들었다.

리오는 힘겹게 눈꺼풀을 들어 올려 뿌옇게 다가드는 세상을 멍하니 응시했다. 깨어 있는 건지 꿈을 꾸는 건지 알 수 없었다. 생명이 다한 심장이 움직임을 멈춰 버린 것 같은 짙은 노곤함이 전신을 무기력하게 늘어뜨렸다.

"약을 너무 많이 먹였나?"

다시 한 번 굵직한 남자의 목소리가 들려오며 이마에 단단하면서 거친 서늘한 기운이 느껴졌다.

그러자 리오의 머리를 에워싸고 있던 짙고 묵직한 안개가 조금씩 흩어지기 시작했다. 가느다랗게 벌어진 그의 시야 사이로 엘의 모습이 떠올랐다. 그 순간 리오는 번개 맞은 사람처럼 몸을 움찔하며 반사적으로 상체를 일으키려 했다. 피가 말라붙은 리오의 입술에서 짧고 괴로운 비명이 터져 나왔다. 가슴에서부터 둘로 쪼개져 나가는 듯한 통증과 함께 숨이 막혀왔다. 리오는 얕고 격한 숨을 헐떡이며 힘겹게 공기를 빨아들였다.

"아직 움직이면 안 되네!"

남자가 조심스럽지만 단호한 손길로 리오의 어깨를 눌렀다.

텁수룩한 갈색 머리카락과 수염으로 인해 거칠고 험악해 보이는 검붉은 얼굴을 보며 리오는 입술을 달싹였다.

"빠… 리… 아… 시리……."

그의 입술에서 귀를 기울여도 들릴까 말까 할 정도의 미약한 목소리가 새어 나왔다. 당장 벌떡 일어나 뛰어나가고 싶은 마음과 달리 리오는 제대로 말조차 할 수 없었다. 커다란 고깃덩어리로 변한 혀를 입 안 가득 물고 있는 것 같은 불쾌한 느낌이 들었다. 하지만 무기력하게 이대로 누워 있을 수는 없었다.

"아… 레스……."

"무슨 일인지는 모르지만 자넨 편안히 쉬어야 하네. 하마터면 영영 깨어나지도 못할 뻔했단 말일세. 아직도 생명을 보장할 수 없는 상태고. 자, 그러니 다른 일은 깨끗이 잊고 지금은 건강을 되찾는 것만 생각하게."

리오는 남자의 말을 무시하며 이를 악물고 몸을 버둥댔다. 시야가 급속도로 어두워지며 세상이 빙글빙글 회전하기 시작했다. 고통과 절망으로 뒤틀린 얼굴에서 얼마 남지 않은 핏기가 빠져나갔다.

"어허, 이거 참! 이러면 위험하다니까! 할 수 없군."

식은땀이 흥건히 배어 있는 목덜미에 서늘한 감각이 느껴지며 리오의 머리가 뒤로 젖혀졌다. 그리고 그가 정신을 차리기도 전에 입술 사이로 역겨운 냄새가 나는 미지근한 액체가 흘러들었다. 숨이 막힌 리오는 반사적으로 액체를 꿀꺽 삼켰다. 그리고 피처럼 붉은 액체가 그의 목을 타고 가슴으로 흘러내리는, 둔한 감각을 어렴풋이 느끼며 서서히 깊고 불안한 잠 속으로 빠져들었다.

＊　　　　＊　　　　＊

숨을 죽이고 주위를 살피던 엘은 천천히 몸을 일으켰다. 여기저기서 쏟아지던 절망적인 흐느낌과 거친 욕설, 그리고 간절한 기도 소리가 이젠 가만히 귀를 기울여야 들릴 정도로 잦아들었다.

당연한 말이겠지만 많은 사람들이 잠을 못 이루고 긴 한숨을 내쉬며 몸을 뒤척이고 있었다. 하시만 어자피 이런 상황에서 사람들 모두 잠들기를 마냥 기다리고 있을 수만은 없었다.

엘은 벽을 마주 보고 앉아 신중한 손길로 옷 안쪽에 견고하게 달아 놓았던 가죽 주머니를 떼어냈다. 가죽 주머니를 틀어쥐는 싸늘한 손끝에 미약하게나마 따뜻한 온기가 묻어 나왔다. 그녀는 주머니를 단단히 움켜잡고 다시 한 번 조심스레 주위를 살폈다. 그 순간 엘의 옆에 누워 있던 페터가 코를 훌쩍였다. 몸을 흠칫한 엘은 반사적으로 주머니를 숨기며 빠르게 고개를 돌렸다. 몸을 잔뜩 웅크린 채 눈을 꼭 감고 잠들어 있는 페터를 확인했을 때 그녀의 입술에서 깊은 숨이 새어 나왔다.

엘은 주머니에 손가락을 집어넣어 구슬을 끼냈다. 그리고 꺼칠할 정도로 건조하게 메마른 손바닥으로 한껏 말아 감싸 쥐었다.

"에나헤스 하르… 델 카시메르……."

떨리는 목소리로 엘은 나지막하게 속삭였다.

과연 아몬의 말처럼 구슬과 짤막한 주문이 그녀를 도와줄 수 있을지 자꾸 불안한 마음이 들었다. 하지만 엘은 그녀가 가진 마지막 희망에 매달릴 수밖에 없었다.

움켜쥐고 있는 구슬에서 별안간 서늘한 기운이 배어 나왔다. 놀란 엘이 살짝 손바닥을 편 순간 투명한 빛이 강렬하게 뿜어져 눈을 자극했다. 엘은 재빨리 몸을 웅크리고 손바닥을 오므렸다. 다행히 일부 새어 나간 빛을 본 사람은 없는 것 같았다.

별안간 구슬이 거의 느껴지지 않을 정도로 미세하게 떨리더니 그와 동시에 회색의 안개 같은 것이 둥글게 피어오르며 춤을 추듯 부드럽게 일렁이기 시작했다. 엘이 홀린 듯 그 움직임에 시선을 못 박았을 때, 안개가 빠르게 뭉쳐지며 사람의 형체를 잡아갔다.

자신도 모르게 멍하니 입술을 벌린 엘 앞에 드디어 아몬이 모습을 드러냈다.

"아몬……."

엘은 떨리는 목소리로 속삭이듯 그를 불렀다. 그의 모습이 눈을 떼는 순간 사라지는 환영일지 모른다는 걱정에 그녀는 눈도 한 번 깜박일 수 없었다.

경계심 어린 시선으로 재빨리 주위를 둘러본 아몬이 엘 앞에 몸을 낮춰 앉았다.

"괜찮으신 겁니까?"

"정말… 아몬이군요. 정말 아몬이 내게 와줬군요."

엘은 자신도 모르게 그의 옷자락을 힘껏 틀어쥐었다. 한꺼번에 밀려드는 안도감이 그녀를 아찔하게 만들었다.

"이제 안심하십시오. 으음~ 그런데 대체 이곳이 어딘지 모르겠습니다. 모습은 무슨 감옥 같은데⋯⋯."

"예, 슈바니츠 감옥이래요."

아몬의 얼굴이 순식간에 얼어붙었다. 하지만 다음 순간 그는 완벽하게 침착을 되찾고 신중하게 주위를 살피고 있었다.

"일단 이곳을 빠져나가는 일이 급선무입니다. 무슨 연유로 이곳에 갇히게 되셨는지는 그 후에 말씀해 주십시오."

조용하지만 다급한 아몬의 말에 엘은 고개를 끄덕였다.

"저를 잡으십시오."

아몬의 팔에 손을 얹으려던 엘은 어떤 생각이 머리를 스치자 멈칫하며 손끝을 오므렸다.

"그런데 나만 이곳을 탈출하는 건 아니죠? 여기 있는 사람들도 모두 도망갈 수 있는 거죠!"

그녀의 말이 이어지는 동안 확연히 어두워지는 아몬의 얼굴에서 엘은 대답을 짐작할 수 있었다.

엘은 천천히 고개를 저었다.

"안 돼요⋯ 아몬⋯ 안 돼요."

아몬은 침울한 얼굴로 그녀를 응시할 뿐이었다.

"죄송합니다, 엘."

"하지만 어떻게⋯ 나만⋯⋯."

극히 낮고 거친 목소리로 말한 엘은 깊이 숨을 몰아쉬며 어금니를 지그시 깨물었다.

"그럴 순 없어요!"

"쉿!"

날카로운 외침이 터져 나오자 아몬이 재빨리 주의를 주며 엘의 어깨를 잡아 바닥에 눕혔다. 그리고 자신 역시 그 옆에 납작 몸을 엎드렸다.

두 사람은 숨을 죽인 채 신경을 곤두세우고 주위의 동태를 살폈다.

몇 군데서 들리던 부스럭거림과 투덜거림이 서서히 잦아들었다.

"미안해요, 아몬. 하지만 아몬이 몰라서 그래요. 여기 있는 사람들 모두 날이 밝으면 죽게 돼요. 정말이라고요."

엘은 나지막이 속삭이며 필사적인 마음을 담아 아몬을 응시했다. 아몬은 극히 짧은 시간 엘의 눈을 들여다본 후 몸을 일으켰다. 그리고 그녀를 외면한 채 조용히 말했다.

"그럴 수 없습니다. 죄송합니다."

"하, 하지만……."

말을 이으려던 엘은 힘없이 입술을 다물고 말았다. 그녀가 무슨 말을 해도 아몬의 뜻을 바꿀 수 없을 거라는 깨달음이 일순간 그녀의 말을 빼앗아갔다.

"리자드……."

입속말을 중얼거린 후 엘은 고개를 번쩍 쳐들었다.

"리자드를 만나게 해줘요. 지금 리자드 때문에 이러는 거죠? 그가 허락하면 이 사람들을 구할 수 있는 거죠? 그렇죠? 빨리 리자드에게 데려다 줘요, 아몬."

"리자드님께 엘을 안내하는 것은 어렵지 않습니다. 어차피 주인님도 엘을 기다리고 계실 테니까요. 사실 리자드님께서 엘을 호출하셨습니다."

리자드가 자신을 만나길 바라며 기다리고 있다는 말이 파문처럼 엘의 가슴 가득 퍼지기 시작했다. 그녀는 심장 고동이 조금씩 빨라지는 걸 느끼며 단호한 동작으로 아몬의 팔에 손을 얹었다.

"그럼 어서 가요."

엘의 말이 끝나기 무섭게 아몬이 극히 낮은 어조로 무엇인가를 중얼거리기 시작했다. 그러자 어디선가 싸늘한 바람이 불어온 것처럼 일순 그녀의 전신에 오싹함이 느껴졌다. 엘이 몸을 부르르 떨었을 때 불그스름한 빛이 시야를 차단하며 두 사람을 에워쌌다. 아찔한 현기증이 느껴지자 엘은 눈을 꼭 감으며 아몬의 팔을 움켜쥐었다. 쏴 하는 시린 바람 소리가 그녀의 귓가를 스쳐 갔다.

쿠로베는 등을 꼿꼿이 세우고 앉아 있는 남자의 근엄한 얼굴을 조심스럽게 살폈다. 광대뼈가 불거진 거무스름한 얼굴은 깊숙이 패인 볼과 굳게 다물고 있는 얇은 입술 때문에 단호히고 엄숙해 보였다.

이 죽음의 사자같이 음울한 남자는 아시리움 성전에서 나왔다는 짧은 말과 함께 한 장의 서류를 보였을 뿐, 자신의 지위며 이름에 대해선 한마디도 입에 담지 않았다.

하지만 쿠로베의 입장에서 보면 남자의 신분은 그리 큰 문제가 아니었다. 가장 중요한 건 남자가 법황의 친필이 적힌 서류를 직접 들고 왔다는 것 하나였다. 그것만으로도 남자는 지위 여하를 떠나 쿠로베에게 가장 중요한 귀빈이 될 수밖에 없었다.

쿠로베는 마른 입술을 혀로 적시며 탁자 아래 놓여 있는 두 손을 슬쩍 비볐다. 눈꼬리가 기묘할 정두로 올라간 교활해 보이는 가느다란 그의 눈은 흥분과 기대로 쉴 새 없이 반짝이고 있었다.

이번 일이 그의 인생을 송두리째 바꾸게 할 거라는 건 의심의 여지가 없었다. 다만 이 급박한 변화가 축복으로 다가올지, 아니면 그의 목을 조이는 재앙이 될지는 아직 모른다. 모든 건 검은 머리카락과 보라색 눈을 가진 소년이 그를 데리러 간 사병들과 함께 문을 열고 들어오느냐 아니냐에 달려 있었다. 물론 이번 일이 쿠로베의 인생에서 두 번 다시 없을 행운이 되리란 건 의심의 여지가 없었다. 아시리움 성전 어느 높으신 분의 뜻이라는 말에 소년을 덥석 받아들인 건 바로 쿠로베 자신이니까 말이다. 때문에 소년이 이곳 슈바니츠 안에 있다는 건 그의 목을 내놓고도 장담할 수 있었다.

쿠로베는 다시 한 번 굳게 닫혀 있는 문을 슬쩍 살폈다. 왜 이렇게 늦어지나 싶은 마음에 조금씩 조바심이 생겼다.

"술이 입에 맞지 않으십니까? 다른 걸 올릴까요?"

남자가 앞에 놓인 손도 대지 않은 술잔을 흘끗 내려다본 다음 쿠르베를 향해 엄숙한 표정을 지었다.

"난 업무 수행 중엔 절대 술을 입에 대지 않소."

"예, 물론 그러시겠죠."

쿠로베는 얼른 맞장구치며 두툼한 윗입술을 말아 올려 씩 웃음을 지었다.

"왜 일이 이렇게 늦어지는 거요?"

조금도 누그러지지 않은, 극도로 냉정한 남자의 목소리에 쿠로베의 이마 가득 저절로 땀이 송골송골 맺히기 시작했다.

"그, 글쎄요… 아마 이리 오고 있는 모양입니다."

그의 말이 끝나기가 무섭게 서둘러 다가오는 요란한 발소리가 들렸다.

"그것 보십시오."

쿠로베는 금세 화색이 만연해져서 남자를 향해 히죽 웃었다. 그가 웃음기를 채 지우지 않은 얼굴을 문으로 돌렸을 때 문이 벌컥 열리며 벽에 거칠게 부딪쳤다.

"크, 큰일 났습니다!"

쿠로베가 직접 명령을 내렸던 부관 캠벨이 다급한 어조로 소리쳤다.

핏기가 가신 캠벨의 얼굴은 흥분 때문인지 볼 부근에 붉은 홍조가 또렷이 나타나 있어 우스꽝스러워 보이기까지 했다. 하지만 의자를 넘어뜨리며 벌떡 일어선 쿠로베의 부릅뜬 눈에 부관의 얼굴색 따위는 들어오지 않았다.

"무슨 일인가?"

"아무리 찾아도 없습니다! 어떻게 이런 일이 생길 수 있는지! 완벽히 막힌 곳인데! 도망칠 구멍은 조금도 없는데! 검은 머리카락의 소년은 어디에서도 보이지 않습니다!"

"다시 찾아봐! 모든 인원을 총동원해 슈바니츠 구석구석을 이 잡듯이 뒤지라고!"

쿠로베가 악을 쓰며 고래고래 소리를 질렀다.

"예, 알겠습니다!"

몸을 돌려 다급히 뛰어나가는 캠벨의 뒷모습에 대고 쿠로베는 이를 뿌드득 갈았다.

"안내하시오!"

의자에서 일어나는 남자의 얼굴이 험악하게 일그러져 있었다. 지금껏 무표정하기만 했던 남자의 급작스런 변화에 놀라 쿠로베는 눈을 휘둥그렇게 떴다.

"어디를 안내하라는 말씀입니까?"

"소년이 있다고 호언장담하던 장소로 날 안내하란 말이오! 어서!!"

남자의 목소리가 쩌렁쩌렁하게 주위를 울렸다.

"하, 하지만 거긴 없다고……."

한걸음에 거리를 좁힌 남자가 쿠로베의 멱살을 우악스럽게 움켜잡았다. 쿠로베는 부딪칠 듯 다가드는 검붉은 얼굴을 보며 숨 막히는 신음을 토했다.

"온전히 숨을 쉬며 내일을 맞고 싶다면 내 말 잘 들어! 사지가 잘려 시궁창에 던져지거나 뼈까지 바스러져 개 먹이가 되고 싶지 않다면 무슨 일이 있어도 그 소년을 찾아야 돼! 무슨 일이 있어도!"

시퍼렇게 질린 쿠로베의 넓적한 얼굴은 어느새 끈적이는 축축한 땀으로 번들거리고 있었다.

"죽기 싫으면 슈바니츠가 아니라 그루지아 국을 통째로 잡아 흔드는 일이 있어도 소년을 찾아야 한다는 말이다! 이제 알겠나?"

"예에, 예, 알겠습니다."

쿠로베의 얼굴에 나타난 노골적인 두려움을 본 남자가 별안간 팽개치듯 멱살을 놓았다.

"이제 좀 상황을 이해한 것 같군! 어서 안내하시오!"

마른침을 꿀꺽 삼키고 격렬히 고개를 끄덕이던 쿠로베가 허겁지겁 문으로 몸을 돌렸다. 뒤를 바짝 따르는 남자의 음울한 목소리가 그의 뒷덜미를 낚아챘다.

"만약 그 소년을 못 찾으면 그 즉시 자결을 하시오. 마지막으로 하는 충고요."

"도착했습니다, 엘."

조용한 아몬의 목소리에 엘은 악몽에서 깨어나는 기분으로 눈을 떴다. 처음 그녀는 명확하지 않은 물체들의 그림자만을 볼 수 있었다. 하지만 곧 부드러운 불빛이 비치고 있는 낯선 공간이 눈에 들어왔다.

무릎 높이에서 시작되어 천장에 닿을 듯 높이 솟아 있는 거대한 창문이 한쪽 벽을 온통 차지하고 있었다. 창문을 통해 들어온 서늘한 달빛이 바닥에 깔린 양탄자 위에 거리낌없이 쏟아져 내렸다. 달빛은 양탄자 위의 육중한 책상과 그 뒤에 앉은 사람에게도 오묘한 음영을 드리우고 있었다.

저만치 떨어진 곳에 앉아 있는 리자드를 발견한 순간 엘의 가슴이 덜컥 내려앉았다. 리자드는 그녀에게 옆모습을 보인 채 창밖을 바라보고 있었다. 가슴 설레는 반가움이 막을 새도 없이 그녀의 내부로 밀려들었다.

"리자드님, 엘을 모셔왔습니다."

"알았다."

짤막하게 대답한 리자드가 고개를 천천히 엘에게 돌렸다. 걷잡을 수 없이 빠르게 달음박질하는 심장 고동을 느끼며 엘은 리자드를 똑바로 응시했다.

"그래, 또 어떤 말썽을 피운 거냐?"

리자드의 말은 질문이 아니라 단정이었다.

"그게 무슨 말이에요? 말썽이라고요?"

리자드를 만난 기쁨을 숨기기 위해 엘은 일부러 발끈한 것처럼 소리쳤다. 그러자 아몬이 새빨리 끼어들었다.

"세세한 내막은 모르나 골치 아픈 사건에 휘말리신 듯합니다. 슈바니츠 감옥에 갇혀 계셨습니다."

"흐흠!"

리자드의 무심한 듯하면서도 날카로운 시선이 그녀에게 꽂혔다. 엘은 신발 속의 발가락을 잔뜩 오므리며 그의 시선에 꿋꿋이 맞섰다.

"넌 그만 나가봐라."

엘에게서 시선을 떼지 않은 채 리자드가 단호하게 말했다. 그러자 아몬이 리자드를 향해 고개를 숙여 보이고 문을 향해 걸어갔다. 그는 문을 열기 직전 걱정스러운 눈으로 엘을 한번 바라본 다음 조용히 밖으로 나갔다.

"이리 와서 앉아라."

무뚝뚝한 명령이 끝나기도 전에 엘은 그의 말에 따르고 있었다.

엘은 책상 앞에 놓여 있는 의자에 앉아 조심스러운 눈으로 찬찬히 리자드를 살폈다. 리자드는 그녀의 뇌리에 새겨진 모습보다 더 어둡고, 더 강해 보였다. 엘의 시선을 잡은 리자드의 청회색 눈동자가 강렬한 흡입력으로 그녀를 빨아들였다. 기억나지 않는 혼란스러운 꿈속에서 그의 눈을 본 것 같다는 생각이 머리를 스쳐 갔다.

"그래, 슈바니츠엔 무슨 일로 들어가게 된 거냐?"

한동안 흐르던 침묵을 깨며 리자드가 먼저 입을 열었다.

"나도 몰라요."

바보 같은 대답이라는 생각에 엘은 입술 안쪽을 슬쩍 깨물었다.

"모른다고?"

"그래요, 몰라요. 잠에서 깨어보니 슈바니츠 감옥이었어요."

리자드의 입에서 낮은 한숨 소리가 새어 나왔다. 엘은 슬며시 고개를 숙이고 샛눈으로 그의 눈치를 살폈다.

"잠들기 전엔 어디 있었나? 그건 기억이 나겠지."

무심하면서도 은근히 추궁하는 기미가 섞인 어조였다. 그녀를 응시하는 리자드의 불가사의한 눈동자에는 주의 깊은 날카로움이 담겨 있었다.

엘은 좀처럼 열리지 않으려는 입술을 어색하게 움직였다.

"술… 집이요……."

아무 반응이 없는 리자드가 이상해 고개를 들어보니 황당하다는 듯 한쪽 눈썹을 비스듬히 올리고 있는 그가 보였다.

"거기서… 술을 마신 거냐?"

엘은 침울한 얼굴로 고개를 끄덕였다.

"술집에서 술을 마셨다……."

기가 막히다는 듯 고개를 절레절레 흔들던 리자드가 혼잣말처럼 중얼거렸다.

"하, 하지만 정말 조금 마셨단 말이에요. 겨우 한 잔… 아, 아니… 두 잔… 그리고 술을 마시면 그 다음 일들은 전부 깜깜해진다는 걸 내가 어떻게 알았겠어요? 할머니도 그런 말씀은 하신 적이 없는데. 책에도 나와 있지 않고……."

잔뜩 주눅 든 엘의 목소리는 설상가상으로 점점 기어 들어가고 있었다.

"또 리자드도 술에 대해서 전혀 가르쳐 주지 않았잖아요! 그런데 내가 이런 일이 일어날 줄 어떻게 알았겠어요?"

고개를 푹 꺾고 있던 엘은 용기를 내어 소리를 높였다.

"그래서 이번 일이 내 탓이란 거냐!"

"뭐… 말하자면 그런… 거지요."

엘은 눈을 치켜뜨며 슬쩍 리자드의 눈치를 살폈다. 두 사람의 시선이 마주쳤을 때 리자드의 청회색 눈에 작은 반짝임이 스쳐 갔다.

뜻을 알 수 없는 묘한 표정으로 엘을 바라보던 리자드가 의자 깊숙이 몸을 기댔다.

"네 억지가 맞다 해주지. 술에 대해 말하지 않은 건 사실이니까."

그가 한발 물러서리라고는 전혀 생각지 못하고 있던 엘은 멍하니 입술을 벌렸다.

리자드는 그런 엘을 못 본 척 무시하고 말을 계속 이었다.

"앞으로 술은 한 방울도 입에 대지 마라."

조용하면서도 강경한 목소리였다.

"뭐, 뭐라고요? 한 방울도 입에 대지 말라고요? 너무해요! 그런 터무니없는 말은 지키지 않을 거예요! 또 지킬 수도 없어요! 앞으로 어떤 일이 일어날지 내가 무슨 수로 안다는 거예요? 술을 마실 수밖에 없는 상황이 발생하면 어떡해요?"

엘은 맹렬히 소리쳤다. 솔직히 말해 그녀 스스로도 술을 마시고 싶은 마음이 전혀 없었지만 리자드의 강압적인 태도에 반항심이 불끈 솟았다.

"다음번엔 어디에서 깨어나고 싶은 거냐?"

다른 때와 마찬가지로 리자드는 간단한 말로 엘을 제압했다.

그녀는 불만에 찬 거친 숨을 내쉬며 리자드에게 모가 난 시선을 던졌다. 물론 리자드는 눈 하나 깜짝하지 않았다.

지기 싫은 오기가 생긴 엘은 고개를 빳빳이 들고 리자드를 응시했다. 서로를 똑바로 마주 보고 있는 두 사람 사이에 엷은 긴장이 감돌았다.

리자드의 청회색 눈동자가 그녀의 눈을 파고들어 마음 깊숙이 도달하는 것 같은 느낌에 엘은 슬쩍 시선을 내렸다. 그리고 잔뜩 풀이 죽은 어조로 입을 열었다.

"알았어요, 그렇게 하면 되잖아요. 앞으로는 무슨 일이 있어도 술을 입에 대지 않을게요."

잠깐 동안의 침묵이 흐른 뒤에 묘한 부드러움이 어린 리자드의 말이 엘의 귀에 스며들었다.

"그래, 착하다."

엘은 놀라움에 고개를 퍼뜩 치켜들었다. 어둠 속에서 은은히 흐르는 불빛이 리자드의 얼굴을 부드럽게 감싸고 있었다. 엘은 천천히 움직이는 리자드의 입술을 멍하니 바라봤다. 그가 무슨 말인가를 했고 그녀의 대답을 기다리고 있다는 것을 깨닫는 순간 엘의 얼굴이 화끈 달아올랐다.

"뭐, 뭐라고요? 지금 뭐라고 한 거예요?"

낭황한 기미가 역력한 목소리가 튀어나왔다.

"물건의 행방에 대해 알아낸 게 있느냐고 물었다."

감정이 조금도 묻어 있지 않은 건조한 말투였다.

리자드가 무슨 말을 했는지 알게 된 순간, 빠르게 뛰고 있던 엘의 가슴 고동이 조금씩 속도를 늦추기 시작했다.

엘은 작은 헛기침으로 목을 가다듬은 후 입을 열었다.

"아니오, 아직은 전혀 모르겠어요. 아시리움 성전이 얼마나 넓은지 알아요? 정말 어마어마하단 말이에요. 리자드는 상상도 하지 못할 거예요."

말을 하는 도중 지절로 부풀어 오른 방어 본능이 엘의 목소리를 섬점 크게 만들고 있었다.

"하지만 나도 정말 열심히 했어요. 제대로 잠도 못 자면서 할 수 있는 최선을 다했단 말이에요. 하마터면 법황 성하께 들킬 뻔까지……."

"법황이라고?"

리자드가 엘의 말을 끊으며 기대고 있던 등을 똑바로 세웠다. 리자드에게서 처음 보는 강한 반응에 놀라 엘은 눈을 동그랗게 떴다.

"법황을 만난 적이 있단 말이냐?"

"아니오, 만나뵌 적은 없어요. 숨어서 얼굴만 잠깐 본 적이 있을 뿐이에요."

엘은 어리둥절한 얼굴로 신중하게 대답했다.

리자드는 입술을 굳게 다물고 생각에 잠겨 있는 듯했다.

"리자드는 법황 성하를 뵌 적이 있어요?"

리자드의 입술에 서늘한 냉소가 피어올랐다.

"물론."

무심한 듯한 어조였지만 엘은 본능적으로 리자드의 목소리와 눈에 나타난 강렬한 무엇인가를 느낄 수 있었다. 정확히 말로 표현할 수는 없지만 분명한 존재감을 갖는 어떤 것이 그 안에 담겨 있었다.

"가능한 법황을 멀리 해라. 되도록 법황 가까이 다가가지 마라."

"왜요?"

엘의 얼굴엔 의아심이 어려 있었다.

"넌 내가 시키는 대로 따르기만 하면 된다."

섣불리 거역할 수 없는 강압적인 말투였다.

엘은 잠시 머뭇거리다 리자드를 향해 얼굴을 찌푸렸다.

"하지만 물건은 법황 성하 주변에 있다고 했잖아요. 리자드가 나한테 직접 그렇게 말했잖아요. 그런데 어떻게 성하 가까이 접근하지 말라는 거예요? 혹시 물건을 포기한다는 뜻이에요?"

마지막 말은 엘 자신도 모르게 나온 질문이었다.

리자드의 눈에 날카로운 섬광이 번뜩이는 순간 엘은 숨을 죽였다.

"아니다, 포기란 있을 수 없다. 넌 무슨 일이 있어도 그 물건을 손에 넣어야 한다."

리자드의 나지막한 목소리에 섞여 정체를 알 수 없는 서늘한 바람이 엘의 가슴속을 파고들었다.

"되도록 법황을 피하라는 뜻이다. 법황과 마주쳐서 도움되는 건 조금도 없을 테니까."

엘은 아무 말 없이 고개를 끄덕였다. 그러자 어딘지 모르게 날이 서 있던 리자드의 눈이 서서히 가라앉았다.

지금까지 해온 것처럼 행동한다면 법황을 만나게 될 일은 없으리라는 생각을 하며 엘은 입을 열었다.

"널 부른 건 그 말을 하기 위해서인가요? 아본에게서 리자드가 날 호출했다는 말을 들었어요."

엘의 질문에 리자드는 믿어지지 않게도 조금 망설이는 기색을 보였다. 놀란 엘이 눈을 몇 번 깜빡인 후에야 그가 천천히 고개를 끄덕였다.

"그래, 일의 진행을 알고 싶어서이다."

리자드의 목소리는 단호하기만 한데 엘은 이상하게도 다른 이유가 더 있는 것 같다는 느낌이 들었다.

"이제 돌아가라."

단호한 목소리가 귀를 울렸을 때 엘의 머리에 슈바니츠 감옥에 갇혀 죽음의 시간만을 기다리고 있는 사람들이 떠올랐다. 그도록 긴박하고 두려웠던 시간을 잊고 있었다는 것에 대한 경악이 몰려들었다. 자신의 몸이 안전해진 순간 그들이 처한 상황이 전처럼 절박하게 와 닿지 않았다는 짙은 죄책감이 엘의 몸에 소름을 돋게 했다.

금세 파리해진 그녀의 얼굴을 보는 리자드의 미간이 미세하게 찌푸려졌다.

"리자드, 중요한 일이 있어요! 바보, 어떻게 그 일을 잊고 있었는지! 아, 아니, 중요한 건 그게 아니고… 있잖아요, 리자드. 슈바니츠 감옥이요! 그 감옥에 갇혀 있는 사람들 말이에요. 그 사람들 모두……."

"그들을 구하고 싶다는 거냐?"

리자드가 횡설수설하는 엘의 말허리를 끊으며 조금 날카로움이 느껴지는 어조로 물었다.

"그래요!"

흥분한 엘이 숨 가쁘게 소리쳤다.

"돌아가라."

"…그게 무슨 말이에요?"

엘의 얼굴엔 혼란이 가득했다.

"그들이 어떻게 되든 네가 상관할 일이 아니다."

소름 끼치도록 무심한 어조였다.

"그, 그렇지만 사람들이 죽는단 말이에요, 리자드. 아무것도 가진 게 없어서… 그저 살기 위해 발버둥 친 죄밖에 없는 사람들이 죽는다고요. 그들 중엔 어쩌면 큰 죄를 저지른 사람들도 있을지 몰라요. 하지만… 아무리 그래도 그렇게 끔찍한 죽임을 당할 만큼의 죄는 아닐 거예요. 아이들도 있어요. 공포에 질려 흐느끼는 아이들의 모습은 정말… 그것만큼 가슴 아픈 장면은 없을 거예요. 리자드는 그 모습을 못

봐서 그런 거예요. 그래요, 그래서 그런 말을 할 수 있는 거예요."

엘은 간절한 눈으로 리자드를 바라봤다.

그녀의 눈을 마주 보는 리자드의 얼굴이 미세하게 굳어지는가 싶더니 갑자기 그가 의자에서 몸을 일으켰다. 그리고 뚜벅뚜벅 걸어가 커다란 책장 앞에 늘어진 줄을 잡아당겼다.

"리, 리자드?"

엘이 어쩔 줄 몰라 하며 그의 이름을 불렀을 때 문이 열리며 아몬이 안으로 들어섰다.

"말씀 끝나셨습니까?"

"지금 당장 저 아이를 돌려보내라."

고개를 숙인 아몬을 향해 리자드가 무뚝뚝한 어조로 명령을 내렸다.

엘은 입술을 멍하니 벌린 채 부스스 일어났다.

"리자드……."

엘은 다시 한 번 입술 사이로 그의 이름을 불렀다.

리자드가 봄을 돌려 그녀에게 다가왔다. 위협적으로 느껴지는 그의 접근에 엘은 다리에 잔뜩 힘을 줘 뒷걸음치려 하는 스스로를 막았다. 그녀는 리자드가 그녀의 정면에 멈춰 설 때까지 숨을 쉬지 않았다. 엘이 한껏 떨리는 숨을 들이쉬었을 때 리자드가 돌 조각의 그것처럼 딱딱해 보이는 입술을 움직였다.

"잘 들어라, 두 번 말하지 않을 테니까. 슈바니츠에 누가 갇혀 있고, 그들이 어떤 죽임을 당할지 따위는 내 알 바 아니다. 동시에 네가 상관할 일도 아니다."

"그런 말이 어디 있어요? 어떻게 그런 말을 할 수 있어요? 빤히 알면서 사람들이 끔찍한 죽임을 당하는 걸 모른 척하리고요?"

엘이 새된 목소리로 소리쳤다.

그녀는 잠시 말을 멈추고 간절한 애원이 가득 담긴 눈으로 리자드를 바라봤다.

"거긴 날 도와준 아이도 있어요. 그 아이가 없었다면 난 그 끔찍한 곳에서 미쳐 버렸을 거예요. 이름이 페터라고 하는데… 이제 열 살밖에 안 된 정말 착한 아이예요. 집엔 몸이 약한 어머니와 어린 여동생이 있다고 했어요. 아버지는 짐수레에 치어 몇 년 전에 돌아가시고요. 얼마나 착한지… 눈앞에 닥친 자신의 죽음보다 가족들을 더 걱정하더라고요."

엘을 바라보는 리자드의 얼굴에 음울한 그림자가 드리워졌다.

"리자드는 그들을 도울 수 있죠? 그렇죠? 그럴 힘이 있죠? 말 안 해도 난 알 수 있어요. 리자드, 부탁이에요… 제발……."

"엘, 그건……."

두 손을 맞잡고 어쩔 줄 몰라 하던 아몬이 한 걸음 다가들었다. 그러자 리자드가 번쩍 손을 치켜들어 그를 막았다.

"정신 차리고 네가 처한 상황을 직시해라! 가짜 왕자 노릇 조금 했다고 네가 진짜 왕족이라도 된 줄 착각하고 있는 거냐?"

싸늘한 냉기가 흐르는 목소리였지만 리자드의 청회색 눈엔 격렬한 빛이 번뜩이고 있었다.

멍하니 입술을 벌리고 있는 엘을 향해 리자드의 힐책이 매섭게 내리꽂혔다.

"넌 중요한 목적을 가지고 거짓 왕자 행세를 하는 천민일 뿐이다. 그런 네가 다른 사람들의 생사까지 간섭하려 하다니, 주제넘은 짓이라 생각지 않느냐?"

"그, 그래요. 난 천민일 뿐이에요. 하지만……."

"입 닥치고 내 말부터 들어라."

들릴 듯 말 듯 약하게 나온 말을 리자드가 가차없이 잘랐다.

"네가 그 일에 끼어든다면 사람들의 이목이 집중될 테고, 그 사람들 중엔 세렌 국의 알렉시스 왕자를 알고 있는 사람이 있을지도 모른다. 네 정체만 밝혀진다면 네 숨통을 끊어놓는 걸로 간단히 마무리 지을 수 있다. 하지만 네 멍청한 행동으로 인해 내 일이 방해를 받는 건 절대 용납할 수 없다."

리자드의 말이 끝나는 순간 지독한 침묵이 그들 사이를 휘감았다. 리자드의 무자비한 청회색 눈에 갑작스런 불길이 확 타올랐다가 순식간에 가라앉았다.

엘은 멍하니 리자드를 바라보다 시선을 천천히 아래로 내렸다. 이상하게 다른 때처럼 소리를 지르며 대들 수가 없었다. 목에 커다란 돌이 걸려 있는 것처럼 계속해서 쓰라린 통증이 느껴졌다. 단지 그뿐이었다. 자꾸만 목이 아파올 뿐 다른 부분의 감각은 멍하기만 했다. 몸과 마음이 마비된 듯 이 모든 것이 현실 같지 않았다.

"난… 밖에 나가 있을게요."

엘은 조용히 속삭이듯 말하고 몸을 돌렸다. 문을 향해 가는 그 짧은 길목이 점점 뿌옇게 흐려졌다. 떨리는 손으로 문고리를 잡았을 때 엘의 창백한 볼을 타고 미처 막을 새도 없이 눈물이 흘러내렸다.

부서져 내릴 것같이 보이는 엘의 등 뒤로 문이 조용히 닫혔다. 아몬은 혼란스러운 시선을 리자드에게 돌렸다. 리자드는 어느새 창가에 서서 짙은 어둠을 바라보고 있었다. 강건해 보이는 그의 어깨 선이 딱딱하게 굳어 있는 듯 보였다.

'왜 그런 잔인한 말씀을 하신 겁니까, 리자드님. 굳이 그렇게까지 하실 필요는 없었지 않습니까?'

감히 상상할 수도 없었던 주인에 대한 원망이 아몬의 마음속에서 조금씩 부풀어 올랐다.

리자드의 뒷모습과 상처받은 빛이 역력하던 엘의 모습이 겹쳐 보이자 아몬은 슬쩍 고개를 돌렸다.

"전 엘을 모셔다 드리고 오겠습니다, 리자드님."

그는 불충한 마음을 떨쳐 버리려 한층 깊숙이 허리를 숙였다.

"아몬."

아몬이 막 허리를 펴는 순간 리자드가 낮게 가라앉은 어조로 그를 불렀다.

"예, 리자드님."

아몬은 공손히 대답하며 그가 명령을 내리길 기다렸다. 하지만 리자드는 좀처럼 입을 열지 않았다. 놀랍게도 그는 무엇인가를 망설이고 있는 것 같았다.

평소 같지 않은 리자드의 모습에 아몬이 숨을 죽였을 때 리자드가 단호하게 말했다.

"아니다, 나가봐라!"

한순간 할 말을 찾지 못하고 있던 아몬은 퍼뜩 정신을 차리자마자 다시 한 번 몸을 숙였다.

그리 밝지 않은 이른 아침 햇살에 머리가 핑 돌자 엘은 비틀거리며 먼지투성이 벽에 몸을 기댔다. 그녀의 두 어깨는 황량함과 기진맥진함으로 한없이 가라앉아 있었다. 감고 있던 눈을 힘없이 뜨자 다 떨어져 나간 차양이 바람에 이리저리 덜렁거리는 모습이 보였다. 초라하고 보잘것없는 천 조각이 마치 그녀의 모습을 그대로 비치고 있는 것 같아 엘은 이를 악물고 몸을 바로잡았다.

지금은 이렇게 맥없이 흐느적거릴 때가 아니었다. 아무것도 할 수 없다는 비참한 자괴감에 싸여 무기력하게 주저앉을 수는 없었다. 만약 그렇게 한다면 스스로를 미워하고 경멸하는 마음에 뿌리 속까지 잠식당해 중심을 잃고 허우적거리다 아래로 아래로 가라앉아 끝내는 벗어날 수 없는 맨 밑바닥까지 추락하게 될 것이다.

엘은 말라붙은 진흙이 덕지덕지 붙어 있는 지저분한 나무 세난을 난

숨에 뛰어 내려와 큰길 쪽으로 방향을 잡았다. 그녀는 지금 리오의 행방을 찾는 중이었다. 엘 자신이 슈바니츠 감옥에서 눈을 뜬 것처럼 리오도 좋지 않은 일을 당한 것이 분명하다는 예감이 들었다. 만약 다행스럽게도 그녀의 예상이 빗나가 리오에게 그 어떤 불길한 일도 일어나지 않았다면 그도 이 거리 어딘가에서 그녀를 찾고 있으리라.

엘이 방금 전에 문을 나선 술집에선 어떤 도움도 받지 못했다. 술집 안의 그 누구도 리오와 그녀를 기억하는 사람이 없었다. 사람들로 넘쳐 나던 왁자지껄한 술집에서 그들을 기억하는 사람이 있으리라는 희망 자체가 너무 허황된 것이었는지도 모른다.

차라리 화려한 옷을 입고 있을걸. 그럼 분명히 사람들의 주의를 끌 수 있었을 텐데…….

자유롭게 활동하려면 평민처럼 입어야 한다는 말끝에 자신은 역시 머리가 좋다며 환한 웃음을 터뜨리던 리오의 모습이 떠올랐다.

엘은 깊은 한숨을 내쉬며 비좁은 진열장에 갖가지 옷감을 쌓고 있는 젊은 여인에게 다가갔다.

"말씀 좀 묻겠습니다. 혹시 붉은 머리카락과 파란 눈을 가진 열여덟 살 정도 되는 소년을 보신 적이 있으십니까? 키는 저보다 반 뼘 정도 큽니다."

진지한 얼굴로 엘을 바라보던 여인이 옷감을 내려놓고 고개를 갸웃거렸다.

"글쎄요… 기억이 안 나는군요. 요 근래 사람들을 한둘 봤어야 기억을 하죠. 도움이 못 돼서 미안해요."

엘은 괜찮다는 뜻의 미소를 힘없이 지어 보인 다음 그녀와 리오가 머물기로 했던 여관을 향해 계속 걸음을 옮겼다.

엘이 여관의 간판이 보이는 곳에 도착했을 때였다. 갑자기 뒤에서 숨 가쁜 고함 소리가 들렸다.

"저, 저기요! 잠깐만요!"

고개를 돌린 엘의 눈에 비틀거리며 힘겹게 뛰어오고 있는 젊은 여인이 보였다. 엘은 서둘러 그녀를 향해 다가갔다.

"걸음이 왜 그렇게 빨라요? 휴우, 세상에! 가슴이 터질 것 같네!"

"저… 그런데 무슨 일로……."

"다른 게 아니라… 찾는 사람이 빨간 머리라 했죠?"

여인이 고개를 끄덕이는 엘에게 자신을 따라오라는 손짓을 했다.

"그럼 어서 이리 와봐요. 확실한 건 모르지만 찾는 사람이 맞을 수도 있을 테니까."

"그게 정말입니까? 지금 어디 있는 겁니까? 어디 다치거나 한 건 아니겠죠?"

엘은 여인을 따라 걸음을 옮기며 크게 소리쳤다.

"미안하지만 제가 직접 들은 게 아니라서… 남편이 우리 집에 가끔 물건을 대주러 오는 아이에게 들었다며 몇 마디 해준 게 생각나서요. 그 아이가 말하길 자기 옆집에 사는 구엔자 노인이 빨간 머리 소년에 대해 말하는 걸 들었다고 했다는데, 제가 아는 건 이 정도밖에 없어요. 하지만 혹시 모르는 거니까 어서 가보세요. 위치는 제가 알려 드릴게요."

"예, 알겠습니다! 정말 감사합니다!"

엘은 크게 소리치며 여인의 손을 꼭 움켜잡았다.

슈바니츠 감옥에서 눈을 뜬 이후 처음으로 그녀의 입술에 작은 미소가 피어올랐다.

파리한 얼굴로 낮고 초라한 침상에 똑바로 누워 있는 리오를 발견한 순간 엘은 입술을 질끈 깨물었다. 그녀는 잠시 미동없이 우두커니 서서 리오를 내려다봤다. 퉁퉁 부어오른 상처 가득한 얼굴에서 잔인하게 퍼부어졌을 폭력을 읽을 수 있었다. 그녀의 가슴 깊은 곳에서 이유 모를 아릿함이 느껴졌다.

　엘이 자신도 모르게 리오의 헝클어진 앞머리로 손을 가져가는 순간 리오가 눈을 번쩍 뜨며 놀랄 만큼 선명한 푸른 눈으로 그녀를 올려다봤다.

　"아, 알렉스……."

　도무지 믿기지 않는다는 듯 리오의 눈동자가 커다랗게 열렸다.

　"괜찮아?"

　엘은 낮은 목소리로 속삭이듯 물었다.

　잠시 눈을 깜박이던 리오가 갑자기 벌떡 상체를 일으켰다. 그 즉시 리오에게서 괴로운 신음 소리가 터져 나왔다.

　"움직이지 마!"

　다급하게 소리치며 엘은 서둘러 리오를 침상에 눕혔다. 리오는 일그러진 얼굴로 숨을 몰아쉬면서도 엘에게서 시선을 떼지 않았다.

　"너… 괜찮아?"

　숨 가쁜 질문에 엘은 힘없이 미소를 지어 보였다.

　"그래, 보다시피 난 괜찮아. 근데 넌 어떻게 된 거야? 난 바보같이 아무 기억도 안 나. 대체 무슨 일이 있었어? 왜 네가 이런 모습을 하고 있는 거야? 어떤 놈들이 널 이렇게 만들었어?!"

　질문 하나하나가 더해질 때마다 소리가 높아졌다. 마지막 질문은 거의 악에 받쳐 터져 나온 듯한 새된 고함이었다.

"흥분할 필요 없어, 알렉스. 난 정말 괜찮으니까. 조금 전까지는 정말 끔찍하게 아팠는데 널 보니까……."

말끝을 흐리던 리오가 어색하게 엘의 시선을 피했다.

"보아하니 내 걱정 꽤나 한 것 같은데? 이거 기분 나쁘지 않은걸. 너보다야 예쁜 여자가 해주는 걱정이 몇 배는 더 좋을 테지만."

리오가 다시 그녀에게 시선을 돌리며 말했다.

힘이 다 빠져나간 듯이 약한 목소리였지만 평소처럼 농담을 건네는 리오를 보니 엘은 깊은 안도감에 한순간 코끝이 찡할 정도였다.

"하긴, 내 꼴을 생각하면 지금 내 앞에 너만 있는 게 천만다행이지. 휴우~ 고대하고 고대하던 해방의 시간이 이런 결과를 가져올 줄이야."

엘은 리오의 투덜거림을 들으며 침상 아래 반쯤 모습을 보이고 있는 작은 나무 상자를 꺼내 앉았다. 그리고 조금 전까지 제대로 눈에 들어오지 않았던 집 안을 빙 둘러봤다.

어디에 쓰이는지 짐작도 안 되는 잡다한 물건들이 두 사람이 생활하기에도 비좁을 것 같은 집 안 여기저기에 쌓여 있었다. 꽤나 신경 써서 청소하고 정리한 기미가 역력하지만 워낙 공간이 협소하고, 또 그곳을 채운 물건들이 낡고 보잘것없어 슬쩍 봐서는 매우 혼란스럽고 지저분해 보였다.

"좀 정신없지? 그래도 날 살려준 고마운 은인의 집이야."

"여긴 구엔자라는 노인의 집이라 하던데, 그 노인이 널 구한 거야?"

"구엔자? 이름까진 몰랐어. 근데 노인이라고? 노인으로 보이진 않았는데."

말을 멈춘 리오가 슬쩍 얼굴을 찌푸렸다.

"알렉스, 네 몰골이 지금 어떤 줄이나 알아? 완전히 거렁뱅이로 보여. 며칠 동안 음식이라곤 구경도 못해보고 물 근처에도 가보지 못한 거렁뱅이."

그러고 보니 만 하루가 넘도록 먹은 것이 전혀 없다는 생각이 들었다. 그동안 엘이 입에 댄 거라곤 손을 씻는 것조차 내키지 않는 죽은 벌레가 둥둥 떠 있던 탁한 물 두 모금이 전부였다.

"그러는 넌 좀 나아 보이는 줄 알아?"

엘은 말을 끝내며 장난기 섞인 미소를 지었지만 리오의 얼굴은 펴지지 않았다.

"괜히 하는 말이 아니라… 너, 정말 무슨 일 있었어? 평소의 너 같지 않아."

엘의 얼굴에 어려 있던 어색한 웃음기가 서서히, 그러나 철저하게 사그라졌다.

잠시 망설이던 엘은 걱정스런 빛이 가득한 리오의 눈을 들여다보며 조용히 입을 열었다.

"리오… 만약… 네가 지키기 힘든 약속을 했다면… 어떻게 하겠어?"

"지키기 힘든 약속이라고?"

눈을 휘둥그렇게 뜬 리오가 되물었다. 엘은 천천히 고개를 끄덕였다.

"그래, 지키기가 정말 힘든… 그래서 자꾸 피하고만 싶은… 그런 약속 말이야."

"약속은 무슨 일이 있어도 지켜야 된다고 생각해. 그게 아무리 힘든

거라도 자신의 입에서 나와 약속이란 것으로 한번 맺어진 이상 말이
야."

리오의 말은 거리낌이 없었다.

엘은 고개를 숙이고 마음속으로 리오의 말을 되뇌었다. 그리고 잠시
후 벌떡 자리에서 일어나며 단호한 어조로 말했다.

"네 말이 맞아, 리오. 고민할 필요도 없는 거였어. 리오, 나 다녀올
데가 있어."

"잠깐만, 알렉스!"

성큼성큼 걸어 벌써 문을 나서려 하는 엘에게 리오가 고통으로 인해
숨을 몰아쉬며 다급히 말했다.

"조금 있으면 아시리움에서 사람들이 올 거야. 옴짝달싹 못하는 나
대신 내 은인이 아시리움 성전에 도움을 청하러 갔거든. 동이 트기도
전에 떠났으니까 아마 우리를 도와줄 사람들이 이곳으로 오고 있는 중
일 거야."

엘은 리오에게 뒷모습을 보인 채 분턱에 서 있었다.

"사람들이 오면 너부터 성전으로 돌아가, 리오. 난 나중에 갈 테니
까."

"대체 어딜 가겠다는 거야?"

고개를 돌려 리오를 바라보는 엘의 얼굴엔 진한 피로와 무거운 마음
의 짐이 고스란히 드러나 있었다.

"약속을 지키러. 꼭 지켜야 할 약속이 있거든."

"무슨 약속인데? 알렉스!"

그녀를 부르는 리오의 목소리를 뒤로한 채 엘은 성큼성큼 걸음을 옮
겼다.

슈바니츠 감옥 입구엔 피비린내 나는 잔혹한 구경거리를 보기 위해 몰려든 사람들이 벌써부터 장사진을 이루고 있었다.

엘은 사람들 사이에 끼어 이리저리 흔들리며 높이 치솟은 담에 가려 져 뾰족한 위 부분만 불쑥 튀어나와 있는 검붉은 건물을 올려다봤다. 환하게 내리쬐는 아침 햇살 아래의 슈바니츠 감옥은 하나의 거대한 무 덤처럼 보였다. 당장이라도 피비린내로 주위를 덮을 수 있을 것 같은 압도적인 폭력의 그림자가 슈바니츠 감옥을 휘감고 있었다. 그 그림자 는 주위의 밝은 빛과 대조되어 더욱 확실한 존재감을 드러내고 있었다.

내가 정말 견딜 수 있을까? 사람들이… 페터가 죽는 모습을 볼 수 있 을까? 죽음의 순간 자신 옆에 있어달라던 약속을 지킬 수 있을까?

엘은 눈을 질끈 감으며 주먹을 으스러져라 움켜쥐었다.

이대로 아무 일 없었다는 듯 아시리움으로 돌아가 모든 걸 까맣게 잊어버리고 싶었다. 살고 싶다고 울부짖는 사람들의 흐느낌도, 잔인하 게 파고들던 리자드의 매서운 목소리도 더 이상 들리지 않는 곳으로 숨어버리고 싶었다.

"왜 멍하니 서 있는 거야? 거치적거리게!"

몸이 거칠게 떠밀리며 험악한 고함 소리가 들렸다.

귀에 거슬리는 소음을 내며 점점 커다랗게 입을 벌리고 있는 철문 안으로 들어가기 위해 사람들이 꾸역꾸역 몰려들고 있었다. 엘은 사람 들의 힘에 휩쓸려 비틀거리며 걸음을 옮겼다.

검붉은 슈바니츠 감옥을 끼고 돌아가니 놀랄 정도로 가파른 나무 계 단이 벽처럼 눈앞을 가로막았다. 사람들이 앞 다투어 계단을 올라가자 당장이라도 무너져 내릴 듯 나무 계단이 요란하게 삐걱거렸다.

엘은 사람들 무리에 섞여 계단을 오른 후 크게 숨을 들이쉬며 구부러졌던 허리를 폈다. 그 순간 아찔한 현기증과 함께 끈적끈적한 땀이 전신에 배어 나왔다. 음식과 휴식이 부족하다는 것을 단번에 느낄 수 있었다.

엘은 지끈거리는 머리를 손으로 누르며 사방을 둘러봤다. 계단 저 아래 그리 넓지 않은 공터 주위에 이중으로 둥글게 세워진 굵은 철망과 나무 막이 보였다.

엘이 머뭇거린 시간은 그리 길지 않았지만 그녀가 주위를 둘러봤을 땐 이미 사람들이 대부분의 계단을 차지해 버린 후였다. 엘은 사람들 사이로 파고들어 조금씩 앞으로 이동했다. 여기저기서 좋은 자리를 차지하기 위한 다툼 소리와 험악한 욕설이 들려왔다.

엘은 계단 아래 흙 바닥에 주저앉았다. 그리고 묵직한 머리를 무릎에 파묻었다. 그녀를 둘러싼 소음들이 악몽 속 괴물의 으르렁거림처럼 위협적으로 느껴졌다. 지독한 피곤과 절망에 빠져 무기력해진 엘은 마치 깊은 늪에 몸을 던져 버린 것 같은 느낌이었다.

어느새 옅은 선잠에 빠져 있던 엘은 쇠줄이 긁히는 귀에 거슬리는 소리에 놀라 퍼뜩 정신을 차렸다. 하지만 그녀를 깨운 소리의 진원지가 어딘지 알 수 없었다. 오직 사람들의 모습만이 그녀의 시야를 가득 채우고 있었다.

엘은 좁은 틈새에서 힘들게 몸을 비틀어 다리를 세웠다. 어느새 그녀의 맞은편 슈바니츠 감옥과 잇닿는 곳에 마련된 3층 높이의 상석에도 오십 명 정도의 사람들이 자리 잡고 있었다. 시중꾼으로 보이는 주위 사람들의 존재를 떠나 그들의 화려하고 고급스러운 옷차림만으로도 재력과 권력을 지닌 특권층이라는 걸 알 수 있었다.

귀청이 떨어질 듯한 요란한 함성이 일시에 터져 나왔다. 슈바니츠 감옥의 육중한 철문이 열리며 흥분으로 들끓는 사람들 앞으로 남루하고 초라한 죄수들이 엉거주춤 모습을 드러냈다. 그들의 모습을 자세히 보려는 사람들이 뒤에서 밀려드는 바람에 엘은 점점 앞쪽으로 나아가 급기야 철망에 바싹 달라붙게 되었다.

엘은 철망을 움켜잡으며 죄수들 사이에서 페터의 모습을 찾았다. 무장한 간수에게 떠밀려 비틀거리는 페터를 발견한 순간 엘은 통증이 느껴질 만큼 강하게 입술을 깨물었다. 덩치 큰 어른들 사이에서 페터의 모습은 너무나 작고 연약해 보였다.

갑자기 주위를 진동시키는 거센 북소리가 울려 퍼졌다. 그러자 사람들의 이목이 단번에 상석 한가운데 서 있는 남자에게 몰려들었다.

"쿠로베 관장님께서 피치 못할 사정으로 정화 의식에 참석하지 못하게 되셨습니다. 따라서 제가 그분의 뜻에 따라 정화 의식의 책임자가 되었습니다. 부족하나마 성스러운 의식을 훌륭히 마칠 수 있도록 성심을 다하겠습니다. 여러분 모두 정화 의식을 통해 진정한 영혼의 성찰을 이루시길 바랍니다. 자, 그럼 이제부터 성스러운 정화 의식을 시작하겠습니다."

남자의 말이 끝나기 무섭게 사람들이 목이 터져라 환호성을 질러댔다. 그 환호성 사이로 누가 먼저 시작했는지 모를 외침이 섞여들었다. 처음엔 사람들이 무엇을 외치고 있는지 전혀 알 수 없었다. 하지만 덤불에 불이 번지듯 눈 깜짝할 사이 대다수 사람들이 같은 말을 소리치자 엘의 귀에 비로소 짧은 두 개의 단어가 들려왔다.

"삶과 죽음!"

"삶과 죽음!"

사람들은 입을 모아 한 목소리로 같은 말을 외치고 있었다.

엘은 즉시 옆에 서 있는 중년 남자를 향해 큰 소리로 질문을 던졌다.

"삶과 죽음이라니, 그게 무슨 뜻인가요?"

"그걸 모른단 말이야?"

남자가 인상을 찌푸리며 엘을 이상하다는 듯이 바라봤다.

"하긴 요샌 이걸 보려고 다른 나라에서도 사람들이 심심찮게 들어오니까. 골치 아프게 물어볼 생각 말고 눈이나 크게 뜨고 있으라고! 자연히 알게 될 테니까!"

말을 마친 남자가 히죽 웃음을 보이더니 앞쪽으로 고개를 돌렸다. 엘의 시선 또한 자연스레 그 뒤를 따랐다.

다섯 명의 간수들이 죄수들을 열 개 정도의 무리로 나누고 있었다. 이리저리 눈치를 살피던 초췌한 얼굴의 중년 여인이 다리를 심하게 절며 다른 무리 쪽으로 옮겨가려 했다. 그것을 본 간수 한 명이 들고 있던 철제 장갑으로 여인의 얼굴을 후려쳤다. 간수가 무어라 소리 지르며 위협적인 몸짓을 하자 바닥에 쓰러진 여인이 허겁지겁 기어서 처음의 자리로 돌아왔다. 다른 죄수의 부축을 받으며 여인이 힘겹게 몸을 일으키자 그녀의 얼굴을 흥건히 물들인 피가 바닥으로 뚝뚝 떨어져 내렸다.

붉은 피가 사람들을 한층 흥분으로 몰아넣은 듯 폭발할 듯한 웃음소리와 환호성이 주위를 들끓게 했다.

엘은 어금니를 질끈 물고 숨을 깊이 들이마셨다. 참을 수 없는 격한 진저리가 그녀의 몸을 흔들고 지나갔다.

다시 한 번 북소리가 공기를 울리자 급속도로 소란이 가라앉기 시작했다. 그리고 급기야 작은 수군거림만이 남겨졌다. 갑작스레 찾아온

고요에 한순간 엘의 귀에 윙 하는 소리가 들렸다. 하지만 주위를 가득 채운 건 엄밀히 말해 고요가 아니었다. 그건 터질 듯 부풀어 오른 흥분과 광기였다.

"시작해라!"

좀 전에 인사말을 했던 상석의 남자가 크게 소리쳤다.

그러자 간수들이 상석을 향해 고개를 숙여 보인 후 그들 중 두 사람은 가장 앞에 있는 무리 쪽으로 다가가기 시작했고, 다른 세 명의 간수들은 한쪽에 놓여 있는 몇 개의 나무 우리로 나머지 사람들을 밀어 넣고 있었다. 견고하게 만들어진 나무 우리는 사면이 막혀 있었지만 공기를 통하게 하기 위해서인지 천장 중앙엔 사람의 머리만한 구멍이 뚫려 있었다.

물건을 고르기라도 하듯 잠시 죄수들을 둘러보던 간수 한 명이 작은 남자 아이를 번쩍 들어 올려 상석 바로 아래 놓여 있는 단 위에 세웠다.

"페터⋯⋯."

엘의 입술에서 신음 같은 속삭임이 새어 나왔다.

단 위에 서서 잔뜩 몸을 움츠리고 있는 아이는 다름 아닌 페터였다.

"오른쪽이냐, 왼쪽이냐? 어서 선택해라!"

페터를 단 위에 세운 간수가 쩌렁쩌렁한 목소리로 소리쳤다.

페터의 앞엔 각각 붉은색과 푸른색으로 칠해진 두 개의 문이 우뚝 서 있었다.

"한쪽엔 굶주린 맹수 떼가 있지만 다른 한쪽은 텅 비어 있다. 만약 네가 비어 있는 쪽을 선택하면 넌 살아서 슈바니츠를 나갈 수 있을 것이다. 하지만 네가 속한 무리의 사람들은 네 선택으로 인해 맹수의 먹이가 되는 거다."

말을 마친 간수가 페터를 향해 히죽 웃어 보였다. 그러자 여기저기에서 사람들의 웃음이 터져 나왔다. 사람들의 웃음소리에 고무된 듯다시 입을 여는 간수의 얼굴엔 묘한 만족감이 어려 있었다.

"다시 말해 주지. 만약 네가 맹수 떼를 택하면 넌 죽겠지만 다른 사람들은 너에게 감사를 표하며 이곳을 나갈 수 있단 말이다. 이만하면알아들었겠지? 자, 어서 선택해라!"

한층 숨을 죽인 사람들의 시선이 일제히 페터에게 집중되었다.

사람들에게서 뿜어져 나오는 악의에 찬 호기심에 숨이 막히려 하자엘은 얕고 가쁜 숨을 몰아쉬었다. 잔인한 사람들에 대한 극도의 혐오감에 견딜 수 없을 만큼 속이 메슥거렸다. 멍하니 서서 죄없는 사람들의 죽음을 볼 수밖에 없는 무기력함에 엘의 가슴이 당장이라도 터져버릴 것같이 격하게 일렁이고 있었다.

"뭐 하는 거냐? 어서 선택해!"

작은 석상처럼 뻣뻣이 서 있는 페터를 향해 다른 간수가 험악하게고함을 질렀다. 그러자 페터가 세차게 고개를 가로젓기 시작했다. 어찌나 격렬하게 움직이는지 작은 몸 전체가 이리저리 흔들릴 정도였다.

"꼭 너 같은 어리석은 놈이 있더군. 선택을 안 하면 너는 물론 다른사람까지 모조리 죽음을 맞게 되는 거다. 그래도 입을 열지 않을 거냐?"

비웃음이 가득한 간수의 말이 끝나는 순간 페터가 소리 내어 울음을터뜨렸다. 아이의 몸이 금세라도 바스러질 것같이 격렬하게 떨렸다.

잔뜩 기대에 부풀어 있던 사람들이 불만 섞인 야유를 퍼붓기 시작했다.

"어서 끌어내라!"

상석에서 짜증 섞인 불호령이 떨어졌다. 그러자 잔뜩 인상을 찌푸린 간수가 페터를 거칠게 잡아챘다.

"파, 파랑이요! 파랑이요!"

비명 같은 페터의 외침이 공기를 갈랐다.

그 즉시 간수가 페터를 다시 단 위에 내려놓았다. 다른 간수 한 명은 이미 푸른색 문 앞에 서 있었다.

주위를 내리누르는 묵직한 침묵을 뚫고 날카로운 소음과 함께 걸쇠와 이어진 쇠사슬이 풀리는가 싶더니 곧 이어 푸른색 나무 문이 열렸다. 그 사이로 모습을 보인 건 위협적으로 우리 안을 어슬렁거리는 다섯 마리의 맹수였다. 즉시 사람들에게서 감탄사가 쏟아졌다.

"칼라카! 칼라카다!"

엘은 한 번도 들어본 적 없는 이름이었다.

칼라카라는 맹수는 그 이름만큼이나 생김새도 낯설었다. 유난히 툭 튀어나온 돌출된 앞머리 아래엔 피같이 붉은 눈이 깊숙이 박혀 있었고 그 옆으로 기묘할 정도로 뾰족한 귀가 뿔처럼 하늘로 곤두서 있었다. 뼈라도 단번에 끊을 것같이 단단해 보이는 턱은 살점없이 팽팽하게 달라붙어, 칼라카들이 으르렁거리며 험악하게 입술을 말아 올릴 때마다 날카로운 이빨을 한층 위협적으로 보이게 했다.

칼라카들의 크기는 엘이 몇 번 본 적이 있는 회색 곰과 비슷했는데, 당장 터질 것 같은 팽팽한 몸 전체가 윤기 흐르는 흑갈색 가죽으로 둘러싸여 꿈틀거리고 있었다. 그런데 맹수 무리 중 유독 몸체가 큰 한 마리만은 비단을 몸에 두른 듯 반질거리는 새하얀색이었다.

좁은 우리에 갇혀 굶주림에 시달릴 대로 시달린 칼라카들이 으르렁거리며 사납게 쇠창살을 들이받기 시작했다. 흉포한 울음소리와 함께 자신들을 가둔 쇠 우리라도 단번에 끊을 수 있을 것 같은 어른 손가락만한 날카로운 이빨이 드러났다.

멍하니 서 있던 페터가 무릎을 꺾으며 힘없이 무너져 내렸다. 잔인하게도 그런 페터의 뒤에선 간수들이 페터의 선택으로 목숨을 건진 사람들을 풀어주고 있었다.

있는지도 몰랐던 나무 막의 문이 열리더니 계단을 올라온 간수가 걸쇠를 풀고 엘 바로 옆에 나 있는 쇠창살 문을 열기 시작했다.

엘은 딱딱하게 몸을 굳힌 채 간수의 손을 뚫어지게 바라봤다. 심장이 미친 듯이 고동치고 뒷머리가 쭈뼛 곤두섰다. 그녀의 팔다리가 가늘게 경련을 일으켰다.

이윽고 문이 열리는 순간 엘은 어떤 알 수 없는 힘에 떠밀린 듯 문을 향해 몸을 날렸다. 그녀의 머리를 가득 채우고 있는 건 지금 이 순간을 놓치면 영영 페터를 구할 수 없다는 절박함이었다.

엘은 간수를 밀치고 쇠창살을 통과해 나무 막 안으로 뛰어들었다. 간수들의 고함 소리와 구경꾼들의 괴성이 일제히 터져 나왔지만 그녀에게는 들리지 않았다. 그녀의 귀에는 자신의 격한 숨소리만이 가득 울리고 있었다.

"페터!"

찢어질 듯한 외침에 페터가 퍼뜩 고개를 쳐들었다.

엘은 단에서 떨어지듯 내려서는 작은 몸을 와락 움켜잡았다. 놀란 간수들이 입을 딱 벌리고 우두커니 서 있는 모습이 다급한 눈을 스쳐 갔다.

빨리 사람들 사이로 들어가야 해! 그들 사이로 섞여들면 쉽게 잡진 못할 거야!

엘은 페터를 잡은 오른팔에 잔뜩 힘을 준 채 미친 듯이 문을 향해 달렸다.

"잡아!"

단 위에서 누군가 탁한 목소리로 소리쳤다.

나무 막 문 옆에 있던 간수 한 명이 허리에 벨트처럼 두르고 있던 쇠사슬을 꺼내 들며 문을 막아섰다. 위협적으로 쇠사슬을 허공에 빙빙 돌리던 간수가 때마침 다가선 엘을 향해 거칠게 휘둘렀다. 엘은 반사적으로 머리를 젖히며 몸을 옆으로 회전시켰다. 쇠사슬이 일으킨 서늘한 바람이 그녀의 귀를 살짝 스쳐 갔다.

엘이 옆에서 달려드는 다른 간수의 존재를 눈치 챈 순간 피할 겨를도 없이 다시 한 번 쇠사슬이 그녀의 머리 쪽으로 날아왔다.

"형!"

페터의 고함 소리와 함께 한순간 엘의 시야가 검붉게 변했다. 그녀는 정신이 아득해지는 걸 느끼며 바닥으로 꼬꾸라졌다. 축축하고 거친 흙이 볼에 느껴졌다. 엘은 자꾸만 빠져나가려 하는 의식을 놓지 않으려 안간힘을 쓰며 머리를 들었다. 머리가 산산조각나는 것 같은 참기 힘든 고통에 악다문 이 사이로 거친 신음 소리가 새어 나왔다. 얼굴을 타고 흘러내리는 뜨듯한 액체의 감촉이 생생히 다가들었다.

엘은 눈으로 스며들려는 피를 옷소매로 닦으며 힘겹게 상체를 일으켰다. 바로 그때 그녀의 목을 휘감는 거칠면서도 싸늘한 감각이 느껴졌다. 그 순간 엘은 본능이 시키는 대로 조여들고 있는 쇠사슬 사이로 손을 밀어 넣었다. 엘의 목을 자르기라도 하려는 듯 간수가 쇠사슬을 맹렬히 조여왔다. 숨이 막힌 엘이 목에 감긴 쇠사슬을 풀기 위해 몸부림치자 그녀 주위로 뿌연 먼지가 피어올랐다.

"내 손으로 네놈의 숨통을 끊어주겠다!"

엘의 목을 조이고 있던 간수가 진한 비웃음을 흘리며 만족스러운 듯 입맛을 다셨다.

목에서부터 가슴까지 불에 달군 집게로 잡아 뜯는 듯한 끔찍한 고통이 느껴졌다. 뜨거운 피 냄새가 가슴 저 깊은 곳에서 뒤틀린 목을 타고 기어 올라왔다. 더 이상 버티지 못하고 눈을 감자 세상이 빙빙 도는 어지러움과 함께 정신이 아득해지며 몸에서 힘이 빠져나갔다.

"그만 해라!"

굵직한 목소리와 함께 그녀의 목에서 쇠사슬이 풀렸다.

엘은 그 자리에서 바닥으로 꼬꾸라졌다. 거친 기침을 토해내며 불 속에 갇힌 듯 화끈거리는 가슴으로 고통스럽게 공기를 밀어 넣었다. 조금씩 숨 쉬기가 편해지자 그에 따라 황갈색 막으로 덮였던 시야가 밝아지기 시작했다.

"시간 끌지 말고 정하 의식을 빨리 진행시켜라! 의식을 망치려 한 저 애송이 놈도 칼나카의 먹이로 던져 줘라!"

간수들이 상석의 남자를 향해 고개를 숙여 보이더니 일사불란하게 움직여 나무 막과 철망 사이의 계단으로 이동했다. 곧 이어 먼지바람을 일으키며 나무 문이 닫혔고 그 위에 견고한 걸쇠가 채워졌다.

"형……."

울먹이는 페터의 목소리와 함께 팔에 따뜻한 체온이 느껴졌다. 힘없이 치켜든 그녀의 시야 가득 눈물과 먼지로 얼룩진 작은 얼굴이 보였다. 더 이상 말을 잇지 못하고 입술을 일그러뜨린 페터의 볼을 타고 다시 굵은 눈물 줄기가 흘러내렸다. 그 눈물방울이 비닥으로 떨어지는 순간 엘은 이를 악물고 몸을 일으켰다. 그리고 잔뜩 쉰 목소리로 힘겹게 외쳤다.

"우리 두 사람이 여기서 살아남는다면… 아니, 두 사람 중 한 명이라도 살아남는다면 풀어준다고 약속해 주십시오!"

잠시 동안 침묵이 휩쓸고 지나간 뒤 사람들의 웅성거림이 걷잡을 수 없이 커지기 시작했다. 하지만 그들의 반응은 엘의 관심거리가 아니었다. 엘의 시선은 오직 그녀와 페터의 운명을 쥐고 있는 상석의 남자에게 못 박혀 있었다.

"그래, 그거 재미있겠군. 그 말대로 해주는 거 어떻겠소?"

인상을 잔뜩 찌푸린 남자가 입을 열려는 순간 그 옆에 앉아 있던 나이 지긋한 남자가 소리쳤다. 그러자 뒤이어 다른 사람들까지 일제히 말을 들어주자고 외치기 시작했다.

"좋다! 네 말대로 둘 중 하나라도 살아남는다면 더 이상 죄를 묻지 않겠다!"

마지못한 기색이 역력한 남자가 뚱한 어조로 말했다.

그러자 색다른 재미를 즐기게 되었다고 생각한 사람들이 흥분에 찬 환호성을 질렀다.

엘은 엉거주춤 일어서는 페터의 어깨를 꽉 움켜잡았다.

"잘 들어, 페터. 겁내지 말고 여기 몸을 구부리고 앉아. 아니, 그렇게 말고."

그녀는 다급한 어조로 말하며 페터의 몸을 바로잡아 주었다.

"좀 아플 거야. 그래도 절대 움직이면 안 돼. 알았지?"

입술을 꼭 다문 페터가 세차게 고개를 끄덕였다.

"어서 칼라카를 풀어라!"

엘이 흠칫하며 구부리고 있던 허리를 폈을 때 상석 가장자리에 서 있던 간수 한 명이 우리의 문을 지탱해 주던 굵은 밧줄을 단숨에 끊었다.

쇠창살로 된 우리 문이 털썩 바닥으로 떨어지며 뿌연 먼지를 피워 올렸다.

엘은 우리 밖으로 뛰어나오는 칼라카를 돌아보지 않았다. 첫 번째 칼라카가 땅에 발을 디디는 순간 엘은 무릎을 꿇고 등을 구부리고 있는 페터를 향해 전속력으로 달려가고 있었다. 그녀는 볼에 부딪치는 바람을 생생히 느끼며 페터의 작은 등을 딛고 펄쩍 뛰어올랐다. 그리고 팔을 쭉 뻗어 나무 막 윗부분을 재빨리 잡아챘다. 눈을 의심할 수밖에 없는 엄청난 도약에 사람들에게서 요란한 감탄사가 터져 나왔다.

엘은 이를 악물고 부들거리는 팔로 힘겹게 몸을 들어 올려 나무 막 위에 걸터앉았다. 그러자 얼어붙은 듯 뻣뻣이 서 있는 페터 주위로 칼라카들이 위협적으로 다가오고 있는 모습이 보였다.

"페터."

엘은 맹수들을 흥분시키지 않기 위해 작은 소리로 페터를 불렀다. 그리고 페터를 향해 손을 내밀었다. 칼라카들을 슬금슬금 살피던 페터가 발꿈치를 들고 팔을 높이 치켜 올렸다. 하지만 그들은 손끝조차 스칠 수 없었다. 엘이 다리에 잔뜩 힘을 줘 몸을 지탱한 후 최대한 힘껏 팔을 뻗어봐도 손가락 하나만큼의 거리는 좀처럼 줄어들지 않았다.

"힘내요! 조금만 더!"

어디선가 젊은 여자의 목소리가 들려왔다.

"그래! 힘내라!"

"힘내! 포기하지 말고 살아남아!"

"조금만 더 뻗어봐!"

놀랍게도 사람들이 그들을 응원하기 시작했다. 하지만 사람들의 요란한 외침은 조금도 도움이 되지 못했다. 오히려 신경이 곤두서 있는 맹수들을 흥분시켜 엘과 페터를 한층 더 위험 속으로 몰아넣고 있었다.

페터의 정면에 있는 칼라카가 이빨을 드러내며 흉포하게 으르렁거리더니 당장이라도 땅을 박차고 뛰어오를 것같이 몸을 낮게 도사렸다.

누가 먼저랄 것도 없이 격하게 숨을 들이킨 두 사람의 다급히 떨리는 손끝이 서로를 살짝 스쳐 지나갔다.

아차 하는 순간 중심을 잃은 엘은 나무 막을 놓치며 아래로 곤두박질쳤다. 바로 그때 칼라카가 페터를 향해 맹렬히 뛰어올랐다. 엘은 본능적으로 공중에서 몸을 한 바퀴 회전시키며 페터를 향해 두 팔을 뻗었다. 다음 순간 그녀와 칼라카가 거의 동시에 페터에게 닿았다. 엘은 굶주린 맹수의 붉은 눈동자와 시선을 맞부딪치며 재빨리 페터의 몸을 감쌌다. 그 순간 칼라카의 날카로운 발톱이 천을 찢고 엘의 살갗을 깊게 할퀴며 지나갔다.

거칠게 바닥을 굴러 나무 막에 세차게 부딪친 엘은 아픔을 느낄 겨를도 없이 서둘러 몸을 일으켰다. 바람이 지나간 듯 서늘하게 느껴지는 오른쪽 팔을 타고 뜨거운 피가 끊임없이 흘러내렸다.

피 냄새는 칼라카들을 광분으로 몰아넣었다. 미친 듯이 흥분해 거칠게 울부짖는 칼라카들을 보며 엘은 다급하게 페터를 그녀의 등 뒤로 밀어 넣었다. 그 순간 칼라카 다섯 마리가 사방에서 땅을 박차고 맹렬히 뛰어올랐다.

"안 돼! 그러지 마!"

엘의 입술에서 숨 막히는 절규가 터져 나왔다.

극도의 두려움에 몰린 엘이 반사적으로 손을 들어 올리며 질끈 눈을 감았을 때 무언가 거친 감촉이 손끝을 스쳐 갔다. 놀라 번쩍 뜬 그녀의 눈이 붉은 눈동자와 마주쳤다. 엘은 그 자리에 뻣뻣하게 얼어붙은 채 자신 앞에 우두커니 서 있는 칼라카들을 바라봤다.

그녀는 붉은 눈동자 속에 어려 있는 경계심을 느낄 수 있었다. 하지만 조금 전까지 칼라카들을 지배했던 살기는 어디에서도 보이지 않았다.

놀란 사람들의 외침이 조금씩 멀어져 갔다. 그 대신 나비의 날갯짓 같이 부드러운 소리가 귀에 가득 찼다. 미친 듯이 가슴이 쿵쾅거리다 곤두박질치며 낮게 가라앉았다. 가슴에 만들어진 텅 빈 공간에 뭔가 기묘한 것이 차 오르며 점점 뜨거워지고 밝아지는 것 같았다.

엘은 자신을 뚫어져라 응시하고 있는 칼라카들에게서 한시도 눈을 떼지 않았다. 거부할 수 없는 절대적인 힘이 엘의 온몸을 결박한 채 발을 내딛고 싶지만 들어가는 게 두렵기도 한 좁은 길을 밝혀주고 있는 것 같았다.

갑자기 몸을 옭매고 있던 압박이 풀리며 대기를 가득 채운 낯설고 두려운 향기가 그녀의 맥박을 따라 몸속으로 스며들었다. 엘은 칼라카들의 붉은 눈 너머 깊숙이 감추어진 비밀을 들여다보며 따사로운 빛과 신비로운 감각에 조금씩 젖어 들어갔다.

얼마나 시간이 지났는지 알 수 없었다. 엘은 멍하던 머리가 맑아지는 걸 느끼며 알 수 없는 힘에 이끌리듯 가장 가까이 서 있는 하얀 칼라카를 향해 천천히 다가갔다. 칼라카들을 두려워할 필요가 없다는 걸 이젠 확신할 수 있었다. 그녀의 마음 깊은 곳에서 스며 나오는 부정할 수 없는 강한 본능이, 그녀와 칼라카들을 잇고 있는 강한 정신적 교감

(交感)이 사실을 말해 주었다.

눈처럼 하얀 전신을 햇빛에 반사시키고 있는 칼라카에게 바짝 다가간 엘은 손을 들어 그녀를 똑바로 응시하고 있는 칼라카의 머리로 가져갔다. 엘이 손가락을 스치는 힘차고 뜨거운 숨결을 느낀 순간 칼라카가 그녀의 손에 머리를 기대며 슬슬 비비기 시작했다. 그러자 샘을 내기라도 하듯 엘의 주위를 둘러싼 다른 칼라카들 역시 그녀의 몸에 장난스럽게 코를 들이밀었다. 자신을 둘러싼 맹수들을 내려다보고 있는 엘의 입술에 부드러운 미소가 피어올랐다. 햇볕을 가득 마신 듯 온몸이 따뜻해지며 그녀를 둘러싼 주위의 모든 것들이 황홀하게 느껴졌다.

"이, 이럴 수가! 어떻게 이런 일이?!"

"넌 누구냐? 정체가 뭐냐?!"

"칼라카를 길들이는 건 불가능해! 저건 눈속임일 뿐이야!"

"어떻게 한 거냐? 어떻게 칼라카를 단번에 길들인 거냐?"

경악에 찬 외침이 그녀를 둘러싸고 있던 완벽한 고요를 무너뜨렸다.

엘은 칼라카 머리에 손을 얹은 자세 그대로 어쩔 줄 몰라 하며 입을 꼭 다물고 서 있었다. 그녀는 어떤 대답을 해야 좋을지 막막할 뿐이었다. 상상할 수도 없는 일에 그녀 자신조차도 어안이 벙벙하고 소름이 돋을 지경인데 그들의 질문에 어떤 말을 할 수 있단 말인가? 더군다나 사람들의 이목을 끌어선 안 된다는 리자드의 매서운 경고가 떠오르자 말은커녕 숨 쉬기도 힘들 만큼 목이 죄어들었다.

"대체 네 정체가 뭐냐고?"

악을 쓰듯 버럭 터져 나온 고함에 놀라 엘이 몸을 움찔하자 칼라카들이 소리친 남자를 향해 위협적으로 이를 드러내며 으르렁거렸다. 찔끔한 남자가 반사적으로 몸을 홱 젖혔고 비틀거리다 중심을 잃고 바닥으로 넘어졌다.

얼굴이 벌게진 남자가 허겁지겁 몸을 일으켰을 때 두고두고 사람들의 입에 오르내릴 일이 다시 한 번 일어났다. 갑자기 층계 위로 오십 명에 달하는 기사들과 다섯 명의 고위 사제들을 대동한 아시리움 종단의 대사제가 나타난 것이다. 허겁지겁 머리를 조아리며 길을 비켜주는 사람들 사이를 위엄있게 지나온 대사제가 드디어 상단에 이르렀다. 그러자 입을 딱 벌리고 있던 화려한 옷차림의 사람들이 일제히 무릎을 꿇었다.

"모든 그루지아 국 백성들에게 고하노라! 오늘 이 시간부터 정화 의식을 전면 금지한다! 정화 의식을 하려 드는 자는 본인은 물론 일가 전부에게 참형이 내려질 것이다! 이 모든 건 성스러운 법황 성하의 뜻이시니 경배로써 받들라!"

대사제의 말이 엄숙하게 주위를 울렸다.

"예, 알겠습니다! 알겠습니다, 대사제님! 제 비천한 목숨을 바쳐 성스러우신 법황 성하의 뜻을 받들겠습니다!"

바닥에 넙죽 엎드린 남자가 바르르 떨리는 어조로 소리쳤다.

근엄한 얼굴로 남자를 바라보던 대사제가 마침내 엘에게 시선을 돌렸다.

엘이 어쩔 줄 몰라 하며 눈을 깜박였을 때 다시 한 번 대사제의 목소리가 공기를 갈랐다.

"알렉시스 왕자를 뫼셔라! 안전하고 신속하게!"

"이제 됐습니다."

의관사제의 말에 엘은 말아 올린 팔 소매를 아래로 내렸다.

"다행스럽게도 뼈는 상하지 않았지만 꽤 깊은 상처라 한동안 움직이기도 힘들고 고통도 심하실 겁니다. 하지만 제가 말씀드리는 날 빠짐없이 치료실로 오셔서 상처에 유용한 약초를 붙이시고, 또 제가 드리는 탕약을 빠짐없이 드신다면 보름쯤 후에는 그런대로 불편하지 않게 쓸 수 있으실 겁니다. 으음~ 검술 같은 과격한 행동을 하시려면 시간이 좀 더 필요하겠지만 말입니다. 그리고 다행히 머리 상처는 그리 심하지 않습니다. 목과 손등의 상처도 그러하고요. 물론 며칠간은 두통과 쓰라린 통증에 시달리시게 될 겁니다. 참, 피가 말라붙은 머리카락을 씻으실 땐 절대 상처에 물이 닿지 않게 조심, 또 조심하십시오."

"알겠습니다. 그런데 리오는 좀 어떻습니까?"

의관사제의 말이 끝나기만을 초조하게 기다리던 엘이 서둘러 질문을 던졌다.

"그분은 상당히 심하게 다치셨더군요. 하마터면 목숨이 위험하실 수도……"

"예? 목숨이 위험하다고요?"

엘은 의관사제의 말을 끊으며 벌떡 일어섰다. 그 순간 머리에 아찔한 통증이 느껴졌다.

"이런! 조심하십시오!"

의관사제가 머리를 감싸고 있는 엘을 부축해 얼른 의자에 앉혔다.

"친구 분은 괜찮습니다. 많이 다치시긴 했지만 위기는 일단 넘기신 상태입니다. 마음에 안 드는 부분이 있긴 해도 그런대로 치료를 잘 받으셨더군요. 지금은 편안히 휴식을 취하고 계십니다. 그분은 제가 책임지고 건강을 되찾게 해드릴 테니 걱정하지 마십시오."

"감사합니다, 사제님."

엘은 고마움이 담긴 눈으로 의관사제를 바라보다 커다랗게 하품을 했다.

"많이 피곤하신 모양이군요. 전 이만 나갈 테니 편안히 쉬십시오."

주섬주섬 물건을 챙기던 의관사제가 갑자기 고개를 들어 엘을 빤히 바라봤다. 그녀가 의아하다는 표정을 짓자 그가 몹시 망설이며 힘들게 입을 열었다.

"저… 왕자께선 어쩌다 이런 몹쓸 일을 당하시게 된 겁니까? 듣자 하니 슈바니츠 감옥에서 다치셨다던데……."

"그, 글쎄요, 어쩌다 그런 건진 저도 잘……."

엘은 대충 얼버무리며 쑥스러운 얼굴로 사제의 눈치를 살폈다.

그는 슬쩍 인상을 찌푸린 채 미심쩍은 시선으로 엘을 바라보고 있었다. 당황한 엘은 재빨리 커다랗게 하품을 하는 척했다. 그러자 사제가 서둘러 몸을 일으켰다.

"전 이만 가보겠습니다."

"살펴가십시오, 사제님."

문을 열고 밖으로 나가려던 의관사제가 엉거주춤 엘을 돌아봤다.

"저… 법황 성하께선……."

"예? 뭐라고요?"

영문을 알 수 없는 엘이 소리를 높이자 갑자기 그의 얼굴이 벌겋게 달아올랐다.

"지금 뭐라고 말씀하신 겁니까?"

"아, 아닙니다! 아닙니다! 잠시 말이 헛나왔습니다! 못 들은 걸로 해주십시오! 제발 그렇게 해주십시오! 부탁드립니다!"

간절히 애원하는 의관사제의 모습에 엘은 점점 어리둥절해질 뿐이었다.

"알겠습니다."

의구심은 들었지만 필사적이기까지 한 사제에게 엘은 서둘러 대답해 줄 수밖에 없었다.

그녀의 말을 들은 사제의 얼굴은 확연히 밝아져 있었다.

고개까지 숙이며 연신 고맙다고 하는 사제를 바라보며 엘은 피곤한 미소를 지어 보였다. 몸을 내리누르는 짙은 피로감에 전신이 물에 젖은 솜처럼 천근만근 늘어졌다.

문이 닫히자마자 엘은 비틀거리며 침대 위로 올라갔다. 그리고 그대로 엎어져 시트를 덮기도 전에 깊고 깊은 잠 속으로 빠져들었다.

침대 옆에 멈춰 서서 엘을 바라보는 루드비히의 얼굴이 미세하게 찌푸려졌다.

파리한 얼굴은 밀랍처럼 창백했고 채 씻겨지지 않은 핏자국이 그녀의 볼과 귀에 남아 있었다. 또한 목엔 가는 띠를 두르고 있는 것처럼 보이는 검붉은 피멍이 선명했으며, 오른쪽 팔 소매엔 상처에서 배어 나온 피가 얼룩을 만들고 있었다.

루드비히는 잠시 동안 미동없이 서서 만신창이가 다 된 엘을 물끄러미 내려다보았다. 그의 시선이 검푸른 머리카락을 따라 미끄러졌다. 윤기 흐르는 머리카락이 엘의 어깨를 휘감고 내려와 고르게 움직이는 가슴 위에 비단처럼 펼쳐져 있었다.

루드비히는 천천히 손을 뻗어 엘의 귓가에 흐트러진 머리카락을 살며시 쓸어 가지런히 넘겨주었다. 머리카락의 감촉을 음미하듯 그의 손길은 매우 느리고 부드러웠다. 루드비히의 손길을 느끼기라도 한 듯, 긴 속눈썹 위의 가느다란 실핏줄이 그려진 눈꺼풀이 살짝 흔들렸다. 그 순간 머리카락을 떠난 루드비히의 손이 그녀의 무겁게 감겨진 눈꺼풀 아래 검은 그늘로 다가들었다. 그늘진 연약한 피부를 부드럽게 쓸던 손끝에 나비 날개처럼 바르르 떠는 속눈썹이 스치자 루드비히의 얼굴에 묘한 표정이 어렸다.

잠시 후 눈을 떠나 낮은 허공에 멈춰 있던 루드비히의 손이 이번엔 엘의 뺨으로 미끄러졌다. 루드비히가 보드라운 살갗의 감촉을 즐기며 천천히 손가락을 움직였을 때 엘이 무슨 말인가를 중얼거리며 고개를 옆으로 돌렸다. 조용히 손을 거둬들이는 그의 입술에 희미한 미소가 피어올랐다.

"리자드……."

한숨 소리처럼 엘이 나지막이 속삭였다. 루드비히의 얼굴이 순간적으로 굳어졌다. 강렬하게 반짝이는 은회색 눈동자에 폭풍이 시작되는 잿빛 하늘처럼 어두운 빛이 타올랐다.

삼시 얼어붙은 듯 움직임없이 서 있던 그가 천천히 엘을 향해 얼굴을 내렸다.

깃털처럼 가볍고 부드러운 감촉이 이마를 스치고 지나갔다. 엘은 손가락을 움찔하며 무거운 눈꺼풀을 들어 올렸다. 안개가 낀 듯 뿌연 세상 한가운데 낯익은 얼굴이 보였다.

"루드비히……."

"편히 주무십시오, 엘……."

부드럽고 낮은 속삭임을 들으며 엘은 천천히 눈을 감았다. 루드비히의 목소리가 메아리처럼 귀를 울려왔다. 그 소리에 섞여 무엇인가 중요한 걸 잊고 있다는 마음의 소리가 들렸다. 엘은 돌덩이를 매단 듯 무겁게 늘어지는 눈꺼풀을 가까스로 들어 올렸다. 가느다랗게 열린 두 눈에 루드비히의 모습은 보이지 않았다.

이건 꿈이야. 난 지금 꿈을 꾸고 있는 거야.

깊고 낮은 한숨을 내쉬며 엘은 편안한 세계로 빨려 들어갔다.

"이제야 좀 인간답게 보인다."

"인간답게라고? 느낌으론 인간이 아니라 썩은 통나무가 된 것 같다."

푸념조로 말하며 리오가 얼굴을 잔뜩 찌푸렸다.

"으음, 다시 보니 그런 것 같기도 한데?"

엘은 소리 내어 웃으며 침대 옆에 놓여진 네 개의 의자 중 하나에 앉았다.

"인기 만점인 리오를 문병하러 벌써 여러 명이 다녀간 모양이군."

"그렇지 뭐."

리오는 아무래도 상관없다는 듯 무심한 어조로 말하며 걱정스러운 눈으로 엘의 얼굴을 살폈다.

"넌 이렇게 돌아다녀도 되는 거야?"

"지긋지긋한 두통 때문에 펄쩍펄쩍 뛸 수는 없지만 천천히 걸어다닐 순 있어. 걸음걸이는 죽을 때가 다 된 노인 같지만 말이야. 여기 오는 도중엔 50년 후의 내 모습이 이럴까 하는 생각이 들더라."

"그래도 노인이 썩은 통나무보다야 낫잖아."

투덜대는 리오의 말이 끝나자마자 두 사람은 동시에 웃음을 터뜨렸다.

"근데 넌 언제쯤이면 일어날 수 있는 거야?"

"꽤 오래 있어야 하나 봐. 어디가 파열되고 또 무슨무슨 뼈가 부러졌다고 하는데, 내가 그런 걸 알아야 말이지. 하지만 낑낑대고 기를 쓰면 일어나 앉는 건 지금도 가능해. 휴우~ 내 꼴이 이게 뭔지……. 천하의 리오님이 말이야."

농담조로 말을 끝낸 리오가 힘없이 미소를 지었다.

옐은 미간을 찡그리며 침대에 바짝 다가앉았다.

"이제 말 좀 해봐. 그 술집에서 내가 정신을 잃은 뒤 무슨 일이 있었던 거야? 대체 누가 널 이렇게 만든 거냐고?"

"글쎄… 나도 잘 모르겠어. 여관으로 가는 도중에 껄렁껄렁한 놈들 다섯이 길을 가로막더라고. 처음엔 단순한 건달인 줄 알았는데, 놈들이 노리는 게 바로 너란 걸 알게 되니까 나도 심상치 않은 뭔가가 있구나 하는 생각이 들더라."

그때 일이 떠오르는지 리오의 얼굴에 슬쩍 그림자가 덮였다.

"그래, 네 말대로 평범한 건달은 아닐 거야. 날 슈바니츠에 넘기기까지 했으니까."

"석연치 않은 느낌이 들긴 하지만 깊이 고민할 필요가 뭐 있어? 당연히 자일스 짓일 게 뻔한데."

"그런 거겠지? 자일스의 계략이 틀림없겠지?"

엘은 확인하듯 재차 반문했다.

만약 이번 일을 꾸민 게 자일스라면 엘은 더 이상 고민할 필요가 없었다.

정체와 목적이 확실한 적은 그만큼 경계하기도 쉬운 법이었다. 하지만 만약 보이지 않는 적이 존재한다면 그건 심각한 위험을 초래할 수도 있다. 엘이 아무리 주의를 기울이더라도 그녀의 뒤쪽은 항상 무방비 상태가 될 수밖에 없으니 말이다.

"당연하지! 자일스밖에 그런 일을 할 사람이 어디 있겠어? 더군다나 이번 일엔 아시리움 성전까지 끌어들인 모양이던데, 그런 짓은 감히 아무나 못하지. 자일스처럼 완전히 돌았거나 확실한 바람막이가 없다면 말이야."

자신하는 리오의 말에 엘은 고개를 끄덕였다.

그래, 리오의 말이 맞아. 자일스가 꾸민 일이 분명해. 어떤 의심도 끼어들 자리가 없는 명백한 진실이 틀림없어.

깊은 잠에서 눈을 뜨는 순간 그녀에게 서늘하게 다가왔던 막연한 불안감이 서서히 가라앉았다.

"그건 그렇고, 알렉스, 너에 대해 이상한 말이 들리던데… 너도 알고 있어?"

"어떤 말?"

반문하긴 했지만 엘은 리오가 무슨 말을 할지 어느 정도 예상하고 있었다. 그리고 곧 그녀의 생각이 맞다는 걸 확인할 수 있었다.

"어제 슈바니츠 감옥에서 열린 정화 의식에서 말이야. 네가 맨손으로 굶주린 칼라카 떼를 애완 동물 다루듯 간단히 제압했다던데… 그게 사실이야?"

리오는 도저히 믿을 수 없다는 얼굴을 하고 있었다.

"뭐? 내가 칼라카를? 그런 터무니없는 유언비어가 돈단 말이야?"

엘은 짐짓 정색을 하고 말도 안 된다는 듯 소리를 높였다.

"그렇지? 나도 그 말 들었을 때 정말 황당했다고. 그래서 쓸데없는 소문 내지 말라고 면박을 줬지. 그게 말이 돼? 칼라카가 얼마나 사나운데! 칼라카 떼는커녕 한 마리만 있어도 팔다리 멀쩡한 몸으로 살아 있는 게 기적일걸! 난 몇 년 전에 한 번 칼라카를 가까이에서 본 적이 있는데, 그렇게 소름 끼치게 생긴 건 처음 봤다니까. 그 이빨 하며 발톱, 정말 상상을 초월하더라. 특히 살벌하게 번뜩이는 붉은 눈은 보기만 해도 오금이 저리더라고."

엘은 리오의 말을 흘려들으며 자신의 손을 물끄러미 내려다보고 있었다. 손가락을 스치던 칼라카의 숨결과 거친 털의 감촉이 떠오르자 손끝이 미세하게 떨렸다. 하지만 그런 육체적인 감각과는 비할 수 없이 엘의 뇌리를 꽉 채우고 있는 건 꽁꽁 막혀 있던 문이 어느 순간 활짝 열린 것같이 들이닥치던 정신적인 교감이었다. 마치 엘이 칼라카가 된 듯, 아니, 칼라카가 그녀 자신이 된 듯 완벽하게 그들 사이를 잇는 강렬한 영혼의 교류. 만약 그 연결 선이 어느 한순간이라도 끊어졌다면 엘은 이미 이 세상 사람이 아닐 것이다.

"알렉스, 내 말 들었어? 알렉스!"

"리오!"

엘이 별안간 그를 크게 부르자 리오의 눈이 휘둥그레졌다.

"왜 그래?"

"미안하지만 난 이만 가봐야겠어. 급한 볼일이 있는데 깜박 잊고 있었거든. 지금 갑자기 생각이 났어."

엘은 말을 하면서 성큼성큼 문을 향해 걸음을 옮겼다.

"잠깐, 알렉스! 무슨 일인데 그래? 조금만 더 있다 식사나 같이 하자!"

리오가 다급히 소리치자 문을 반쯤 열고 있던 엘이 뒤를 돌아보았다.

"리오."

엘이 조용하고 부드러운 어조로 그를 부르자 리오가 커다랗게 뜬 눈을 끔벅였다.

"말은 고맙지만 식사는 따로 하는 게 나을 것 같다. 난 멀건 국물은 딱 질색이라서 말이야. 음식은 누가 뭐라도 씹히는 맛이 있어야 하는 거 아니겠어?"

입술을 비죽이며 그녀를 노려보는 리오를 향해 엘은 씩 웃어 보인 후 문을 나섰다.

갖가지 화려한 빛깔의 들꽃이 미풍에 가볍게 흔들리는 들판에서 엘은 바삐 움직이던 걸음을 멈췄다. 그리고 한 바퀴 빙 돌며 주위를 살폈다. 사람의 모습은 어디에서도 보이지 않았지만 엘은 잠시 망설이다 왼쪽에 위치한, 들판보다 더 한층 풍부한 초록빛으로 물들어 있는 숲으로 걸어 들어갔다.

하늘 높이 힘차게 솟은 나무들은 눈부신 햇살을 머금으며 생기를 내뿜고 있었고 나무 아래 풍요로운 검은 흙 위엔 갖가지 키 작은 초록 식물들이 빛과 향기를 뿜내고 있었다.

엘은 그리 깊지 않은 숲 언저리의 아름드리 나무 아래 주저앉았다.

이리저리 얽혀 있는 나뭇가지 사이로 청명한 하늘이 밝은 햇빛과 섞여 부서져 내렸다.

엘은 눈을 지그시 감고 고개를 치켜들었다. 상쾌한 바람이 그녀의 피부를 기분 좋게 스쳐 갔다. 엘은 칼라카와 이어졌던 정신적 교감을 다시 한 번 느껴보길 원했다. 지금은 꿈결 같기만 한 아련한 그때의 감정을 고스란히 되뇌어보고 싶었다.

깊은 심호흡을 천천히 반복할 때마다 엘의 정신이 현실에서 조금씩 멀어졌다. 그와는 반대로 그녀의 감각은 놀랄 만큼 맑아지고 선명해지고 있었다. 묵직하게 머리를 짓누르던 집요한 두통도 어느새 사라져 버렸다.

깊이 숨을 들이마시자 존재하는 줄도 몰랐던 온갖 향기가 가슴 가득 맡아졌다. 피부에 부서지는 빛의 파편, 그리고 그들이 만들어내는 조각난 그림자가 고스란히 느껴졌다. 신비로우면서도 너무나 편안한 감각에 엘의 입술에 부드러운 미소가 피어올랐다.

정체를 알 수 없는 이질적인 소리가 들린 건 바로 그때였다. 그녀를 둘러싼 모든 것에 깊이 몰입해 있던 엘은 천천히 수면 위로 떠오르며 살짝 눈꺼풀을 들어 올렸다. 그 순간 엘의 보라색 눈에 경악이 어렸다. 심장이, 생명의 흐름이 일시에 작동을 멈춰 버렸다.

그녀의 시야를 가득 채운 건 새까맣게 몰려든 수만, 아니, 수십만 마리의 곤충 떼였다. 요란한 날개 소리가 고막을 찢을 듯 거세게 귀를 파고들었다. 곤충들이 그녀의 머리며 얼굴, 목, 팔다리 할 것 없이 몸 전체에 미친 듯이 부딪쳐 왔다. 일순간 경악에 싸여 얼어붙었던 엘은 본능적으로 격렬히 몸부림치며 바닥을 뒹굴었다. 숨 막히는 헐떡임 사이로 날카로운 비명이 터져 나왔다. 미칠 듯한 공포가 엘의 이성을 완벽하게 마비시켰다.

갑자기 무엇인가 강한 힘이 그녀를 꽉 움켜잡았다. 엘은 발작적인 비명을 지르며 미친 듯이 몸을 뒤틀었다.

"쉿! 진정하십시오. 이제 안전합니다."

낮고 부드러운 어조의 낯익은 목소리가 엘의 귓가에 울렸다. 그와 동시에 그녀를 감싸고 있는 따뜻한 온기가 느껴졌다. 엘은 충격이 채 가라앉지 않은 뻣뻣한 동작으로 단단한 가슴에 묻고 있던 얼굴을 들어 올렸다. 그리고 그녀를 내려다보고 있는 은회색 눈동자를 마주했다. 그녀는 잠시 동안 커다랗게 열린 눈으로 신비롭게 반짝이는 루드비히의 눈동자를 빤히 들여다보며 미동없이 서 있었다.

격렬히 요동 치던 가슴이 천천히 가라앉았다. 그에 따라 그녀를 감싸고 있는 시간도 조금씩 움직임을 늦추기 시작했다. 세상의 모든 것이 그녀를 남긴 채 앞으로 나아가고 있는 것 같았다.

"여기 좀 앉으십시오."

루드비히의 목소리가 성금 나서며 마비된 듯한 머리를 깨웠다.

엘은 그가 이끄는 내로 나무 아래 엉거주춤 앉았다. 곧 이어 루드비히가 그녀 옆에 나란히 자리 잡았다.

두 사람은 말없이 앞을 응시한 채 잠시 동안 그렇게 앉아 있기만 했다. 이성을 잃게 했던 공포와 흥분이 가라앉자 부끄러운 모습을 보였다는 창피함이 슬그머니 고개를 들었다. 엘은 곁눈으로 흘끗거리며 루드비히의 눈치를 살폈다.

"어렸을 때……."

잔뜩 쉰 목소리가 나오자 엘은 말을 멈추고 목을 가다듬은 후 다시 입을 열었다

"제가 어렸을 때 숲 속에서… 시체를 본 적이 있습니다. 나중에 알게 된 건데 벌에 쏘여 그렇게 된 거였어요. 죽은 아이는 제 또래의 여자 아이였는데… 처음엔 진흙투성이 아이가 잠들어 있는 줄 알고 다가갔습니다. 그, 그런데……."

제어할 수 없는 몸서리가 엘의 몸을 격렬히 흔들고 지나갔다.

"그 아이 몸 전체에… 버, 벌레들이… 잔뜩 달라붙어… 몸을 파고들며… 꿈틀거리고 있었어요. 얼마나… 정말 얼마나 끔찍한지 온몸이 얼어붙는 것 같았습니다. 전 천천히 뒷걸음친 다음 몸을 돌려 미친 듯이 달리고 또 달렸어요. 가슴이 터질 듯했지만 걸음을 멈출 수 없었어요. 멈추면 벌레들이 내 몸에 달라붙어 꿈틀거리며 안으로 파고들 것 같아서……. 그때부터였을 겁니다. 곤충이나 벌레를… 무서워하게 된 게……. 한두 마리는 괜찮지만… 수가 많아지면 조금 전처럼… 이성을 잃게……."

나지막이 이어지던 엘의 목소리가 끝을 맺지 못하고 힘없이 흩어졌다.

"누구나 두려움을 갖고 있습니다."

담담한 어조로 말한 루드비히가 그녀 쪽으로 고개를 돌렸다.

"무언가를 두려워한다는 건 부끄러운 일이 아닙니다. 인간의 삶 속에는 언제나 온갖 두려움이 존재하니까요."

말을 멈춘 루드비히가 깊은 부드러움이 느껴지는 은회색 눈동자로 그녀를 바라보며 다시 입을 열었다.

"두려움이 무어라 생각하십니까?"

막연한 무엇인가가 떠오르는 듯했지만 잡을 새도 없이 엘의 손가락 사이를 빠져나갔다. 그녀는 진지한 얼굴로 천천히 고개를 가로저었다.

"두려움이란 죽음이 무엇인지 모르면서 죽음을 느끼는 것입니다. 그렇기 때문에 죽음으로부터 자유롭지 않는 한 인간은 결코 두려움으로부터도 자유로울 수 없습니다."

부드럽게 빛나는 은회색 눈동자를 보자 신기하게도 엘의 마음이 조금 편안해졌다.

"그럼 루드비히도 두려워하는 게 있나요?"

그녀의 질문이 떨어지자 엉뚱하게도 루드비히의 입가에 미소가 그려졌다.

"웃지 말고 말씀해 보십시오. 루드비히는 무얼 두려워합니까?"

"안타깝게도 전 두려워하는 게 없습니다."

엘이 황당하다는 표정을 짓자 그의 미소가 한층 깊어졌다.

"잘 생각해 보십시오! 분명히 조금이라도 무서운 게 있을 겁니다!"

엘은 소리를 높여 말했다. 그러나 루드비히는 기대에 차 있는 엘을 향해 고개를 설레설레 흔들 뿐이었다. 불공평하다는 생각이 들자 엘은 루드비히에게 떨떠름한 시선을 던졌다.

"제게 두려움이 없다는 것이 그토록 불만이십니까?"

슬쩍 미간을 찌푸린 루드비히였으나 그의 은회색 눈엔 웃음기가 가득했다.

"그, 그런 건 아니지만… 그렇지! 누구나 두려움을 갖고 있다면서요?"

"무엇이든 예외는 존재하는 법입니다."

엘의 질문에 대한 대답을 미리 준비하고 있기라도 한 듯 루드비히가 매끄럽게 응수했다.

"너무나 겸손하신 루드비히도 그 예외에 속하니 참으로 행복하시겠습니다."

엘은 잔뜩 비꼬고 나서 일부러 씩 웃어 보이기까지 했다.

쿡쿡거리던 루드비히가 급기야 소리 내어 웃기 시작했다. 이렇게 한 줌의 그늘도 없이 밝게 웃는 사람은 처음 본다는 생각을 하며 엘도 마주 웃음을 지었다.

"개인이 가진 두려움이 제각각인 것처럼 그 두려움을 다루는 방법 또한 저마다 다른 색깔을 가집니다."

어느새 웃음기가 완전히 사라진 루드비히가 조용히 말했다.

"두려움을 다루는 방법……."

혼잣말을 중얼거리던 엘은 결연한 표정으로 고개를 들었다.

"두려움을 이기려면 어떻게 해야 합니까?"

"두려움에 정면으로 맞서는 방법과 인내심을 갖고 때를 기다리는 방법이 있습니다. 섣불리 두려움을 다루려 하다간 더 강한 두려움에 삼켜질 수도 있으니까요. 모든 건 거기에 맞는 적절한 때가 있는 법입니다. 당장은 두려움으로부터 자유로워진다는 것이 불가능할 것 같지만, 실제로는 지극히 간단합니다. 서두르지 마십시오. 실제로 서두르는 것이 오히려 지연의 원인이 되기도 합니다."

말을 멈추고 그녀를 향하는 루드비히의 은회색 눈동자는 깊이를 알수 없을 만큼 그윽했다.

"모든 인간은 자신을 볼 필요가 있습니다. 행동하려 하지 말고 오로지 지켜봐야만 할 관조(觀照)의 시간이 필요합니다. 자신의 내면을 깊이 들여다보는 자가 두려움에 한발 더 다가갈 수 있는 것이니까요. 육체와 영혼은 흔히 생각하는 것처럼 두 개가 아닙니다. 눈에 보이는 것이 육체이고 눈에 보이지 않는 것이 영혼일 뿐입니다."

엘은 천천히 루드비히의 말을 되뇌어보았다. 그저 흐릿하게 마음에 와 닿을 뿐 정확한 뜻을 알 수는 없었다.

"루드비히는 제가 지금 당장 두려움에 맞서는 건 시기상조라 생각하는군요."

루드비히는 그녀의 단정적인 말에 부드러운 미소를 지을 뿐이었다.

"앞으론 섣불리 곤충이나 동물을 불러 모으지 마십시오."

평온한 말투와는 정반대인 충격적인 말이 들렸다. 엘은 귀를 의심하며 멍하니 루드비히를 응시했다.

"지, 지금 무슨 말씀을……."

가까스로 움직인 입술에서 그녀가 듣기에도 어색한 목소리가 나왔다.

루드비히의 입술에 짧은 미소가 스쳐 갔다.

"말씀드린 그대로입니다. 익숙하지 않은 힘, 제어할 수 없는 힘은 그만큼 위험한 법입니다. 자신의 손으로 자신의 목에 올가미를 걸 수도 있다는 말입니다."

끝까지 시치미를 떼야 하는지, 아니면 솔직하게 인정을 해야 하는지 엘로서는 갈피를 잡을 수 없었다.

"동물과 교감할 수 있는 보기 드문 능력. 그런 능력이 있다는 걸 제가 안다는 것이 그렇게 불편하십니까?"

"아, 아니… 저… 그게……."

혼란에 싸인 엘이 우물쭈물하며 말끝을 흐리자 루드비히의 눈에 미묘한 빛이 반짝였다.

갑자기 루드비히가 팔을 뻗어 엘의 손목을 잡았다. 놀란 엘이 반사적으로 손을 뿌리치려 하자 그의 손가락에 슬쩍 힘이 가해졌다.

"상처가 다시 벌어졌습니다."

핏자국이 선명하게 배어 있는 소매를 바라보며 루드비히가 담담한 어조로 말했다.

"그렇군요."

엘은 슬쩍 아래를 내려다본 후 심드렁하게 말하며 다시 한 번 팔을 잡아당겼다. 하지만 루드비히는 고집스럽게 그녀의 손목을 놓아주지 않았다.

"아픔을 느끼지도 않으셨습니까?"

"아픔이야 당연히 느끼지만 이까짓 것은……."

퉁명스러움을 담고 있던 엘의 목소리가 별안간 뚝 끊겼다.

엘은 휘둥그레진 눈으로 그녀의 소매를 걷어 올리는 루드비히의 매끄러운 손놀림을 바라봤다.

"지, 지금 뭐 하시는 겁니까?"

새된 외침이 터져 나왔지만 루드비히는 눈 하나 깜짝하지 않았다.

옷소매를 엘의 어깨 부근까지 걷어 올린 그는 이제 그녀의 팔 윗부분을 온통 감싸고 있는 피가 밴 하얀 천을 풀어헤치고 있었다.

"의관사제님이 절대 풀지 말라고 하셨는데!"

소리 높여 나온 불만 역시 루드비히를 막진 못했다.

이윽고 천이 흘러내리며 그 사이로 하얀 피부와 움푹 패여 피가 흘러나오고 있는 흉측한 상처가 드러났다.

"남의 상처를 구경하는 게 취미십니까?"

은근히 비꼬는 엘의 말이 끝나는 순간 루드비히의 손바닥이 그녀의 상처를 덮었다. 일순 살갗을 태우기라도 할 듯 뜨거운 체온이 느껴졌다.

"루드비히!"

상처에 사람의 손은 독이라는 걸 익히 알고 있던 엘은 경악해 소리를 질렀다. 그녀가 다시 한 번 힘껏 팔을 잡아당기자 루드비히도 이번만큼은 순순히 손목을 놔주었다.

"이게 대체 무슨 짓입니까? 아무리 엉뚱한 분이라 해도 어떻게……."

엘은 투덜거리며 소매를 내리다가 문득 말을 멈추고 팔을 와락 눈 가까이 가져갔다. 자신의 팔을 이리저리 돌려가며 살펴보던 그녀는 급기야 상처가 있던 부위를 손바닥으로 쓸어보기까지 했다. 고통은커녕 눈에 보이는 그대로 작은 상처 하나 느껴지지 않았다. 고개를 드는 엘의 눈엔 숨길 수 없는 경탄이 가득 차 있었다.

"루드비히가… 정말……."

"이걸로 서로의 비밀 하나씩을 나눠 가진 겁니다."

"정말 루드비히가 제 상처를 감쪽같이 낫게 해준 거군요! 어떻게 이런 일이! 세상에 이런 일이 있을 수 있다니! 대단해요, 루드비히! 정말 대단합니다!"

엘은 계속 감탄성을 연발하며 매끈한 팔을 몇 번이고 문질렀다.

"의관사제님이 제 팔을 보시면 그야말로 뒤로 넘어가시겠군요. 직접 옆에서 지켜본 저도 도무지 믿기지가 않은데 그분은 오죽하실까요!"

가라앉을 줄 모르는 그녀의 흥분에 루드비히가 슬쩍 미소를 지었다.

"참, 리오!"

루드비히에게 상기된 얼굴을 돌린 엘이 열정적으로 소리쳤다.

"루드비히! 제 친구 리오는 저보다 훨씬 많이 다쳤습니다. 불쌍하게도 침대에서 옴짝달싹 못하고 누워 있습니다! 의관사세님도 하마디면 죽을 뻔했다는 말씀을 하시더군요! 루드비히, 그래서 말인데……."

엘은 말을 끊고 몸을 일으키는 루드비히에게 어리둥절한 시선을 던졌다.

"루드비히, 무슨 일입니까?"

그녀를 내려다보는 은회색 눈동자가 알 수 없는 빛을 발했다.

"둘만의 비밀이란 걸 잊으셨습니까?"

엘이 말을 꺼낼 시간도 주지 않고 루드비히가 성큼성큼 걸음을 옮기기 시작했다. 엘은 눈을 동그랗게 뜨고 잠시 그의 뒷모습을 바라보다 크게 소리쳤다.

"비밀은 꼭 지키겠습니다!"

루드비히는 뒤돌아보지 않았다.

"루드비히!"

엘은 악을 쓰듯 그의 이름을 불렀다. 그녀가 다시 한 번 루드비히를 소리치려는 순간 갑자기 그가 몸을 돌리더니 손가락 끝으로 자신의 오른쪽 머리를 가볍게 두드렸다. 루드비히의 엉뚱한 행동에 엘은 고개를 갸웃거렸다. 다시 한 번 그가 같은 동작을 반복했다.

무슨 깊은 뜻이 있는 행동인가? 혹시 나한테 인사를 하는 건가?

어리둥절한 상태로 엘은 팔을 들어 어색하게 옆 머리를 툭툭 쳤다. 그러자 손가락에 이상한 감촉이 느껴졌다. 황급히 손가락을 떼어보니 흑갈색의 진흙같이 끈적이는 것이 묻어 있었다.

이게 뭐지?

손가락 끝으로 정체 불명의 물질을 비벼보던 엘은 이상한 느낌에 손을 코 가까이 가져가 킁킁 냄새를 맡았다. 그 즉시 불쾌한 냄새가 코를 마비시킬 듯 몰려들었다. 그것이 어떤 동물의 배변이라는 걸 깨달은 엘이 오만상을 찌푸렸을 때 루드비히가 쿡쿡 웃음을 터뜨리며 몸을 돌려 걸어가기 시작했다.

약이 바싹 오른 엘이 버럭 소리를 질렀다.

"언젠가 제 손으로 루드비히의 머리에도 같은 걸 정성껏 발라 드리겠습니다!"

루드비히는 성큼성큼 옮기던 걸음을 멈추지 않은 채 자신의 옆 머리를 한번 쓱 쓸더니 그녀를 향해 아무것도 묻지 않은 깨끗한 손바닥을 펴 보였다.

씩씩거리는 엘의 거친 숨소리 위로 다시 한 번 그의 웃음소리가 들려왔다.

별안간 문이 거칠게 열리자 시녀들과 희롱을 주고받으며 낄낄대던 왕자들이 불쾌한 얼굴을 문으로 돌렸다. 그 순간 그들은 소스라치게 놀라 황급히 자세를 바로잡았고, 얼굴이 시뻘게진 시녀들은 허겁지겁 열린 문밖으로 뛰어나갔다.

"그래, 기껏 모여서 한다는 게 천한 것들 몸뚱이 더듬는 짓이냐?"

자일스가 한심스럽다는 표정을 노골적으로 지은 채 안으로 들어왔다. 그 뒤를 따르는 알비노 역시 자일스처럼 그들을 노려보고 있었다.

서로의 시선을 마주한 왕자들의 얼굴이 알아보기 힘들 만큼 슬쩍 찌푸려졌다. 리아잔 제국의 황태자라는 이유 때문에 자일스를 따라다니며 비위를 맞췄지만 그들 역시 자신의 나라에선 최고의 대우를 받는 왕족이었다. 때문에 자신들을 대하는 자일스의 거친 태도가 거슬린다는 건 부정할 수 없는 진실이었다. 감히 밖으로 내색할 수는 없었지만 왕자들의 불만은 요 근래 들어 점점 부풀고 있었다. 물론 사신이 뭐리도 된 듯 의기양양하게 거들먹거리는 알비노만큼은 그들 중에 포함되지 않았다.

자일스가 가까이 다가오자 상석에 앉아 있던 슈벤 국의 요하임 왕자가 벌떡 일어나 그에게 자리를 내주었다. 잔뜩 인상을 쓴 자일스가 의자에 털썩 주저앉았다. 지난번 아르벨라를 이용해 만든 함정에서 알렉스가 별다른 피해 없이 금세 풀려난 사건 이후로 그의 얼굴은 항상 험악하게 구겨져 있었다. 더군다나 하렐 때 아시리움 성전 밖에서 알렉스를 확실히 손봐주리라던 기대가 어이없이 무너져 버리자, 자일스는 그야말로 폭발하기 직전 상태에 몰려 있었다. 갑자기 모습을 감춘 알렉스의 행방을 찾기 위해 시장 바닥을 헤매던 일을 생각하면 분노를 못 이긴 몸이 부들부들 경련을 일으켰다.

"젠장! 이런 한심한 것들하고 있으니 되는 일이 하나도 없지!"

버럭 소리친 자일스가 앞에 있던 탁자를 힘껏 걷어찼다. 그 순간 그의 입에서 짧은 비명이 터져 나왔다. 부딪친 자신의 발가락만 고통스러울 뿐 육중한 탁자는 꼼짝도 안 하자 성질이 폭발한 자일스가 벌떡 일어나 의자를 들어 세차게 탁자를 내려쳤다. 요란한 파열음과 함께 의자가 부서지며 파편이 사방으로 튀었다. 광기에 단단히 사로잡힌 사람처럼 자일스는 연거푸 의자를 내려치고 또 내려쳤다.

돌연한 자일스의 폭력에 놀라 허겁지겁 몸을 피한 왕자들의 얼굴엔 저마다 두려움이 나타나 있었다. 씩씩대며 부러진 의자 다리를 바닥에 팽개친 자일스가 숨을 몰아쉬며 다른 의자에 털썩 주저앉았다.

"뭣들 하는 거냐? 어서 앉지 않고!"

험악한 고함에 왕자들이 서둘러 자일스의 명령을 따랐다.

"빨리 생각 좀 해봐라! 멍청한 머리를 움직여 놈을 확실히 거꾸러뜨릴 묘안을 말하란 말이다!"

자일스의 말이 끝나자마자 요하임이 반사적으로 낮은 한숨을 내쉬었다. 자일스의 부릅뜬 눈이 당장 그에게 날아오자 찔끔한 요하임이 마른침을 꿀꺽 삼켰다.

"저… 그런데 자일스 전하께선 왜 그렇게 알렉스를 미워하시는 겁니까? 전 아무래도 이해가 안 됩니다."

요하임의 배다른 형제인 브레인이 도무지 모르겠다는 듯 고개를 갸웃거렸다.

자일스의 화가 채 가라앉지 않은 상태에서 눈치없는 질문을 한 그에게 다른 왕자들이 못마땅한 시선을 던졌다. 눈치없고 머리가 좀 떨어지는 브레인은 종종 자일스의 성질을 건드려 그의 화풀이 대상이 되곤 했다.

가라앉아 가던 자일스의 얼굴이 다시 시뻘겋게 달아오르며 눈썹이 험악하게 위로 치켜 올라갔다. 빠드득 이 가는 소리에 몸을 흠칫한 왕자들이 겁에 질린 눈으로 자일스의 눈치를 살폈다. 그러나 다행스럽게도 자일스는 더 이상 폭력을 휘두르지 않았다. 그저 치밀어 오르는 화를 참기 힘든지 가늘게 입술을 실룩거릴 뿐이었다.

"그놈, 세렌의 그 애송이 놈은 감히 날 능멸했다! 그까짓 놈이 감히 나를! 장차 리아잔의 황제가 될 이 자일스를 능멸했단 말이다!"

천장을 뚫을 듯 맹렬히 터져 나오던 목소리가 갑자기 이를 악문 낮은 중얼거림으로 변했다.

"내가 당한 수모를 천 배 만 배로 돌려줄 것이다. 무슨 일이 있어도 놈을 내 손으로 갈기갈기 찢어발기고 말 거다. 한 줌의 자비도 없이, 태어난 날을 저주하며 죽게 할 것이다. 내 모든 것을 걸고서라도 반드시!"

홀린 듯이 자일스를 바라보던 왕자들이 침을 꿀꺽 삼키며 일제히 몸을 부르르 떨었다. 알비노조차 겁을 먹고 질린 얼굴로 자일스를 살피고 있었다. 자일스의 전신에서 뿜어지는 숨 막히는 증오의 파장이 그들을 오싹하게 만들었다. 그 증오의 대상이 자신이 아니라는 짙은 안도감이 서로를 향하는 왕자들의 눈마다 빠짐없이 담겨 있었다.

"그런데요… 자일스 전하, 전하의 말씀을 들어보니 전하께서 알렉스 놈을 만난 건 아시리움에 도착하기 이전인 것 같은데……."

얼굴을 찌푸린 자일스가 간단히 고개를 한번 끄덕이자 요하임의 얼굴에 의아하다는 표정이 어렸다.

"혹시 이곳으로 오는 도중에 놈을 만난 겁니까, 전하?"

"그래!"

자일스가 귀찮다는 듯 소리를 높였다.

"참으로 괴이한 일이군요. 세렌 국 왕자가 왜 리아잔 제국에 있었던 건지……."

요하임의 말이 끝나자 자일스를 비롯한 다른 왕자들의 얼굴이 슬쩍 굳어졌다. 생각에 잠긴 그들 사이로 짧은 침묵이 흘렀다.

"자일스 전하! 그러고 보니 정말 이상합니다!"

알비노가 별안간 크게 소리쳤다.

"그래, 이상한 일이야. 세렌 국에서 떠났을 놈이 왜 반대 방향인 리아잔 제국을 통해 아시리움으로 온 걸까? 더군다나 그 숲은 국경 지대와 꽤 멀리 떨어진 곳이었는데……."

자일스가 혼잣말을 중얼거렸다.

"그것 외에 또 한 가지 이해할 수 없는 일이 있습니다, 자일스 전하. 이곳에 오기 전에 알렉스를 직접 본 일은 없지만 얘기는 종종 듣고 있었습니다. 그중에 하나가 바로 세렌 국의 다섯 번째 왕자는 트레비아 연주엔 대단한 실력을 가지고 있으나 외모는 그저 평범하다는 말이었습니다. 제가 알렉스의 형인 레드먼을 만난 적이 있는데 흑발을 제외하곤 알렉스와 조금도 닮은 구석이 없었고 말입니다."

요하임이 생각에 잠긴 얼굴로 턱을 쓰다듬으며 말했다.

"으음~ 그랬단 말이지?"

말을 끊고 깊은 생각에 빠져 있던 자일스가 다시 낮은 목소리로 중얼거렸다.

"그래, 무언가 있어. 석연치 않은 뭔가가. 그게 뭘까?"

퍼뜩 고개를 치켜든 자일스가 처음 의문을 제기했던 요하임을 날카롭게 쳐다봤다.

"발과 눈치가 빠른 놈이 필요하다! 무엇보다 중요한 건 입이 무거워야 한다는 거다!"

"알겠습니다. 그리 어렵지 않게 구할 수 있을 겁니다, 자일스 전하."

천천히 고개를 끄덕이는 자일스의 옅은 조록빛 눈농자가 음습한 기운을 발하며 쉴 새 없이 번득였다.

절제와 금욕, 그리고 깨달음의 기간인 바이람에 접어들자 아시리움 성전의 기본적인 생활도 몇 가지 변화를 가져왔다.

엘은 과거 제대로 바이람을 겪어본 적이 없어 많은 걸 알지는 못했다. 하지만 바이람 기간엔 혼인과 남녀의 육체 관계를 금하고, 육류와 술을 금하고, 또 해가 지면 큰 소리로 웃거나 말하지 못한다는 것 정도는 알고 있었다. 그리고 이건 아시리움 성전에서도 똑같이 적용되었다.

대다수의 왕족들이 숨 막힐 듯 낮게 가라앉은 성전 분위기를 불편해했고, 육류란 육류는 모조리 사라진—술은 바이람 기간이 아닌 평소에도 아시리움 성전에서 금하는 품목이었다—식탁을 앞에 두고 슬며시 한숨을 내쉬었지만 엘은 담담히 받아들였다. 엘은 그 정도쯤이야 눈 하나 깜박하지 않고 흔쾌히 수용할 수 있었다.

그 외에 지나치게 화려한 색깔의 옷과 장신구를 자제해야 하고, 아무리 가까운 사이라도 흐트러진 모습을 보여선 안 되고, 별 도움이 되지 않는 명상의 시간을 가져야 하고, 또 교육 시간과 지루한 설교 시간이 좀 더 길어지는 등 열 가지 정도의 제재와 변화가 있었지만 이런 것들 역시 엘을 괴롭히지는 못했다.

리오는 불평 한마디 없이 담담히 받아들이는 엘을 감탄 어린 눈으로 바라보며 대단하다고 여러 번 말하기까지 했다.

하지만 이렇듯 무던한 엘에게도 정말 참기 힘든 것이 하나 있었다. 그건 다름 아닌 어떤 종류의 무기도 손에 대서는 안 된다는 금계(禁戒)였다. 바이람 기간 동안 엘이 갖은 정성과 노력을 기울이던 검술을 전혀 할 수 없다는 걸 알게 되었을 때, 그녀는 아찔한 충격에 잠시 말을 잇지 못했다.

하지만 바이람의 금계를 어길 수는 없었다. 이런저런 잡다한 풍문을 꿰고 있는 리오의 말에 따르면, 금계를 어기다 걸린 사람은 그 즉시 아시리움 성전 측에 의해 아무도 모르는 곳에 감금된다 한다. 대사제들과 몇몇 고위 사제들만 알고 있는 외부와 완전히 차단된 이 밀폐된 방은 갖가지 고문 도구로 꽉 차 있는데, 만약 금계를 어겨 그 방에 발을 들여놓으면 숨이 끊어질 때까지 끔찍한 고문을 받는다는 거였다.

엘과 함께 리오의 말을 들은 리반은 어이없고 근거없는 헛소문이라며 코웃음을 쳤다.

"나도 믿진 않지만, 만약 그런 비밀의 방이 있다고 해도 눈 하나 깜짝하지 않아. 말 안 해도 알겠지만 지금 내 처지야말로 그 끔찍하다는 방에 갇혀 있는 사람과 별다를 거 없잖아? 꼼짝도 못하고 하루 종일 허리가 쑤실 정도로 누워 있어야 하다니! 이런 풀죽이나 빨아 먹으며! 바람이라 고기는 못 먹어도 이로 씹을 수 있는 음식은 주어야 하는 거 아냐? 솔직히 이걸 음식이라 부르는 건 음식을 모욕하는 거라고! 쳇, 이러다간 정말 이가 몽땅 빠져 버리든지 내 몸 자체가 풀죽이 돼버릴 것 같다니까."

끊임없이 투덜거리면서도 리오는 그 사이사이 빠르게 수저를 놀리고 있었다.

엘과 리반은 기가 막히다는 눈으로 리오를 바라보다 서로 피식 웃음을 나눴다.

리오는 며칠 새 많이 회복되어 이젠 스스로의 힘으로 일어나 앉아 식사를 할 수 있을 정도가 되었다. 비록 걸쭉한 유동식을 먹으며 쉴 새 없이 투덜대긴 했지만 떠먹여 주는 물도 겨우겨우 삼키던 때와 비교해선 그야말로 장족의 회복을 보이고 있었다.

"그나저나 연회엔 참석할 수 있겠지? 응? 그때까진 완쾌되겠지?"

"그럼!"

기대에 찬 리오의 질문에 엘은 당연하다는 어조로 대답했다. 하지만 마음속엔 어느새 서늘한 불안이 차 오르고 있었다. 시간 가는 줄 모르고 정신없이 보낸 날들이 하루하루 쌓이자 어느새 연회가 보름 앞으로 다가와 있었던 것이다.

"그러고 보니 아시리움에서 견뎌야 하는 시간이 그럭저럭 반이 지나

버렸네. 세월 한번 빠르다. 처음 올 때는 열흘도 못 배길 것 같았는데. 지금 와서 하는 얘기지만 성전 생활도 그리 나쁘진 않은 것 같아. 좀 답답하다는 것만 빼고는 말이야."

피식거리며 리오의 말을 듣고 있던 리반이 입을 열었다.

"그래서? 오기 전엔 차라리 죽겠다고 펄펄 뛰며 생난리를 부리더니. 알렉스, 리오가 어느 정도였는지 알아? 글쎄, 아시리움에 안 가겠다고……."

"리반, 입 다물어! 한마디라도 더 하면 죽을 줄 알아!"

리오가 리반의 말허리를 자르며 험악하게 소리쳤다.

"말해 봐, 리반. 재미있을 것 같은데, 어서."

엘은 장난기 어린 눈으로 리오를 흘끗거리며 리반을 재촉했다. 그러자 실실 웃고 있던 리반이 기다렸다는 듯 말을 꺼냈다.

"가장 먼저 한 건……."

"리반, 이 나쁜 자식! 여기서 나가! 네 방으로 가버려!"

맹렬히 으르렁거리며 리오가 독기 어린 눈으로 리반을 노려봤다. 하지만 리반의 얼굴은 태연하기만 했다.

"자꾸 그러면 알렉스한테 페트라 사건도 말한다."

리반의 말이 떨어지는 순간 놀랍게도 리오가 입술을 꾹 다물었다. 엘은 화를 못 참고 씨근거리고 있는 리오에게서 호기심이 가득한 시선을 리반에게 돌렸다. 눈이 마주친 리반이 씩 웃으며 그녀를 향해 눈을 찡긋거렸다.

"그럼 계속해서 말해 줄게. 리오가 아시리움 성전에 가지 않기 위해 처음 시도한 방법은 아슬아슬한 첨탑에 올라가 뛰어내리겠다고 고래고래 소리치는 거였어. 그것 때문에 그야말로 왕궁이 발칵 뒤집어졌다니까. 아버님은 물론 어머님까지 뛰어나오셔서 제발 빨리 내려오라고 고함을 지르셨어. 아마 체르몬 국 역사상 그렇게 목이 터져라 소리친 왕비님은 우리 어머님이 유일하실 거야."

엘은 어이가 없다는 얼굴로 리오를 보며 피식피식 웃음을 지었다. 얼굴이 붉어진 리오가 쑥스러운 듯 그녀의 시선을 피했다.

"그래서 어떻게 됐는데?"

"부모님께선 부드럽게 타이르기도 하시고 또 무섭게 야단도 쳐보시며 별별 방법을 다 동원하셨어. 하지만 아시리움에 가는 것만큼은 절대 양보하지 않으려 하셨지. 사실 현실적으로도 불가능했고. 그런데 고집쟁이 리오가 아시리움에 보내지 않겠다는 약정을 해줘야 내려가겠다고 끝까지 고집을 피우자 화가 나신 부모님께선 거기서 살든지 말든지 네 마음대로 하라는 말을 남기고 안으로 들어가 버리셨어. 추위와 배고픔을 이기지 못한 불쌍한 리오는 그 후 얼마 안 있다 자기 발로 내려왔고."

엘과 리반은 농시에 웃음을 터뜨렸다. 배를 움켜잡고 눈물까지 흘리며 웃던 엘은 숨을 헐떡이며 입을 열었다.

"그 다음 방법은 뭐야?"

"그 다음 작전은 일명 '없는 병 만들기'였어. 알렉스, 너는 모르겠지만 리오는 벌꿀만 먹으면 온몸에 붉은 반점이 생기며 고열이 나거든. 그렇게 한번 앓고 나면 꽤 오랫동안 기력을 찾기 위해 요양 비슷한 걸 해야 하지. 그것 이외에는 감기도 한 번 걸린 적이 없을 만큼 튼튼한 리오는 당연히 자신에겐 독약과 같은 벌꿀을 이용해 위기를 극복하려 한 거야. 하지만 차마 진짜 벌꿀은 먹을 수 없었지."

"젠장! 이제 그만 해!"

더 이상 참지 못한 리오가 버럭 소리를 질렀다. 하지만 리반과 엘은 미리 짜기라도 한 듯 리오를 못 본 척했다.

"그래서 단순하기 짝이 없는 우리의 왕자 리오님은 창고에서 벌꿀을 항아리째 훔쳤어. 그리고 반 정도 덜어 다른 곳에 숨긴 다음, 역시 훔친 붉은 물감으로 몸에 정성껏 반점을 그린 거야. 난 리오가 한자리에 그렇게 오래 붙어 있는 건 그때 처음 봤다니까. 자신만만한 리오는 자신의 승리를 확신하고 있었어. 꿀이 아니고 파라잼인 줄 알고 먹었다는 그럴듯한 핑계까지 만들어놓고 있었지. 사실 파라잼은 겉으로 보기엔 꼭 꿀 같거든. 아무튼 리오는 손에 닿지 않는 부분의 반점은 내 손까지 빌려 완벽하게 준비한 다음 침대에 올라가 끙끙 앓는 흉내를 냈어."

그때의 리오 모습이 떠오르는지 리반이 말을 멈추고 너털웃음을 터뜨렸다.

"그래서? 어떻게 됐어?"

다음 얘기가 못내 궁금한 엘은 서둘러 리반을 재촉했다.

"당연히 다시 한 번 왕궁이 발칵 뒤집혔지. 왕궁의 어의란 어의는 죄다 모여들었고. 근데 그들 중 누구도 리오의 병에 이렇다 할 치료 방법을 내놓지 못했어. 그 이유가 뭔지 알아? 바로 정원사가 만들어놓은 특제 비료 때문이었어. 리오가 벌꿀인 줄 알고 훔친 게 바로 그 비료였거든. 비료의 재료 중엔 사람을 미치게 할 수도 있는 메지브 뿌리가 들어 있었던 거야. 경악하신 부모님께선 체르몬 국의 내로라하는 치료사들을 죄다 불러 모으셨지. 그래서 사건이 어떻게 마무리됐느냐 하면, 일이 너무 커지자 겁이 덜컥 난 리오가 깨끗이 목욕을 한 다음 은밀하게 부모님을 만나 손이 발이 되도록 빌었다는 거야."

엘과 리반이 동시에 웃음을 터뜨리자 얼굴이 시뻘게진 리오가 이를 부드득 갈았다.

"너희들, 지금 아픈 사람 앞에서 뭐 하는 거야? 둘 다 내 방에서 나가! 지금 당장!"

"리오, 그렇게 흥분하지 마. 그러다가 상처라도 덧나면 어쩌려고 그래?"

"리반 말이 맞아, 리오. 우린 신경 쓰지 말고 넌 편안히 안정이나 취하고 있어."

엘은 리반의 뒤를 이어 리오를 살살 약 올리며 쿡쿡 웃어댔다. 그리고 호기심 어린 눈을 반짝이며 입을 열었다.

"그런데 좀 전에 말한 페트라 사건은……."

"알렉스, 너 아시리움에서 나가게 되면 우리하고 같이 체르몬 국에 가지 않을래?"

리오가 허겁지겁 엘의 말을 자르며 소리를 높였다.

"어… 그, 글쎄… 힘들 것 같은데……."

한순간 말문이 막힌 엘은 리오의 시선을 피하며 대충 얼버무릴 수밖에 없었다.

"왜? 급하게 세렌 국으로 돌아가야 할 일이라도 있어? 아니면 향수병에라도 걸린 거야? 내가 보기에 그건 아닌 것 같은데. 별일 아니라면 같이 가자, 알렉스. 부모님도 널 보면 무척 좋아하실 거야. 지난번에 말한 하데크도 소개시켜 줄게. 왜 있잖아, 검술 시합에서 부러진 검으로 싸워 우승했다던 그 기사 말이야."

"앞일은 어떻게 될지 장담할 수 없는 거잖아. 그래서 그래."

서둘러 변명을 늘어놓으며 엘은 부스스 자리에서 일어났다.

"그럼 난 이만 가볼게."

"알렉스!"

리오의 목소리를 못 들은 척하고 엘은 빠르게 다리를 움직였다. 더이상은 리오를 속이며 진솔하게 반짝이는 그의 파란 눈을 마주 볼 용기가 나지 않았다.

문을 열고 밖으로 나가려던 엘은 몸도 돌리지 않은 채 중얼거리듯 말했다.

"아무리 참기 힘들고 답답해도 지금은 건강을 되찾는 일만 생각해, 리오."

"저 녀석, 좀 이상해."

닫힌 문을 바라보며 리오가 굳은 어조로 말했다.

"이상하긴 뭐가 이상해?"

리반은 말을 마친 후 커다랗게 하품을 했다.

"넌 고작 한다는 말이 그거야?"

리반의 무심한 반응에 화가 치민 리오가 버럭 소리쳤다. 그리고 한순간 얼굴에서 핏기가 빠져나가더니 현기증이 느껴지는 듯 눈을 질끈 감았다.

놀란 리반이 벌떡 몸을 일으켰다.

"리오! 왜 그래? 어디 아파? 지금 가서 의관사제님을 모시고 올게! 조금만 참아!"

"그럴 필요 없어. 괜찮아졌으니까."

맥없이 중얼거리며 리오가 천천히 침대에 몸을 눕혔다.

방을 반 정도 가로질렀던 리반이 근심 어린 얼굴로 되돌아왔다.

"정말 괜찮아?"

"그래, 이젠 아무렇지 않아."

"그러게 왜 그렇게 흥분해서 소리를 지른 거야? 아까 널 지나치게 놀린 내 잘못도 어느 정도 있겠지만. 그건 그렇고, 넌 알렉스와 연관된 거라면 지나칠 정도로 신경을 곤두세우더라."

한숨 돌린 리반이 조금 퉁명스럽게 말하며 다시 의자에 앉았다.

"너, 그게 무슨 말이야? 내가 알렉스한테 유난히 신경을 쓴다고? 난 그냥 알렉스가 평소와 다른 것 같아 걱정이 돼서 그런 거야! 친구라면 그 정도 신경은 쓸 수 있는 거 아냐? 내 말이 틀려?"

별 뜻 없이 나온 말에 정색을 한 채 강경하게 소리치는 리오를 보며 리반은 이맛살을 찌푸렸다.

"대체 왜 그래? 왜 이렇게 과민 반응을 보이는 거야? 알렉스가 어쩌고 하더니, 정작 이상한 건 너 같다."

말을 끊은 리반의 입술에 짓궂은 웃음이 슬며시 피어났다.

"너, 혹시 알렉스한테 딴 맘 있는 거 아냐?"

"이런 젠장! 말이면 다 하는 줄 알아?"

얼굴이 시뻘게진 리오가 허공에 대고 주먹을 휘두르며 악을 써댔다. 하지만 기세등등하던 그의 노기는 밀어닥친 격통(激痛)에 금세 자리를 내주고 말았다.

"리오!"

리오가 몸을 잔뜩 구부린 채 괴로운 신음을 토하자 놀란 리반의 버럭 소리쳤다.

"많이 아파? 숨을 못 쉬겠어?"

"괜찮으니까 소란 피우지 마. 의관사제를 불러올 필요도 없어."

침울할 정도로 나지막이 말한 리오가 기력이 다한 듯 힘없이 눈을 감았다.

"네 방으로 돌아가, 리반. 좀 쉬고 싶어."

"그래, 알았어."

리반은 걱정스러운 눈으로 리오를 바라본 뒤 조용히 문을 나섰다.

복도를 천천히 걷는 그의 머리에 조금도 달갑지 않은 어떤 생각이 스쳐 갔다. 리반은 그 순간 걸음을 멈추고 몸을 돌려 리오의 방문을 바라봤다.

설마… 그럴 리가 없어. 그래, 절대 그런 게 아니야. 어떻게 그런 생각을 한 건지. 이젠 별 말도 안 되는 망상까지 드는구나. 리오가 내 생각을 알면 날 죽이려 들겠지?

리반은 머리를 절레절레 흔들며 어이없는 자신을 향해 피식 웃음을 지었다.

알비노는 복도 모퉁이에 몸을 숨기고 고개를 빼꼼히 내밀었다. 하지만 방에 들어간 시녀는 여전히 나올 낌새도 보이지 않았다.

"그냥 들어가서 해치우자. 언제까지 여기 있어야 하는 거야, 알비노? 답답해서 더 이상 못 견디겠어."

브레인이 코를 훌쩍이며 투덜거렸다.

"조용히 해!"

알비노는 그를 노려보며 험악하게 속삭였다.

하필 브레인과 함께 오다니 자신이 바보였다는 생각이 들었다.

브레인은 슈벤 국의 정확한 수를 알지 못할 만큼 많은 멍청한 왕자와 공주들 중에서도 유달리 우둔했다. 그걸 알면서도 굳이 그를 선택한 이유는 브레인이 알비노의 명령을 고분고분 잘 따른다는 데 있었다. 물론 그보다는 자일스의 말에 더 복종했지만 말이다.

다른 이유로는 브레인이 우람한 몸집에 어울리는 무지막지한 힘의 소유자라는 거였다. 어려서부터 지금까지 왜소한 몸 때문에 항상 열등감에 싸여 있던 알비노는 덩치 큰 브레인이 하인처럼 고분고분 자신의 명령을 따를 때마다 적지 않은 쾌감을 느꼈다.

"알비노, 나중에 다시 오자."

매서운 알비노의 눈초리에 찔끔한 브레인이 야단맞은 어린애처럼 몸을 잔뜩 웅크리고 고개를 숙였다.

"넌 내가 시키는 대로만 하면 되는 거야. 알았어?"

잔뜩 풀이 죽은 브레인이 침울한 얼굴을 끄덕였다. 알비노는 그를 향해 위협적인 눈초리를 날린 후 시선을 다시 문으로 옮겼다.

얼마 전만 해도 알비노는 이런 일을 할 마음이 조금도 없었다. 그는 자신이 자일스와 가장 가깝고 누구보다 두터운 신임을 받고 있다는 믿음을 갖고 있었다. 하지만 그의 자신감은 며칠 전 자일스가 요하임에게 직접 명령을 내린 일이 발생한 이후로 흔들리게 되었다. 더군다나 자일스와 요하임이 그 후 단둘이 만나 꽤 오랫동안 얘기를 나눴다는 걸 알게 되자 불안감까지 생겨났다. 이대로는 자신이 지금껏 해온 노력이 물거품이 될지도 모른다는 걱정이 그를 잡고 놓아주지 않았다. 그 때문에 알비노가 지금 이 자리에 서 있게 된 것이다.

"알비노."

브레인이 그를 부른 순간 문이 열리며 시녀가 밖으로 나왔다.

알비노는 그 즉시 브레인에게 조용히 하라는 신호를 보낸 뒤 벽에 몸을 바짝 붙였다. 그리고 복도를 울리는 조용한 발소리가 완전히 사라진 후에야 몸을 움직였다.

날카로운 눈으로 복도를 살핀 후 알비노는 조금 전 시녀가 나왔던 문으로 재빨리 다가갔다. 그리고 여전히 복도 모퉁이에 서서 삐죽 고개를 내밀고 있는 브레인을 향해 신경질적으로 손을 흔들었다. 브레인이 복도를 쿵쿵 울리며 뛰어오자 알비노의 얼굴이 한층 못마땅하게 찌푸려졌다.

"조용히 해, 이 멍청아!"

알비노가 이를 갈며 브레인의 머리를 주먹으로 쥐어박았다. 그리고 머리를 감싸 쥔 채 울상을 짓는 브레인을 무시하고 문을 열었다.

"대체 뭘 찾아야 하는 거야, 알비노?"

옷장 안을 이리저리 뒤적이던 브레인이 알비노의 눈치를 살피며 조심스럽게 물었다.

"그놈을 꼼짝할 수 없게 만들 올가미! 아무리 몸부림쳐도 빠져나올 수 없는 그런 올가미를 찾아야 해."

"여긴 끈 같은 건 없어, 알비노. 이럴 필요 없이 하인에게 튼튼한 밧줄을 가져오라고 하자. 그럼 이런……."

알비노의 매서운 시선과 부딪친 브레인이 황급히 입을 다물었다. 그리고 허겁지겁 다시 옷장 속으로 얼굴을 들이밀었다.

장식장의 문을 닫고 초조한 동작으로 몸을 돌리던 알비노가 갑자기 구석에 놓인 작은 선반을 향해 다가갔다. 선반 앞에 멈춰 선 그는 손을 뻗어 은빛으로 반짝이는 단도를 집어 들었다. 손잡이에 박힌 붉은 보석을 문지르며 단도를 이리저리 살피던 그의 얼굴에 이윽고 진한 만족감이 피어올랐다.

"바로 이거야."

알비노는 혼잣말을 중얼거리며 브레인을 향해 몸을 돌렸다.

"이제 됐어! 원하던 걸 손에 넣었으니 빨리 여길 빠져나가야 해. 놈이 언제 돌아올지 모르니까."

브레인은 알비노의 말을 못 들었는지 옷장 깊숙이 집어넣고 있는 머리를 빼내지 않았다.

"브레인!"

알비노가 신경질적으로 소리쳤을 때야 비로소 브레인이 얼굴을 내밀었다.

"이것 좀 봐, 알비노! 내가 발견한 거야!"

자랑스럽게 알비노 앞에 내밀어진 건 작은 가죽 주머니였다.

"그까짓 건 필요없으니 있던 자리에 도로 갖다 놔! 괜히 의심만 사게 될 테니까."

"하지만 알비노, 이 안엔 정말 예쁜 구슬이 들어 있단 말이야. 그것도 두 개나! 니도 한번 볼래?"

주머니의 좁은 입구 안으로 굵은 손가락을 밀어 넣는 브레인을 향해 알비노가 사납게 이를 갈았다.

"당장 내 말대로 하지 않으면 네 녀석의 굵은 목을 이 단도로 따버리고 말겠어! 그럼 무식한 네 입도 막을 수 있고 나 대신 알렉스 놈이 살인자가 될 테니 내가 바라던 두 가지가 모두 이루어지는 거야."

노골적인 협박이 퍼부어지자 브레인의 얼굴이 창백하게 질렸다.

"알았어, 알비노. 네 말대로 할게."

그는 목이 잘릴까 봐 두려운 듯 손바닥으로 감싸며 얼른 옷장으로 몸을 돌렸다.

"멍청한 놈!"

알비노는 한심스럽다는 눈으로 브레인을 노려본 다음 문을 향해 걸음을 옮겼다.

브레인은 슬쩍 알비노의 눈치를 살피며 주머니에서 구슬 하나를 빼냈다. 은은하게 빛나는 구슬이 넓적한 손바닥 위에 올려졌다.

"브레인!"

험악한 목소리에 브레인은 얼른 손을 오므리고 주머니를 원래 있던 옷장 구석의 좁은 틈새에 밀어 넣었다.

"아, 알았어!"

황급히 알비노를 향해 다가가며 그는 침을 꿀꺽 삼켰다. 심장 고동이 점점 빨라지고 입 안이 바짝 말라왔다. 브레인은 마른침을 꿀꺽 삼키며 힘껏 말아 쥔 축축한 손을 슬며시 주머니 속으로 집어넣었다.

을씨년스러운 안개비가 엘의 머리에 촉촉이 내려앉았다. 낮고 무겁게 드리워진 구름이 수위를 어두컴컴하게 만들고 있었고 두터운 구름을 뚫고 빛을 내려 보내길 바라기에는 짙은 장막에 싸여 있는 달이 너무 미약해 보였다.

엘은 바닥에 발을 디디고 멈춰 서서 사방을 둘러보았다. 그리고 늘 하던 대로 밧줄 끝을 뒤쪽 나뭇가지에 매어 혹시 있을지 모르는 사람들의 시선에서 감췄다.

오늘은 요 근래 계속해 왔던 것처럼 본관을 수색할 계획이었다. 앞으로 3일 내에 본관 수색을 끝마치기로 마음먹고 있는 엘은 서둘러 어둠 속을 걸었다. 3일이라는 시간 동안 아직 반도 채 살피지 못한 본관 전체를 찾아보는 건 불가능에 가까웠다. 하지만 남은 시간이 부족함을 원망하며 맥없이 손을 놓고 있을 수는 없었다.

이제 연회는 열흘 앞으로 다가와 있었다. 그 시간 동안 물건을 찾지 못한다면 엘은 상상하기도 싫은 사태에 직면하게 될 것이다. 그녀가 트레비아 연주를 못할 건 자명한 일일 테고, 그 순간 엘이 가짜 알렉스 왕자라는 게 수백 명의 사람들 앞에서 밝혀지게 되리라. 상상만 해도 엘은 머리가 쭈뼛해지며 심장이 죄어드는 것 같았다.

점점 더해지는 긴장 때문에 엘의 신경은 요사이 뾰족하게 날이 서 있었다. 그리고 그런 가운데 밤부터 동이 트기 바로 직전까지 한시도 쉬지 못하는 강행군이 며칠째 이어지고 있었다. 피곤이 쌓인 몸이 무겁게 늘어졌지만 극한에 이른 초조함이 잠깐 동안의 선잠조차 편히 이룰 수 없게 만들었다.

엘은 낮에 잠깐 리오를 만나러 가는 시간을 제외하곤 자유 시간 내내 자신의 방에 틀어박혀 지냈다. 그곳에서 엘은 그녀가 직접 눈으로 보며 살핀 아시리움 성전의 건물 설계도를 그렸다. 그녀의 능력이 닿는 한 세밀히 그려진 설계도엔 이미 찾아본 곳과 그렇지 못한 곳, 그리고 물건이 있을 만한 곳들을 표시했다.

자신과는 아무 상관 없는 일에 왜 이렇게 모든 걸 걸다시피 하는 건지 그녀 스스로도 알 수 없었다. 엘의 머리에 줄곧 떠오르는 건 반드시 손에 넣어야 할 물건이라는 말을 하며 어두운 눈으로 그녀를 바라보던 리자드의 모습이었다.

엘이 집요하게 파고드는 리자드의 영상을 떨쳐 버리려 슬쩍 머리를 흔들었을 때였다. 그녀가 있는 모퉁이와 이어진 남관 현관 쪽에서 인기척과 함께 낮은 말소리가 들려왔다. 엘은 반사적으로 몸을 벽에 바싹 붙이고 숨을 죽였다.

"어, 비가 오잖아!"

"입 다물어, 이 멍청아!"

소리 낮춘 날카로운 힐책이 들려오자 엘은 그 즉시 목소리의 주인공이 알비노라는 걸 알아챌 수 있었다.

"하지만 비가 내리는걸. 난 비 맞기 싫단 말이야."

"조용히 하라고 했지? 그 램프 위에 덮개나 씌우고 얌전히 따라와!"

알비노의 목소리와 함께 발소리도 점점 커지고 있었다. 그녀 쪽으로 다가오는 게 확실했다.

당황한 엘이 어쩔 줄 몰라 하며 입술을 질끈 깨문 순간 두 사람이 모퉁이를 돌아 그녀가 몸을 붙이고 있는 벽을 스쳐 지나갔다. 그 짧은 순간 엘은 숨을 멈춘 채 조금도, 심지어 눈꺼풀조차 움직이지 않았다.

"내일 날이 밝을 때 하면 안 돼? 알비노, 내일 하자! 응?"

"한마디만 더 나불대면 네 주둥이에 이걸 확 쑤셔 넣을 줄 알아! 네가 죽든 말든 난 눈 하나 깜짝하지 않아! 어차피 죄를 뒤집어쓰는 건 알텍스 놈일 테니까."

알비노의 으르는 듯한 말끝에 딸려 나온 이름이 엘의 머리를 파고들었다. 한바탕 찬물을 흠뻑 뒤집어쓴 것같이 정신이 번쩍 드는 걸 느끼며 엘은 두 사람의 뒤를 조심스레 쫓기 시작했다.

그들은 북관으로 이어진 길을 걷고 있었다. 알비노 옆에서 휘적휘적 걷는 덩치 큰 사람은 슈벤 국의 브레인 왕자가 틀림없어 보였다. 그는 어깨에 커다란 자루를 메고 왼쪽 손에 램프를 들고 있었다.

두 사람의 속셈이 무엇인지는 따라가 봐야 알겠지만 엘은 지금 당장이라도 이것 하나만은 장담할 수 있었다. 그들의 계획을 막지 않으면 그녀에게 불쾌한 일이 생기리라는 것 말이다.

두 사람은 북관을 지나 숲과 연결된 너른 들판으로 방향을 잡고 있었다. 그들이 들판에서 무엇을 할 계획인지 감을 잡을 수 없는 엘은 고개를 갸웃거리며 걸음을 늦췄다. 몸 숨길 곳을 찾기 힘든 들판에서 그들에게 미행을 들키지 않으려면 지금보다 세 배 정도의 거리는 더 벌려야 했다.

어둠 속에서 흔들리는 램프 불빛 때문에 두 사람을 뒤쫓는 일은 그리 어렵지 않았다. 더군다나 한층 짙어진 구름이 약하게 내비치던 달빛을 모조리 차단하고 있으니, 이 정도 거리에서 어둠에 싸인 엘의 존재를 알아채는 건 쉬운 일이 아닐 것이다.

대체 무슨 속셈이지? 숲으로 들어가려는 것 같은데…….

스무 걸음 정도 걸었을 때 엘의 머리를 스치는 생각이 있었다. 엘은 한층 걸음을 빨리하며 두 사람이 향하는 방향을 유심히 살폈다. 그녀의 생각이 틀리지 않았다는 확신이 들었다. 그들의 목적지는 바로 서관이었던 것이다.

진한 짜증과 어느 정도의 호기심을 느끼며 두 사람을 뒤쫓고 있던 엘의 등줄기로 서늘한 불안감이 줄달음쳤다. 엘은 그 순간 힘껏 달리기 시작했다. 자신의 정체가 발각될 수 있다는 우려는 이제 안중에도 없었다. 하지만 거리가 가까워지자 점차 신중함이 찾아들었다. 엘은 발소리를 죽이고 격한 숨을 진정시키려 애쓰며 서관 정면에 서 있는 나무 뒤에 몸을 숨겼다.

거무스름한 그림자처럼 보이는 두 사람은 서관 정문 계단 아래서 무슨 말인가를 나누고 있었다. 하지만 아무리 엘이 주의 깊게 귀를 기울인다 해도 말소리를 들을 수 있을 만큼 가까운 거리가 아니었다.

신경을 곤두세우고 그들을 지켜보고 있던 엘은 좀 더 가까이 접근해야겠다는 생각에 발꿈치를 들고 살금살금 걸음을 옮겼다. 그런데 공교

롭게도 그녀의 발 밑에서 나는 바스락거리는 풀 소리에 섞여 조용한 발소리가 들려왔다. 엘은 황급히 소리가 들린 뒤쪽으로 몇 걸음 다가갔다. 누군가가 이쪽으로 오고 있는 게 틀림없었다.

알비노와 브레인의 속셈을 알아내려면 이곳으로 접근하는 사람부터 막아야 한다는 생각이 들었다. 만약 그들이 다른 사람의 존재를 눈치챘다면 자신들의 계획을 바꿀 우려가 있었다. 물론 두 사람을 감시할 시간이 없는 엘로서는 그런 일이 발생한다는 게 조금도 달갑지 않았다.

자꾸만 일이 골치 아프게 꼬인다는 생각에 엘의 입술에서 낮은 신음이 새어 나왔다.

바삐 걸어 숲 가장자리에 이르자 들판을 걸어오고 있는 긴 그림자가 보였다. 엘은 입을 막기도 전에 그가 소리를 지르는 일이 발생하지 않기만을 바라며 몸을 낮게 숙이고 최대한 빨리 움직였다. 거리가 가까워지자 그림자가 어딘지 모르게 낯익어 보인다는 느낌이 머리를 스치고 지나갔다. 하지만 지금은 그런 걸 따져 볼 시간이 없었다.

엘의 존재를 눈치 챘는지 검은 그림자가 그 자리에 우뚝 멈춰 섰다. 하지만 신기하게도 검은 그림자에게선 어떤 소리도 나오지 않았다. 아니, 어떻게 말하면 소리를 지를 시간이 없었다고 할 수 있었다. 몸을 던지다시피 한 엘이 번개처럼 재빠르게 그의 입술을 막아버렸으니까 말이다.

"쉿! 조용히 해요!"

숨 가쁜 속삭임에 엘에게 닿아 있는 사람의 몸이 미세하게 굳어졌다.

"이럴 수밖에 없는 피치 못할 사정이 있습니다! 손을 떼도 소리 지르지 않겠다고 약속해 주세요. 그러면 지금 당장 놔주겠어요."

살짝 고개를 끄덕이는 느낌이 엘의 손바닥을 타고 전해졌다.

"정말 약속 지킬 거죠? 절대 소리 지르지 않을 거죠?"

엘은 미심쩍은 마음에 재차 질문을 던졌다. 그리고 다시 한 번 대답을 확인한 후에야 불안한 마음을 감추지 못한 망설이는 동작으로 슬쩍 손을 들었다.

"무슨 일입니까?"

"루드비히!"

낯익은 목소리에 그녀도 모르게 말소리가 높아졌다.

"쉿!"

이번엔 우습게도 루드비히가 그녀의 입술을 막았다.

"낯설지 않다는 느낌은 받았지만, 설마 루드비히일 줄은 몰랐습니다. 후드 때문에 머리카락이 보이지 않아 그랬나 봅니다."

엘은 입술에서 서늘하면서도 부드러운 감촉이 떨어지는 순간 작은 소리로 속삭이며 루드비히의 소매를 잡아당겼다.

"조용히 이쪽으로 와보십시오."

루드비히는 묵묵히 그녀가 이끄는 대로 걸음을 옮겼다.

엘은 처음 그녀가 몸을 숨기고 있던 나무 뒤에 멈춰 섰다.

"저기 두 사람 보이죠?"

루드비히가 간단히 고개를 끄덕였다.

"무슨 일인가를 꾸미고 있는 게 틀림없어요."

"꾸미는 것이 아니라 이미 마무리를 지은 모양입니다."

조용한 루드비히의 말처럼 알비노와 브레인은 숲을 나가려는지 그들 쪽으로 다가오고 있었다. 거리가 가까워짐에 따라 조금씩 그들의 말소리가 들려왔다.

"이걸로 정말 된 거야?"

"그렇다니까. 알렉스 놈을 꼼짝 못하게 할 올가미가 만들어진 거야. 이번엔 지난번처럼 쉽게 빠져나가진 못할 거야."

만족감에 찬 알비노의 목소리에 엘은 슬쩍 실소를 지었다.

"난 이렇게 간단할지 몰랐어. 자일스 전하가 아시면 정말 기뻐하시겠지?"

엘과 루드비히가 숨어 있는 나무 옆을 지나며 브레인이 흥분한 목소리로 말했다.

"브레인, 넌 입 다물고 있어! 일이 잘되면 내가 직접 자일스 전하께 말씀드릴 생각이니까. 알았지?"

"그래. 알았어, 알비노."

으르는 듯한 알비노의 어조에 브레인이 재빨리 대답했다.

두 사람의 발소리가 들리지 않을 때까지 엘은 움직이지 않았다. 루드비히 역시 잠자코 그녀 옆에 서 있었다.

"이제 가보도록 하죠."

조용히 말하고 나서 엘은 나무 뒤에서 나와 서관을 향해 성큼성큼 걸었다. 그녀의 거침없는 걸음은 계단 바로 아래 놓여진 커다란 덩어리 앞까지 이어졌다.

"대체 이게 뭐지?"

"글쎄요, 동물의 사체가 아닌가 싶습니다."

엘의 혼잣말에 루드비히가 차분한 어조로 말했다.

"동물 사체라고요? 동물 사체가 왜……."

어리둥절한 말이 끝나기도 전에 별안간 그녀 앞에 눈이 부시도록 밝은 빛이 번쩍였다. 엘은 반사적으로 눈을 감으며 고개를 옆으로 돌렸다. 찡그린 시야에 두 주먹을 합친 크기의 투명한 구가 모습을 드러냈다. 구에서 뿜어져 나오는 빛이 감싸 안듯이 그들의 주위를 둥글게 비추고 있었다.

"세상에! 이게 어찌 된 거지? 루드비히, 대체 어떻게 된 일입니까? 루드비히가 한 거죠? 루드비히가 저 빛나는 구슬을 만든 거죠? 대단해요, 루드비히! 정말 놀랍습니다!"

눈을 휘둥그렇게 뜬 엘이 경탄에 가득 찬 어조로 소리쳤다.

"제 생각이 맞았군요."

엘의 흥분엔 아랑곳없이 루드비히의 목소리는 조용하기만 했다. 그녀의 시선이 루드비히를 따라 아래로 향했다. 그 순간 엘의 입술이 멍하니 벌어졌다.

루드비히 말대로 그들의 발치에 놓여 있는 건 동물의 사체, 좀 더 정확히 말하면 태어난 지 얼마 되지 않아 보이는 망아지의 사체였다. 피범벅이 되어 바닥에 널브러져 있는 망아지의 모습만으로도 충분히 끔찍했지만, 엘을 더욱 경악하게 한 건 피를 쏟아내고 있는 망아지의 목 깊숙이 박혀 있는 은빛 단도의 존재였다.

단도 손잡이에 박혀 있는 강렬한 붉은 보석이 엘의 눈을 파고들었다. 그녀의 단도가 틀림없었다. 모든 무기를 금하는 바이람의 금계 때문에 늘 몸에 지니던 단도를 빼내 선반 위에 올려놓던 기억이 떠올랐다.

황당함과 놀라움으로 멍하니 서 있던 엘의 눈에 한순간 날카로운 빛이 번득였다. 알비노와 브레인이 그녀의 방에 숨어들어 이리저리 물건을 만졌으리라는 생각에 진저리가 쳐질 정도로 강한 불쾌감이 몰려들었다.

"저 단도의 주인이 누군지는 물을 필요도 없겠군요."

엘은 루드비히의 말을 흘려들으며 허리를 굽혀 단도를 뽑아 들었다. 손잡이에 묻어 있는 반쯤 마른 끈적끈적한 피 얼룩이 손바닥에 기분 나쁘게 달라붙었다. 하지만 루드비히의 목소리가 들리는 순간 불쾌한 느낌 따위는 그녀의 뇌리에서 사라져 버렸다.

"바이람의 금계를 어기셨습니다."

탓하거나 꾸짖는 어조가 아닌 담담하고 무심하기까지 한 말투였다. 아무렇지 않은 듯 나온 말이었지만 그 내용만큼은 그냥 넘어갈 수 없는 무게를 담고 있었다.

엘은 딱딱한 동작으로 루드비히를 마주했다. 그녀도 모르게 꽉 움켜잡은 단도의 손잡이가 손바닥 깊숙이 파고들었다.

"예, 어떠한 무기도 손에 대선 안 된다는 바이람의 금계를 어겼습니다. 이번 일도 그걸 노리고 벌인 일일 테고 말입니다. 하지만 루드비히도 알다시피 이번 경우는 어쩔 수 없는 상황이지 않습니까?"

엘은 자꾸 높아지려 하는 목소리를 애써 자제했다.

루드비히는 아무 말도 하지 않았다. 그저 무엇을 생각하는지 감을 잡을 수 없는 얼굴로 그녀를 바라볼 뿐이었다.

답답함과 초조함에 엘은 따지듯 뾰족한 목소리로 물었다.

"그럼 루드비히는 제가 이대로 손 놓고 있다가 이 망아지를 죽인 범인으로 몰리기라도 했어야 한다는 말입니까?"

루드비히가 천천히 입술을 움직였다.

"어쩌다 그토록 많은 적을 만드신 겁니까?"

생각지 못한 물음에 놀라 엘은 순간적으로 할 말을 찾지 못했다. 잠시 후 그녀는 낮은 한숨과 함께 입을 열었다.

“상황이… 어쩌다 그렇게 됐습니다. 하필이면 최고 권력자의 비위를 건드린 것이 일의 발단이 되었습니다. 좀 더 정확히 말하면 인간 같지 않은 놈을 미약하게나마 손봐줬다고 할 수 있을 겁니다.”

엘은 자조 섞인 말끝에 쓴웃음을 달았다.

“자신의 행동을 후회하고 계십니까?”

“그렇진 않습니다. 다시 그때로 돌아간다 해도 전 같은 일을 하고 있을 겁니다.”

생각에 잠긴 얼굴로 엘은 잠시 입을 다물었다가 다시 말을 이었다.

“아니, 같은 일을 하진 않겠군요. 이런 짜증나는 일이 생기지 않도록 차라리 완전히 끝장을 낼 겁니다.”

“끝장을 낸다는 건 말 그대로 죽인다는 뜻입니까?”

“당연하죠! 그런 놈은 하루라도 빨리 죽는 게 세상을 위해서도 나으리라 생각합니다.”

짜증이 담긴 퉁명스러운 목소리에 루드비히의 입술 끝이 살짝 들어 올려졌다. 하지만 그의 입술을 통해 나온 말은 결코 가볍게 받아들일 만한 것이 아니었다.

“사람을 죽여본 적이 있으십니까? 피를 토하며 살려달라고 애원하는 사람에게 죽음을 내려본 적이 있으십니까?”

빛과 그림자가 복잡하게 얽혀 있는 루드비히의 얼굴엔 그녀가 짐작할 수 없는 기묘한 감정과 함께 희미한 호기심이 어려 있었다.

엘은 강렬하게 반짝이는 그의 눈을 홀린 듯 들여다보며 천천히 고개를 가로저었다. 구슬에서 나온 은은한 빛이 그의 얼굴과 머리카락에 신비한 음영을 드리우고 있었다.

잠시 그녀를 마주 바라보던 루드비히가 무슨 말을 하려는 듯 입술을 달싹이더니 망설이는 기색을 보이며 이내 다물었다.

"루드비히는……."

루드비히가 엘의 말을 끊으며 입을 열었다.

"바이람 금계를 어겼다고 탓하는 것이 아닙니다. 손에 무기를 대지 못하게 하는 것으로 인간을 순수하게 정화시킬 수 있다고 믿는 것 자체가 어리석음의 극치라 생각하니까요. 만약 신이 바이람의 금계를 만들었다면 그 신을 받드는 인간들이 불쌍할 뿐입니다."

무척이나 냉소적인 말을 끝낸 루드비히가 자신의 말과는 어울리지 않게 부드러운 미소를 지어 보였다. 그리고 엘을 향해 손을 내밀었다. 영문을 알 수 없는 엘이 불쑥 다가든 손을 바라보며 눈만 깜박이고 있을 때 루드비히가 그녀의 손에서 단도를 빼어 들었다.

"자, 저 역시 죄인이 되었습니다."

"루드비히는… 정말 이상한 사람이에요."

그녀 자신도 모르게 나온 말이었다.

루드비히의 은회색 눈동자에 일순 의미를 알 수 없는 서늘한 빛이 지나갔다.

"이 단도는 바이람이 끝날 때까지 제가 가지고 있겠습니다."

얼떨떨한 상태에 있던 엘은 잠에서 깨어난 듯 서둘러 고개를 가로저었다.

"아니오, 제 것이니 제가 가지고 있겠습니다."

엘은 필요 이상으로 단호하게 말했다.

은연중에 단도를 준 사람이 리자드라는 걸 느끼고 있던 엘로서는 한시라도 단도를 그녀 가까이에서 떨어지게 하고 싶지 않았다. 엘 자신조차도 이해할 수 없는 감정이었지만 하여튼 그녀는 루드비히를 뚜마로 바라보며 손을 내밀었다. 루드비히는 그녀에게 단도를 건넬 생각이 없는 것처럼 이리저리 돌려가며 유심히 살피더니, 피로 얼룩진 칼날을 손가락 끝으로 살짝 쓸어보기까지 했다.

"제가 가지고 있겠습니다."

엘은 독촉하듯 다시 한 번 말했다.

루드비히가 단도에서 그녀 쪽으로 시선을 올렸다. 그리고 미묘하게 빛나는 은회색 눈으로 그녀를 물끄러미 바라봤다.

"몹시 아끼시는 물건인가 보군요. 소중한 사람에게서 받은 것입니까?"

무심한 어조였지만 생각지 못한 질문을 받은 엘은 한순간 당황하여 할 말을 찾지 못했다.

"…아닙니다."

겨우 나온 말은 그녀의 귀에도 매우 어색하게 들렸다.

"흐음~ 그렇군요."

혼잣말처럼 낮게 중얼거린 루드비히가 조용한 몸짓으로 엘에게 단도를 내밀었다. 엘은 천천히 손을 들어 루드비히의 체온이 그대로 전해지는 단도를 받아 들었다.

"잘 간직하십시오. 원래 소중한 물건일수록 쉽게 망가지는 법이니까요."

루드비히의 말에서 뭔가 미묘한 것이 느껴졌다. 그의 말에 다른 뜻이 내포되어 있는 것 같다는 생각에 엘은 눈을 크게 뜨고 루드비히의 얼굴을 살폈다. 하지만 그녀를 향해 부드러운 미소를 보이고 있는 그의 모습에서 이상한 점을 찾을 수는 없었다.

"이제 숙소로 돌아가십시오. 밤이 늦었습니다."

어느새 웃음기가 말끔히 지워진 루드비히가 조용한 목소리로 말했다.

"알았습니다. 그런데 루드비히는요?"

입술을 다물기 전에 루드비히가 왜 이런 야심한 밤에 이곳에 왔는지에 대한 의문이 떠올랐다.

"전 우선 일을 깨끗하게 정리한 다음 움직이겠습니다. 잠이 오지 않아 조용히 숲을 거닐어볼까 했는데 이런 일에 맞닥뜨리게 될 줄은 몰랐습니다."

엘의 궁금증을 알기라도 하는지 루드비히가 간단한 말로 의문을 풀어주었다.

"정리라면 같이 하죠. 꽤 무거울 것 같은데."

엘이 몸을 굽혀 망아지 사체에 손을 가져가려는 순간 루드비히가 그녀의 손목을 잡았다.

"아닙니다. 돌아가십시오. 만약 이곳에 있는 모습이 다른 사람의 눈에 띄기라도 하면 더욱 곤란한 일이 생길 겁니다. 마무리는 제가 알아서 하겠습니다."

조용하지만 거역할 수 없는 힘이 느껴지는 목소리에 엘은 머뭇거리며 몸을 바로잡았다. 그러자 따뜻하게 그녀의 손목을 감싸고 있던 손길이 떨어져 나갔다.

"알겠습니다. 그럼 루드비히 말대로 전 이만 가보겠습니다."

엘의 말에 루드비히가 살짝 고개를 숙여 보였다.

왠지 그에게 무거운 빚을 지는 것 같은 불편한 마음이 들자 엘은 걸음을 멈추고 우뚝 서서 그녀를 바라보고 있던 루드비히를 향해 몸을 돌렸다.

"고맙습니다. 루드비히에게 자꾸 도움을 받게 되는군요. 앞으로 받은 도움의 반이나마 갚을 수 있는 날이 오길 바라겠습니다."

진심을 담아 말한 후 다시 걸음을 옮기는 그녀의 귀에 루드비히의 목소리가 조용히 스며들었다.

"기대하고 있겠습니다."

루드비히는 엘의 모습이 보이지 않게 된 이후에도 꽤 오랜 시간 그녀가 사라진 쪽을 바라보며 서 있었다. 한층 어두워진 하늘에서 떨어지는 섬세한 빗방울이 그의 얼굴을 부드럽게 어루만졌다.

루드비히는 고개를 내려 뻣뻣하게 굳은 망아지 사체를 응시했다. 그의 시선이 닿은 순간 푸르스름한 불길이 망아지 몸 전체를 감싸며 안개가 피어오르듯 너울거렸다. 그리고 눈 깜짝할 사이 불길이 사라지며 싱싱한 풀잎이 모습을 보였다.

"첸."

나직한 목소리가 축축한 대기 속에 섞여 드는 순간 루드비히 앞에 커다란 검은색 늑대 한 마리가 나타났다. 치명적인 힘을 발산하는 탄탄한 근육이 부드럽게 물결칠 때마다 칠흑같이 새카만 털이 기름을 바른 것처럼 매끄럽게 반짝였다.

루드비히 앞에 복종하듯 낮게 엎드린 검은 늑대의 몸체가 급속도로 변하기 시작했다. 어떤 곳은 길게 늘어나며 가늘어졌고, 어떤 곳은 넓어져 더욱 탄탄하게 변하며 인간의 형상을 갖춰갔다. 잠시 후 늑대가 있던 곳에 무릎을 꿇고 있는 전라의 남자가 모습을 드러냈다. 남자가 루드비히를 향해 고개를 숙이자 그의 등을 온통 덮은 채 바닥에 끌리고 있던 검은 머리카락이 폭포수처럼 남자의 어깨를 타고 얼굴 쪽으로 흘러내렸다.

"부르셨습니까?"

너무 거칠어 마치 쇠가 긁히는 것 같은 매우 귀에 거슬리는 목소리였다.

"말해 봐라."

짤막하고 단호한 명령이 떨어지자 남자가 곧바로 입을 열었다.

"지난번 보고 이후 그리 달라진 것이 없습니다. 낮에 교육을 받지 않을 땐 거의 대부분 방 안에서 지냅니다. 그 외엔 간혹 체르몬 국의 리오카사이 왕자를 만나러 갈 뿐입니다. 또 밤엔 여전히 본관을 수색하고 다닙니다."

"내가 알아보라 한 건?"

"죄송합니다. 무엇을 찾고 있는지는 아직 알아내지 못했습니다."

남자의 얼굴 깊숙이 박혀 있는 칠흑같이 어두운 눈동자가 강렬한 섬광을 내뿜었다.

"명령만 내리신다면 오늘 밤 날이 밝기 전에 알아내겠습니다."

그 순간 루드비히의 몸이 미동없이 굳어졌다.

"첸, 네게 내린 명령은 아직 유효하다. 난 그 아이를 살피라 했다. 어떤 형태로든 그 아이에게 손을 대야 할 일이 생긴다면 그때 다시 명령을 내릴 것이다."

"명령을 받들겠습니다."

조용한 어조에서 싸늘한 경고가 느껴지자 남자가 재빨리 머리를 조아렸다.

"그 아이 주변에서 수상한 움직임이 보이진 않았느냐?"

"예, 아직까진 조용하기만 합니다."

"그래, 그렇단 말이지."

나지막이 혼잣말을 중얼거리던 루드비히가 남자에게 무심하지만 날카로움이 담긴 시선을 던졌다.

"더 이상 그 아이 곁에 머물 필요 없다. 물러나 내 명령을 기다려라."

루드비히의 말이 끝나자마자 남자가 순식간에 다시 검은 늑대로 변해 어둠 속으로 사라졌다.

"그래, 원하는 걸 손에 넣는 방법은 수를 셀 수 없이 많은 법이지."

천천히 서관의 계단을 오르는 루드비히의 입술에 뜻 모를 미소가 스쳐 갔다.

"뭐라고! 그게 정말이야?"

알비노가 버럭 소리를 지르자 브레인이 넓은 어깨를 움츠리며 슬쩍 그의 눈치를 살폈다.

"정말이야, 알비노. 다들 망아지니 단도니 하는 얘긴 금시초문이래. 사제님들도 별 얘기 없는 거 보니까 모르는 것 같고. 이상하다 싶어 서관 앞에 가봤는데, 죽은 망아지는커녕 피 한 방울 보이지 않더라고."

"이런 젠장! 이게 어떻게 된 거야? 대체 어떻게 된 일이냐고!"

분을 못 이긴 알비노가 벌겋게 달아오른 얼굴로 거친 숨을 내뿜었다.

"나도 몰라, 알비노. 혹시 우리가 꿈을 꾼 건 아닐까?"

"멍청한 놈! 그걸 말이라고 하는 거야?"

알비노가 험악하게 고함을 지르며 브레인을 노려보자 찔끔한 브레인이 허겁지겁 시선을 돌렸다.

"이번 일은 아무한테도 말하지 마. 브레인, 알겠지?"

"알았어."

브레인은 냉큼 대답한 다음 슬쩍 얼굴을 찌푸렸다.

"자일스 전하께도 말하면 안 돼?"

"당연하지! 자일스 전하 앞에선 특히 말조심해야 해! 입 한번 벙긋했다가는 절대 네놈을 가만두지 않을 줄 알아!"

알비노는 험악하게 으름장을 놓으며 브레인의 눈앞에 대고 주먹을 흔들었다.

"아, 알았어! 절대 말하지 않을게, 알비노."

브레인이 연신 고개를 끄덕이며 대답했다.

"난 앞으로 해야 할 일에 대해 생각 좀 해야 하니까 넌 이만 나가 봐."

"알았어. 난 이만 갈게."

몸을 비비 꼬며 나가보라는 말을 고대하고 있던 브레인은 벌떡 일어나 문을 향해 성큼성큼 걸어갔다. 그가 문을 닫고 복도로 나와 서너 걸음 섰을 때 뒤에서 조심스런 여자 목소리가 들렸다.

"브레인."

그를 부른 사람은 다름 아닌 아르벨라 황녀였다.

놀란 브레인이 얼어붙은 듯 멈춰 서서 눈을 깜박이고 있으려니 아르벨라가 미끄러지듯 부드러운 발걸음으로 다가왔다.

"어디 가시는 것 같은데… 많이 바쁘신가요?"

"아, 아닙니다. 그저 제 방으로 돌아가던 중입니다, 아르벨라 황녀님."

브레인이 성급하게 대답했다. 그의 굵은 목덜미가 조금씩 붉어지고 있었다.

"그럼 저와 잠시 걸으시겠어요, 브레인?"

"예?"

자신도 모르게 소리 높여 반문한 후 브레인은 침을 꿀꺽 삼키며 쑥스러운 마음에 아르벨라의 눈을 슬쩍 외면했다.

"물론 좋습니다, 황녀님."

브레인은 축축한 손바닥을 바지에 쓱쓱 문지르고 아르벨라를 향해 조심스레 내밀었다. 하얗고 가냘픈 손가락이 그의 팔 위에 살포시 내려앉자 브레인의 가슴이 걷잡을 수 없이 세차게 고동치기 시작했다.

브레인은 침을 꿀꺽 삼키고 뻣뻣한 다리를 움직여 어색한 걸음을 옮겼다.

"그렇고 보니 궁금한 게 있습니다, 브레인."

두 사람이 계단에 나란히 발을 디뎠을 때 아르벨라가 부드러운 목소리로 입을 열었다.

하늘거리는 커튼 자락을 살짝 들추고 안의 동정을 살핀 후 엘은 가볍게 바닥으로 뛰어내렸다.

"아르벨라."

조심스런 엘의 목소리가 울리자 안락의자에 앉아 있던 아르벨라가 벌떡 몸을 일으켰다.

"오셨군요, 알렉스. 죄송합니다. 깜박 잠이 들어서 오시는 줄도 모르고 있었습니다."

"괜찮습니다. 그것보다 왜 절 급히 보자고 하신 겁니까?"

그녀에게 다가오는 아르벨라를 보며 엘은 성급히 질문을 던졌다. 오늘 낮에 복도에서 아르벨라와 부딪쳤을 때, 좀 더 정확히 말하면 아르벨라가 재빨리 건네주었던 쪽지를 펴보았을 때부터 엘은 궁금해 애가 탈 지경이었다.

"알렉스에게 쪽지를 건네기 조금 전에 이상한 말을 들었습니다. 사실 별거 아닌 말이었지만, 그래서인지 오히려 더 수상한 느낌이 들더군요."

"좀 더 자세히 말씀해 보십시오."

"자일스 오라버니께서 세렌 국에 사람을 보냈다 하더군요."

엘의 몸속을 질주하던 피 흐름이 싸늘하게 얼어붙으며 멈췄다가 다시 맹렬히 고동치기 시작했다. 그녀는 목줄기에 싸늘한 소름이 돋는 걸 느끼며 깊이 숨을 들이마셨다.

"이유가 무엇인지는 아십니까?"

"예, 듣긴 들었는데… 좀 어이가 없는 얘기라서…….."

"어서 말씀해 주십시오! 어서!"

엘의 강경한 이조에 놀란 아브벨라가 눈을 휘둥그렇게 떴다.

"자일스가 또 무슨 일을 꾸미고 있는지 궁금한 생각에… 미안합니다, 아르벨라."

"아닙니다. 알렉스의 마음 충분히 이해할 수 있습니다. 그럼 말씀드리겠습니다. 황당하게도 자일스 오라버니께서 알렉스의 아버님을 이번 연회에 초청하신 모양입니다."

엘은 욕설이 튀어나오려 하는 입술을 질끈 깨물었다. 자일스가 그녀의 정체에 대해 의심을 갖게 된 것이 분명했다.

"연회까진 시일이 촉박하여 먼저 사람을 보내고 그 후에 아시리움 측에 통보를 한 모양입니다. 그런데 저로서는 왜 지일스 오라버니가 그런 일을 하는 것인지 도무지 이해가 되지 않습니다. 분명 좋은 의도를 갖고 하는 일이 아닐 것은 자명한데 말입니다. 해서 알렉스에게 서둘러 알리는 것이 좋겠다는 생각을 했습니다."

엘은 얼어붙은 듯 뻣뻣하게 서서 아르벨라의 말을 듣고 있었다. 싸늘하게 식은 손바닥에 축축한 땀이 배어들었다.

"알렉스?"

그녀의 반응이 이상한지 아르벨라의 미간이 살짝 찌푸려져 있었다.

"전 이만 가보겠습니다, 아르벨라. 여러모로 신경 써주셔서 감사합니다."

중얼거리며 인사말을 건넨 후 엘은 서둘러 창턱에 올라섰다.

"조심하세요, 알렉스. 그리고 제가 도울 수 있는 일이라면 무엇이든 말씀해 주세요. 보잘것없는 저이지만 최선을 다해 도와드리겠습니다."

"정말 감사합니다. 하지만 아르벨라의 안전이 더 중요합니다. 저 때문에 위험한 일은 절대 하지 마십시오."

엘은 진심을 담아 말한 뒤 서둘러 밧줄을 타고 오르기 시작했다.

방으로 돌아온 엘은 창문을 닫자마자 옷장으로 뛰어가 문을 열어젖혔다. 그리고 구석의 좁은 틈새에 감춰두었던 가죽 주머니를 꺼냈다. 아시리움 성전 안에서라면 몸에 지니고 다니는 것보다 방에 두는 것이 안전하리라는 생각에 그녀 손으로 숨긴 거였다.

엘은 벌린 입구 안으로 손가락을 들이밀어 매끈한 구슬을 꺼내 들었다. 손끝을 스치는 구슬의 개수 같은 걸 눈치 챌 정신은 그녀에게 없었다. 급박함에 몰려 있는 엘의 온 신경이 쏠려 있는 건 오직 손바닥 위에 올려져 있는 작은 구슬 하나였다.

"에나헤스 하르 델 카시메르."

고동치는 심장 박동을 느끼며 엘은 정신없이 중얼거렸다. 자신이 주문을 맞게 외웠는지조차도 확신이 가지 않았다.

지난번과 같이 서늘한 감각이 느껴지며 구슬에서 투명한 빛이 쏟아졌다. 그리고 그녀 앞에 아른거리는 회색 안개에 휩싸인 아몬의 모습이 나타났다.

"아몬!"

엘은 반가움에 와락 아몬에게 다가들었다.

아몬은 재빨리 주위를 둘러보더니 엘에게 시선을 맞췄다.

"무슨 일이십니까?"

지난번 슈바니츠 감옥에서의 일 이후 이렇게 일찍 그를 다시 부를 거라고는 예상하지 못했는지 아몬의 얼굴엔 놀라움이 나타나 있었다.

"귀찮게 해서 미안하지만 저 혼자 힘으론 감당할 수 없는 일이 벌어졌어요. 이번 축일 마지막 날에 열리는 연회에 세렌 국 국왕이 참석하게 됐어요."

아몬의 얼굴이 슬쩍 찌푸려졌다.

"세렌 국 국왕이라고요? 믿을 만한 정보입니까?"

"예, 틀림없는 정보예요. 아무래도 자일스 황태자가 저에 대해 의심을 갖게 된 것 같아요. 만에 하나 제가 가짜라면 그 사실을 권력자들이 바글대는 곳에서 대대적으로 밝히고 싶었겠죠. 절 못 잡아먹어 안달이니까요."

엘은 이제 어느 정도 안정을 찾고 있었다. 무슨 일이 있어도 아몬이 그녀를 도와주리라는 믿음 때문이었다.

아몬의 입술에서 깊은 한숨이 새어 나왔다.

"자일스 황태자라면, 물론 리아잔 제국의 황태자를 말하는 거겠군요. 하필 제국의 황태자를 적으로 삼으시다니… 일이 골치 아프게 되었습니다."

찔끔한 엘이 서둘러 입을 열었다.

"하지만 그럴 수밖에 없었어요, 아몬. 내가 잘못한 건 조금도 없단 말이에요. 정말이에요. 아몬은 잘 모르겠지만 자일스는 정말 나쁜 놈이에요. 힘없는 여자를 재미 삼아 죽이는 놈이라고요."

피를 흘리며 처참하게 죽어 있던 시체가 떠오르자 엘의 주먹에 불끈 힘이 가해졌다.

아몬은 좀 전보다도 한층 무거운 한숨을 내쉬며 고개를 절레절레 흔들었다.

"일은 어차피 벌어진 것이니 어떻게 해결하느냐가 문제겠군요. 무엇보다 확실한 건 세렌 국 국왕을 아시리움 성전에 오게 해선 안 된다는 것입니다. 어떤 일이 있어도 말입니다. 하지만 상대가 일국의 국왕이라면 그리 쉬운 일이 아닐 겁니다."

"세렌 국에서 연회 참석을 거절할 수도 있지 않을까요?"

"아니오, 그런 일은 없을 겁니다."

아몬이 단호하게 말했다.

"아시리움 성전에서의 초대는 대단한 영광으로 받아들여집니다. 일부 왕족이나 귀족들이 초대장을 받기 위해 엄청난 돈을 뿌리기도 한다는 건 공공연한 비밀입니다. 더군다나 세렌 국 국왕을 초청한 사람이 리아잔 제국의 황태자라면 불참의 가능성은 거의 없다고 봐야 합니다. 만약 세렌 국 국왕이 죽어가는 처지가 아니라면 말입니다. 하지만 그렇다 해도 국왕을 대신할 수 있는 다른 왕족이 참석하게 될 겁니다."

이래저래 빠져나갈 구멍이 보이지 않았다. 엘은 머리를 거칠게 쓸어 넘기며 이리저리 방 안을 오가기 시작했다.

"그렇다면 방법이 없다는 말이에요? 수많은 사람들 앞에서 가짜 왕자란 사실이 밝혀진다면 전 십중팔구 처형당하게 될 거예요. 그게 싫다면 연회 전에 이곳을 떠나야 되겠지요. 물건은 포기한 채로요."

엘은 걸음을 멈추고 아몬을 똑바로 응시한 채 말을 끝냈다.

아몬 역시 진지하게 빛나는 갈색 눈동자로 그녀를 마주 바라봤다.

"아니오, 말씀하신 두 가지 일 모두 일어나지 않을 겁니다. 무슨 수를 써서라도 세렌 국 국왕의 참석을 막겠습니다."

잔뜩 긴장하고 있던 엘의 전신에 조금씩 안도감이 스며들었다.

"좋은 방법이 있을까요?"

"글쎄요, 제가 섣불리 입을 놀릴 수 있는 수준의 문제가 아닙니다. 리자드님께 먼저 말씀드려야겠습니다."

리자드란 말이 들리자 엘의 얼굴이 미세하게 굳어졌다.

살짝 어둠이 싯든 눈으로 그녀를 바라보던 아몬이 조용히 입을 열었다.

"크게 염려하실 필요는 없습니다, 엘. 연회는 아무 일 없이, 무사히 지나갈 수 있을 겁니다."

엘의 입술에 희미한 웃음이 새겨졌다.

"아몬에게 털어놓고 나니까 마음이 한결 편해졌어요. 처음 들었을 때는 정말 눈앞이 아찔했거든요."

"그럼 전 서둘러 돌아가야겠습니다. 그것 외의 다른 문젠 없으십니까?"

아몬의 입장에선 아무렇지 않게 나온 질문이었지만 그의 말이 끝나기가 무섭게 엘의 얼굴엔 짙은 먹구름이 드리워졌다.

"무슨 일이십니까?"

아몬이 바짝 긴장해 소리를 높였다. 심상치 않은 일이 발생한 게 틀림없다는 생각이 그의 얼굴을 일순간 어둡게 만들었다.

"아몬……."

처량하게 그를 부른 엘이 더욱 애처로운 말을 뒤에 붙였다.

"나 어떡해요?"

싸늘한 불안감에 휩싸인 아몬은 무의식 중에 엘에게 다가가 그녀의 두 손을 꽉 움켜잡았다. 그리고 비장함이 풍기는 어조로 입을 열었다.

"말씀하십시오. 제 전부를 걸고서라도 엘을 도와드리겠습니다."

"트레비아요……."

엘이 들릴락 말락 아주 작은 소리로 중얼거렸다. 그녀에게 트레비아를 가르치기 위해 혼신의 힘을 다하던 아몬이 떠오르자 도저히 큰 소리가 나오지 않았다.

"예? 뭐라고 하신 겁니까?"

답답한 마음에 아몬 쪽에서 목청을 높였다.

"트레비아 말이에요."

여전히 풀이 죽어 있긴 했지만 이번엔 그런대로 알아들을 수는 있는 목소리였다.

"트레비아요? 트레비아라면… 바로 그 트레비아 말입니까? 혹시… 그걸 연주해야 하는 일이… 발생한 겁니까?"

아몬의 얼굴엔 당황한 빛이 역력했다.

침울한 얼굴로 고개를 끄덕이는 엘을 보며 아몬은 잡고 있던 손을 슬쩍 놓았다. 그가 몇 걸음 움직여 의자에 앉자 엘도 그를 따라 맞은편

의자에 몸을 묻었다.

"예, 그 트레비아요. 나보고 그걸 연주하라니! 어떡해요, 아몬?"

상황에 맞지 않게 웃음이 나오려 하자 아몬은 재빨리 입술 안쪽을 깨물었다.

"이런 일이 생길 줄 알고 그걸 배우시라 한 건데… 그러게 도끼로 부수지 마시고……."

자신을 노려보는 엘을 깨닫고 아몬은 슬쩍 말꼬리를 흐렸다.

잠시 헛기침을 하던 그가 다시 입을 열었다.

"트레비아 연주야 그럴듯한 핑계를 대고 거절하면 되시잖습니까? 심각하게 고민하실 이유가 없는 것 같은데요."

"핑계를 댈 수 있는 상황이 아닌 게 문제예요. 보통 자리가 아니라 이번 연회에서 그걸 연주해야 하거든요. 법황 성하께서도 참석하신다며 부럽다느니 영광이라느니 하도 난리를 치니까 연주를 못하겠다는 말을 차마 꺼낼 수가 없어요."

엘과 아몬이 동시에 한숨을 내쉬었다.

"하지만 다른 방법이 없지 않습니까?"

잠시 망설이던 엘이 머뭇거리며 입을 열었다.

"혹시 잠깐만이라도 연주를 잘하게 해줄 수는 없어요? 아몬은 신기한 마법을 할 수 있잖아요."

"가능하긴 합니다."

"그래요?"

아몬의 대답이 나오기 무섭게 엘이 크게 소리쳤다.

"그럼 걱정할 필요 없겠네요! 이런 좋은 방법이 있는 줄 모르고 고민을 했다니!"

흥분해 눈을 반짝이는 엘과는 달리 아몬의 얼굴은 어둡기만 했다.

"하지만 그렇게 하지 않을 겁니다. 엘도 마법의 힘을 빌릴 생각은 하지 마십시오."

엘은 영문을 알 수 없어 동그랗게 뜬 눈을 깜박거렸다.

"하지만 아몬, 이유가 뭔데요?"

"마법을 몸에 직접 거는 건 극히 위험한 행동입니다. 이미 어느 정도의 실력을 갖춘 분야의 능력을 향상시키는 것도 그러하지만, 특히 완전히 문외한인 기술을 능숙하게 만드는 건 극히 위험합니다. 몸에 어떤 이상이 생길지 아무도 알지 못합니다."

"하지만……."

그래도 미련을 못 버리는 엘을 향해 아몬이 단호하게 고개를 가로저었다.

"생각지도 마십시오."

"알았어요."

풀죽은 엘을 부드러운 눈길로 바라보던 아몬이 몸을 일으켰다.

"아직 시간이 있으니 연회가 열리기 전까진 좋은 방법이 생각날 것입니다. 우선은 한층 골치 아픈 문제부터 해결하는 것이 급선무입니다."

"그래요, 아몬의 말이 맞아요."

"되도록 빨리 연락드리겠습니다. 너무 염려하지 마십시오."

엘을 향해 정중히 고개를 숙여 보인 아몬의 모습이 눈 깜짝할 새 사라졌다. 엘은 한동안 아몬이 있던 자리를 바라보다 의자 등받이에 머리를 기대고 힘없이 눈을 감았다. 잠시만 휴식을 취한 뒤 수색을 하러 나가야겠다는 생각을 하며 그녀는 혼란스러운 선잠에 빠져들었다.

저항할 수 없는 강력한 힘이 자신을 덮치는 것이 느껴졌다. 아몬은 아찔한 현기증에 몸을 비틀거리며 정신을 차리기 위해 안간힘을 썼다. 귀에 윙 하는 이명이 들리더니 팔다리에서 일시에 힘이 빠져나갔다. 그가 심호흡을 하며 힘없이 꺾인 묵직한 머리를 들어 올렸을 때 낯선 목소리가 공기를 울렸다.

"많이 힘드십니까?"

낮고 부드러운, 그러나 왠지 모를 서늘함이 느껴지는 목소리였다.

번쩍 부릅뜬 눈에 안개가 긴 듯 뿌연 세상이 다가들었다. 아몬은 눈을 깜박이며 시야를 방해하는 안개 너머 목소리가 들린 곳을 바라봤다.

"제가 마련한 장소가 마음에 들지 않으신 것 같군요."

남자의 말이 끝나자마자 안개가 흩어지며 대신 주위가 환하게 밝아졌다. 그리고 아무것도 없이 휑하기만 한 넓은 공간이 나타났다. 아니, 아무것도 없다는 건 사실이 아니었다. 공간 한가운데 팔걸이 의자 하나가 놓여 있었고 그 의자에 실버블론드 머리카락을 길게 늘어뜨린 한 남자가 그린 듯이 앉아 있었다. 믿기지 않을 만큼 아름다운 남자의 모습에 아몬의 눈이 휘둥그레졌다.

"누구십니까? 누구이신데 제 길을 막고 절 강제로 이끄신 겁니까?"

아몬의 목소리에서 감춰지지 않은 긴장이 드러났다.

"전 루드비히 라스카 반 리오벤이라 합니다. 처음 뵙겠습니다."

아몬의 얼굴에서 순식간에 핏기가 빠져나갔다.

"제가 누군지 아신 것 같군요."

천천히 의자에서 일어난 루드비히가 아몬에게 다가왔다. 아몬은 눈한 번 깜박이지 않은 채 숨을 죽이고 그를 응시하고 있었다.

"이름을 말씀해 주시겠습니까?"

아몬에게서 열 걸음 정도 떨어진 곳에 멈춰 선 루드비히가 무심한 말투로 물었다.

아몬은 결연히 고개를 들고 딱딱하게 굳은 입술을 움직였다.

"왜 이러시는 겁니까? 절 돌려보내 주십시오. 그럴 생각이 없으시다면 막고 계신 제 힘을 풀어주십시오."

루드비히의 단정한 입술에 희미한 미소가 나타났다. 하지만 그의 은회색 눈동자는 얼음 조각같이 싸늘하고 음습한 빛을 발하고 있었다.

"물론 돌려보내 드릴 생각입니다. 제가 알고 싶은 모든 걸 밝혀낸 다음에 말입니다."

아몬의 얼굴이 한층 딱딱하게 굳어지자 루드비히의 입술에 새겨진 미소가 조금 더 깊어졌다.

"자, 어떻게 하시겠습니까? 절 도와 고통없이 일을 끝내시겠습니까? 아니면 일을 번거롭게 만들 생각이십니까? 선택하십시오. 제 입장에선 어느 방법이나 별다를 게 없습니다."

"제게 대체 왜 이러시는지 모르겠습니다, 법황 성하."

묘한 표정을 짓고 아몬을 바라보던 루드비히가 조용히 입을 열었다.

"두 번째를 택할 생각이시군요. 마음이 바뀌면 언제든지 말씀하십시오. 자, 그럼 시작하겠습니다."

루드비히의 말이 끝나기 무섭게 아몬은 눈에 보이지 않는 힘에 단단히 결박되어 공중으로 둥실 떠올랐다. 놀란 아몬이 숨을 격하게 들이쉬었을 때, 저만치 떨어져 있던 의자가 눈 깜짝할 새 다가와 루드비히의 바로 뒤에 자리 잡았다.

미끄러지듯 부드러운 동작으로 의자에 앉은 루드비히가 팔꿈치를 세우고 손으로 턱을 받친 모습으로 아몬을 똑바로 응시했다.

"아까 했던 질문을 다시 하겠습니다. 이름이 무엇입니까?"

"기억나지 않습니다."

아몬은 루드비히를 마주 바라보며 애써 담담한 어조로 말했다.

그러자 루드비히의 입술에 웃음기가 나타났다.

"이번 질문은 그냥 넘어가도록 하겠습니다. 그리 중요한 건 아니니까요. 하지만 두 번째 질문에는 반드시 응하셔야 할 겁니다. 당신을 조종하는 사람, 이 모든 일의 뒤에 있는 사람이 누굽니까?"

두 사람의 시선이 날카롭게 맞부딪쳤다.

루드비히의 은회색 눈동자가 자신을 빨아들이는 거대한 모래 웅덩이처럼 느껴지자 아몬은 두려움을 이기려 두 눈을 질끈 감았다.

"같은 질문을 또 한 번 반복하게 하지 마십시오. 그건 절 매우 불쾌하게 만들 테니까요."

싸늘한 경고를 담은 건조한 목소리가 들리자 아몬의 뒷골이 쭈뼛 곤두섰다.

아몬은 자꾸만 빠져나가려 하는 가느다란 용기를 놓치지 않기 위해 어금니를 질끈 물었다.

"무슨 말씀을 하시는지 모르겠습니다, 성하. 무슨 영문인지는 모르겠지만 이런 일은 성하의 존명(尊名)에 누를 끼치게 될 것입니다."

아몬의 말을 끝으로 다시 한 번 두 사람의 시선이 마주쳤을 때 아몬은 자신의 말이 법황의 신경을 거슬렀다는 걸 깨달았다. 그리고 그 즉시 엄청난 고통이 그를 한입에 삼켜 버렸다. 사지가 갈기갈기 찢겨 나가는 듯한, 불에 달군 쇠꼬챙이가 내장을 이리저리 휘젓는 것 같은 참을 수 없는 통증이 무력한 그의 몸뚱이를 휘어 감았다. 비명을 잠기 위해 스스로 물어뜯은 입술에서 붉은 핏줄기가 흘러나와 바닥으로 떨어졌다.

참고 참았던 비명이 일그러진 입술을 통해 쏟아지려는 찰나 아몬을 극도의 고통으로 밀어 넣었던 통증이 거짓말처럼 사라졌다. 아몬은 거친 숨을 내뱉으며 몸을 부들부들 떨었다. 채 가시지 않은 고통의 잔재가 그의 몸에 쉴 새 없는 경련을 불러일으켰다.

"이제 제가 무슨 말을 하는지 아시겠습니까?"

무심한 루드비히의 목소리가 아몬의 멍한 머리를 파고들었다.

아몬은 천천히 고개를 들었다. 땀에 젖은 머리카락이 고통으로 흐려진 갈색 눈동자 위에 힘없이 드리워졌다.

아몬의 한쪽 입술 끝이 비틀어지며 위로 치켜 올라갔다.

"예, 이젠 명확히 알았습니다. 정신 나간 고귀한 법황 성하께서 미천한 절 갖고 노신다는 걸 말입니다."

노골적인 비웃음을 담은 아몬의 말은 숨 막힐 듯한 적막을 몰고 왔다.

아몬을 바라보는 은회색 눈동자에 강렬한 섬광이 스쳐 갔다. 그리고 그 순간 루드비히가 큰 소리로 웃음을 터뜨렸다.

입가에 웃음기를 머금은 루드비히가 의자에서 일어나 느릿하고 잔인한 걸음걸이로 아몬을 향해 다가왔다. 두 사람의 거리가 가까워질수록 허공에 매달려 있는 아몬의 몸이 조금씩 아래로 내려오기 시작했다. 이윽고 루드비히가 걸음을 멈췄을 때 두 사람의 눈이 같은 높이에서 맞부딪쳤다. 땀으로 번들거리는 아몬의 한쪽 눈가에서 바르르 경련이 일었다.

"정말 보기 드문 분이시군요. 솔직히 말해 감탄할 지경입니다."

아몬은 아무 말도 하지 않았다. 그저 두려움을 내색하지 않기 위해 이를 악물고 루드비히를 바라볼 뿐이었다.

"더 솔직해진다면 내 사람으로 만들고 싶다는 욕심까지 생겼습니다. 하지만 단순한 희망으로 그쳐야 한다는 것 또한 잘 알고 있습니다. 정신 나간 법황치곤 상황 판단이 그런대로 쓸 만하지 않습니까?"

아몬은 여전히 입술을 꾹 다물고 있었다. 루드비히 역시 어떤 대답을 바라고 질문을 한 건 아니었다.

"인간은 습관적인 동물입니다. 인간이 얼마나 철저히 길들여질 수 있는지 아시면 꽤 놀랄 겁니다. 저도 이렇게까진 하고 싶지 않았지만 별다른 수가 없겠군요. 어떠한 고통을 가한다 해도 입을 열지 않을 거라는 건 우리 두 사람 다 잘 알고 있으니까요."

다시 말을 잇는 루드비히의 은회색 눈이 서늘하게 반짝였다.

"하지만 어리석은 선택을 하신 겁니다."

아몬이 루드비히의 어조에서 느껴지는 섬뜩함에 몸을 움찔했을 때 그의 눈앞으로 루드비히의 손이 불쑥 다가들었다.

지평선 너머로 반쯤 몸을 묻은 태양에서 빛줄기가 뻗어 오르며 생생한 붉은빛과 자줏빛으로 하늘을 물들였다. 저 멀리 오도카니 앉아 있는 매끄러운 연못은 어린아이의 맑은 눈망울처럼 색색으로 물든 하늘을 그대로 투영하고 있었다. 그리고 이 아름다운 풍경은 창밖을 향해 있는 엘의 보라색 눈동자를 풍부한 색채로 반짝이게 했다. 하지만 제아무리 아름답다 해도 눈에 보이는 풍경은 엘의 관심을 끌지 못했다. 눈은 창밖을 향해 있었지만 그녀의 마음은 한 치 앞으로 다가든 근심거리에 묶여 있었다.

힘껏 맞잡은 두 손을 자신도 모르게 이리저리 비틀던 엘은 무거운 한숨을 내쉬며 창틀을 부여잡았다.

그녀의 가장 큰 고민거리는 물론 이틀 앞으로 다가온 연회였다. 연회는 시시각각 그녀의 목을 조여오고 있는데 아몬에게선 아직까지 아무런 연락이 없었다. 그가 알아서 해결책을 찾았을 거라고 애써 마음을 달래보았지만 엘을 짓누르는 무거운 근심은 조금도 가벼워지지 않았다.

"무슨 걱정이 있으십니까?"

엘이 갑작스런 말소리에 놀라 몸을 돌려보니 열 걸음 정도 떨어진 곳에 서 있는 루드비히가 보였다.

그녀가 무슨 말을 할까 생각하는 사이 그가 엘을 향해 다가왔다.

"이런 저녁 무렵에 제일 가는 즐거움은 차츰 다가오는 어스름과 그것이 만들어내는 적막에 있습니다."

엘 옆에 자리 잡은 루드비히가 무심한 어조로 말했다.

"아… 예."

엘은 건성으로 말하며 잔뜩 흐려진 눈으로 계속해서 창밖을 바라봤다.

"무슨 일인데 그렇게 어두운 얼굴을 하고 계십니까?"

루드비히가 그녀의 안색을 살피며 조용히 물었다.

어떤 대답을 해야 할지 떠오르지 않자 엘은 그저 어깨를 으쓱해 보였다.

"또 다른 비밀입니까?"

"아니오… 아니, 예."

엘이 재빨리 말을 바꾸자 루드비히가 살짝 미소를 지었다.

"고민은 다른 사람에게 털어놓는 것 자체가 하나의 해결책이 될 수 있습니다. 물론 믿을 수 있는 사람에게라는 단서가 붙겠지요."

"그 믿을 만한 사람이 루드비히라는 말씀입니까?"

엘은 잠시라도 근심거리에서 벗어나고 싶은 마음에 농담조로 물었다.

"글쎄요, 그거야 고민을 가진 쪽에서 판단할 문제겠지요."

응수하는 루드비히의 눈동자에도 슬쩍 장난기가 묻어 나왔다.

"만약 우리 두 사람의 입장이 바뀐다면, 다시 말해 루드비히가 저라면 어찌하시겠습니까? 루드비히를 믿고 고민을 털어놓으시겠습니까?"

말을 마치고 씩 웃는 엘을 향해 루드비히가 마주 미소를 지었다. 호기심으로 반짝이는 보라색 눈동자를 바라보던 그가 가벼운 어조로 입을 열었다.

"아니오, 무슨 일이 있어도 입을 열지 않을 겁니다. 세상에서 가장 경계해야 될 사람이 바로 저니까요."

고개를 절레절레 흔들며 어이가 없다는 눈으로 루드비히를 바라보던 엘의 입에서 웃음이 터져 나왔다. 그러자 그녀를 향한 은회색 눈동자가 뜻 모를 빛으로 반짝였다.

"참! 루드비히도 이번 연회에 참석하나요?"

잠시 생각에 잠긴 듯 보이던 루드비히가 천천히 입술을 움직였다.

"일단은 그럴 생각입니다. 하지만 확실히 마음을 정한 건 아닙니다."

"그러고 보니 루드비히도 상당히 지위가 높은 사제님인가 보군요. 제가 듣기로는 웬만한 사제님들은 연회에 참석할 수 없다고 하던데요. 그런데 루드비히는 도서관 사서 직만 맡아 하시는 겁니까?"

호기심 어린 그녀에게 루드비히가 슬쩍 미소를 보였다. 하지만 그뿐 대답을 할 것 같아 보이진 않았다.

"이번 연회에서 트레비아를 연주하신다는 말을 들었습니다."

무심한 루드비히의 말에 엘의 얼굴이 미묘하게 구겨졌다.

"준비는 다 마치신 겁니까?"

"아, 예… 그럭저럭……."

엘은 슬쩍 얼버무리며 어색한 미소를 지었다.

"하긴, 굳이 연습이 필요한 실력은 아니실 테지요. 이번 연주에 저역시 많은 기대를 하고 있습니다. 그러고 보니 연주를 감상하기 위해서라도 꼭 참석해야겠군요."

루드비히의 부드러운 목소리에서 은근히 놀리는 기미가 느껴졌다. 하지만 동그랗게 뜬 엘의 눈에 비치는 그의 모습은 진지하기만 했다.

"가, 감사합니다."

콧잔등에 땀이 송골송골 맺히는 걸 느끼며 엘은 괜스레 머리를 쓸어넘겼다. 그리고 부담스러운 루드비히의 시선을 슬그머니 피했다.

"배가 출출한 걸 보니 식사 시간이 다 됐나 봅니다. 전 이만 가보겠습니다. 그럼 내일 뵙도록 하죠."

"이제 도서관에 오실 필요 없습니다. 정리가 어느 정도 마무리됐으니까요."

"하지만 아직 정리할 게 많이 남았는데… 루드비히 혼자 다 하려면 시간도 많이 걸릴 테고요."

머뭇거리는 엘을 향해 루드비히가 부드럽게 미소를 지었다.

"뒷정리할 사람은 많으니 걱정하지 마십시오. 그 시간에 연주 준비를 하시라는 뜻에서 드리는 말씀입니다."

"알겠습니다. 이제 루드비히를 보는 일도 예전처럼 쉽지 않겠군요."

도서관의 적막한 분위기도 그렇지만 무엇보다 루드비히와 함께 나누는 조용한 시간이 맘에 들었던 엘은 자신도 모르게 번져 가는 서운한 마음에 떨떠름한 얼굴로 루드비히를 바라봤다.

"물론 도서관은 항상 열려 있을 겁니다. 그러니 오시고 싶을 때 언제든지 오십시오. 아시다시피 이곳을 찾는 사람은 거의 없으니까요."

엘의 마음을 읽기라도 한 듯 루드비히가 진지한 어조로 말했다.

"그렇게 하겠습니다. 루드비히를 보기 위해서라도 자주 발걸음할 생각입니다."

엘은 가벼운 말투에 슬쩍 진심을 담았다.

"앞으로 이곳에서 절 보기는 힘드실 겁니다."

루드비히의 말에 은근히 실망이 되는 건 엘로서도 어쩔 수 없었다. 어느새 그녀에게 있어 루드비히는 마음 편한 친구 같은 존재가 되어 있었다.

"다른 일을 맡으신 건가요?"

"그렇다고 해두겠습니다."

모호하게 말한 루드비히가 이제 할 말은 다 끝났다는 듯 창밖으로 시선을 돌렸다.

어느새 연보랏빛으로 물든 하늘 위로 부지런한 초저녁 별들이 하나 둘 모습을 드러내고 있었다.

엘은 잠시 아름다운 하늘을 배경으로 그림같이 서 있는 루드비히의 뒷모습을 바라보다 문을 향해 걸어갔다. 그녀가 막 문을 나서려는 순간 루드비히의 목소리가 들려왔다.

"기대하고 있겠습니다."

무엇을 기대한다는 말이지? 연회를? 아니면 내 연주를 말하는 건가?

엘은 루드비히에게 질문을 할 것인가에 대해 잠시 망설였다. 그러나 등을 돌린 채 우뚝 서 있는 루드비히에게서 섣불리 말을 붙일 수 없는 낯설고 이질적인 분위기가 느껴지자 머리를 갸웃거리며 몸을 돌렸다.

"알렉스, 거기 서서 뭐 해? 어서 안 오고?"

앞서 가던 리오가 성큼성큼 다가와 엘의 팔을 잡았다.

"아무래도 난 참석 못하겠어, 리오."

다급한 엘의 외침에 리오가 한숨을 내쉬며 고개를 절레절레 흔들었다.

"또 그 소리야? 대체 왜 그래? 몸이 아프기라도 한 거야?"

"그래, 그거야! 몸이 아파서 그래!"

엘은 허겁지겁 리오가 내민 말꼬리를 잡았다.

"으음~ 그러고 보니 얼굴이 벌건 게 열이 있는 것 같기도 하군."

"그, 그렇지? 사실 머리도 묵직하고, 몸도 무겁고, 팔다리도 좀 결리는 것 같고… 배도 좀 아픈 것 같아. 또… 목도 좀 거북하고… 또… 귀도 울리는 것 같고… 또……."

혀 차는 소리에 고개를 들어보니 잔뜩 얼굴을 찌푸리고 있는 리오가 보였다.

"또 어디가 아픈데? 왜, 이제 핑곗거리가 다 떨어졌어?"

"핑곗거리라니? 그런 거 아니야! 진짜 몸이 안 좋단 말이야!"

엘은 펄쩍 뛰며 강경하게 소리쳤다. 하지만 그녀의 팔을 잡아끄는 리오의 손은 더욱 단호해질 뿐이었다.

"네 목소리만 들어도 네가 얼마나 팔팔한지 단번에 알겠다! 그리고 만에 하나 진짜 아프더라도 일단 참석은 해야 돼!"

죽을병에 걸리지 않는 한 연회를 빠질 수 없다는 건 누구보다 엘이 가장 잘 알고 있었다. 요 며칠간 연회에 참석하지 않을 수 있는 방법을 알아보느라 동분서주한 그녀가 그 정도 사실을 모를 수는 없었다. 그

뿐 아니라 정당한 이유 없이 연회에 불참한 사람에게 내려지는 형벌
또한 누구보다 잘 알고 있었다. 그걸 알기에 죽을상을 쓰면서도 리오
가 이끄는 대로 엉거주춤 걸음을 옮기고 있는 것이다.

연회에 불참한 사람은 바이람 기간만큼인 30일 동안 골방같이 축축
하고 좁은 기도실에 갇혀 지내야 했다. 형벌이 단지 그것뿐이라면 엘
은 거짓 왕자란 사실이 수많은 사람들 앞에서 밝혀지는 일을 당하느
니 차라리 기도실에 갇히는 쪽을 택할 것이다. 하지만 형벌은 그걸로
끝이 아니었다. 엘을 경악하게 한 건 대사제와 고위 사제들이 참석한
자리에서 최소한의 속옷만을 걸친, 즉 벌거벗다시피 한 몸으로 참회
의 시간을 가져야 한다는 거였다. 그 사실을 알게 된 순간 엘의 얼굴
에선 핏기가 빠져나갔고 아찔한 현기증이 그녀의 몸을 휘청하게 했
다.

어느 정도 충격이 가시자 엘은 자포자기한 심정으로 연회 참석을 결
심할 수밖에 없었다. 수많은 사람들 속에 몸을 감춘다면 위기를 잘 넘
길 수 있을지 모른다는 생각도 그녀의 결심을 도왔다.

이렇게 해서 엘은 마음 내키지 않는 화려한 옷차림까지 한 채 용기
를 내어 밖으로 나온 거였다. 하지만 막상 저 멀리 보이는 웅장한 연회
장의 모습과 쉴 새 없이 이어지는 화려한 마차의 행렬, 그리고 수많은
인파가 눈에 들어오자 한 줌 용기는 재처럼 날아가 버리고 말았다.

엘은 리오의 손에 이끌려 종종걸음을 치며 쉴 새 없이 주위를 살폈
다. 그럴 리 없으리란 걸 잘 알고 있으면서도 엘의 눈은 무의식 중에
아몬을 찾고 있었다.

아몬이 어떤 방법으로든 그녀를 도우리라는, 수백 번은 머리에 떠올
렸던 생각을 하며 엘은 몇 번 크게 심호흡을 했다. 그러자 불안감이 조

금 가라앉는 것 같았다.

"휴우, 대단한데!"

엘은 리오의 감탄사에 부스스 머리를 들었다. 그리고 멍하니 입술을 벌렸다. 그야말로 전율이 일 정도로 웅장하고 화려한 연회장이 한순간 그녀의 머리를 마비시켰다.

금빛 장식이 정교하게 새겨진 우아한 기둥이 어마어마하게 넓은 돔 형태의 천장을 받치고 있었으며, 천장 가장자리에도 화려한 금박 장식이 둘러져 있었다. 곳곳에 달린 육중한 크리스털 샹들리에들은 은과 금으로 조각된 갖가지 조각상 위로 눈부신 빛을 뿜어냈다. 또한 발목 높이에서 천장까지 이어진 팔각형 모양의 거대한 착색유리는 크리스털 샹들리에에서 받은 빛을 사방에 반사시키며 화려한 색깔의 군무를 연출하고 있었다. 엷은 장밋빛과 은색이 주조를 이뤄 우아하고 품위있어 보이는 연회장엔 있을지 모르는 단조로움을 피하기 위해서인지 값비싼 예술품과 수십만 송이의 꽃들로 장식되어 있었다.

"입으로 벌레 들어가겠다!"

리오가 피식 웃으며 놀리듯이 말했다.

엘은 그 말을 들은 후에야 멍하니 벌리고 있던 입술을 다물 수 있었다.

"너도 마찬가지겠지만 나 역시 이렇게 화려한 연회장은 처음 봐. 이 모든 게 아시리움 성전이니까 가능한 거겠지."

리오의 어조엔 경탄과 함께 약간의 쓸쓸함이 담겨 있었다.

"그래, 그렇겠지."

엘은 리오의 말에 대충 맞장구치며 이리저리 주위를 살펴봤다.

그런 엘을 이상하다는 눈으로 바라보던 리오가 툭 던지듯 물었다.

"대체 왜 그래? 누구한테 쫓기는 사람처럼! 뭐, 죄진 거라도 있어?"

"아, 아니야! 그런 거 아냐!"

필요 이상으로 강경하게, 아니, 신경질적으로 소리치는 엘에게 더욱 짙은 의혹의 눈초리가 쏟아졌다.

엘은 잔뜩 인상을 쓰고 리오를 못마땅하게 바라본 다음 인명록이 펼쳐져 있는 곳으로 다가갔다. 그리고 알렉스 왕자의 정식 명을 쓰며 위에 적혀 있는 사람들의 이름을 재빨리 살펴보았다. 하지만 온통 낯선 이름만 눈에 띌 뿐이었다.

좀 더 주의 깊게 이름을 훑어 내려가던 엘의 얼굴이 잔뜩 찌푸려졌다. 세렌 국 국왕의 이름을 모른다는 생각이 뒤늦게 떠올랐던 것이다. 분명히 아몬에게 들은 기억이 나는데 머리 속에서 연기처럼 맴돌 뿐 선뜻 떠오르지 않았다.

마침내 엘이 포기하고 고개를 들자 그녀의 뒤에 서 있던 화려한 차림의 중년 남자가 신경질적인 몸짓으로 그녀를 밀쳤다.

엘은 사과의 말을 중얼거리며 서둘러 연회장으로 들어갔다. 사람들이 드나드는 입구에 서 있는 건 아무래도 현명하지 못한 행동이라는 생각이 들었다.

"대체 리반은 어디 있는 거야? 먼저 가 있겠다고 했는데. 여기서 찾을 수나 있을지 모르겠군."

입구와 마찬가지로 벌써 많은 사람들이 북적거리고 있는 연회장을 둘러보며 리오가 투덜거렸다. 엘은 신경을 곤두세운 채 경계심 어린 눈초리로 주위를 살폈다.

"알렉스, 뭐 마실 거라도 가져올까?"

리오가 엘의 팔을 툭 치며 물었다.

"아니, 별 생각 없어."

엘은 대답을 하면서도 사람들 사이로 파고들던 걸음을 멈추지 않았다.

대다수가 낯선 사람들이었지만 여기저기에서 어렵지 않게 눈에 익은 얼굴들도 발견할 수 있었다. 이런 식이라면 사람들 틈에 섞여 있어도 자일스와 세렌 국 국왕의 시선에서 완전히 벗어나기 힘들 거라는 생각이 들었다. 그 생각이 머리를 스치는 순간 엘은 주저없이 입구로 몸을 돌렸다.

"알렉스, 어디 가?"

리오가 그녀를 뒤따라오며 큰 소리로 물었다. 주위 사람들의 시선이 그들에게 다가오자 엘의 얼굴이 저절로 찌푸려졌다. 엘은 걸음을 멈추고 리오가 가까이 오길 기다렸다가 그의 팔을 잡고 그나마 사람들이 적은 구석으로 데려갔다.

"난 연회장을 떠날 생각이야. 머리만 아플 뿐 이렇게 사람이 많은 곳은 전혀 취미에 맞지 않아서 말이야."

미간에 주름을 잡고 엘의 말을 듣고 있던 리오가 냉큼 입을 열었다.

"하지만 트레비아 연주는 어떻게 할 건데?"

"우라질!"

참을 새도 없이 엘의 입에서 욕설이 튀어나왔다.

눈앞에 닥친 세렌 국 국왕 문제에 정신이 팔려 또 한 가지 문제가 뒤에 버티고 있다는 사실을 잠시 망각하고 있던 자신에게 울컥 짜증이 치밀어 올랐다. 아니, 그것보다는 손쓸 방법 없이 그녀를 조여오는 숨막히는 상황이 한순간 엘의 이성을 마비시켜 버린 것이다.

잠시 주위에 불편한 침묵이 흘렀다. 따갑게 박히는 사람들의 시선에서 엘은 저런 몰상식한 사람이 어떻게 이 자리에 있는 줄 모르겠다는 그들의 생각을 읽을 수 있었다.

잠시 놀란 표정으로 엘을 바라보던 리오가 피식피식 웃기 시작하더니 급기야 크게 웃음을 터뜨렸다.

"알렉스, 넌 정말 재미있는 녀석이야. 널 알 만하다는 생각이 들 때마다 생각지 못한 행동으로 내 뒤통수를 때리거든."

엘은 말을 하는 내내 실실거리는 리오를 못마땅한 눈으로 바라봤다.

"욕하는 게 그렇게 마음에 든다면 언제든지 말만 해. 흡족할 때까지 해줄 테니까."

"나한테 하는 욕만 아니라면 언제든지 환영이야. 하지만 네 입이 아플걸? 우리 주위만 해도 욕먹을 놈들이 한둘이 아니잖아."

천연덕스럽게 말을 마친 리오가 동그랗게 뜬 눈을 과장되게 이리저리 굴리자 엘의 입에서도 웃음이 새어 나왔다. 두 사람은 서로의 눈이 마주친 순간 소리 내어 웃음을 나눴다.

잔뜩 부풀었던 불안과 초조가 조금씩 가라앉는 걸 느끼며 엘은 부드러운 눈길로 리오를 바라봤다. 만약 이 자리에서 그녀의 정체가 발각되고 그로 인해 죽음을 맞게 된다 해도 아시리움 성전에 들어온 걸 후회하는 일은 없으리라는 생각이 들었다. 그녀 앞에서 환하게 웃고 있는 리오 하나만 놓고 봐도 이 정도 위험은 얼마든지 참고 넘길 수 있었다. 여러 가지로 그녀를 도와준 루드비히와 빼놓을 수 없는 아몬, 그리고 리반과 사일러스 역시 이번 일이 아니었다면 평생 스치지도 못했을 사람들이었다. 그리고 리자드…….

리자드를 떠올리는 순간 구름이 낀 듯 엘의 얼굴이 어두워졌다.

"알렉스, 왜 그래?"

리오가 당장 질문을 던져 왔다.

"아니야, 아무것도."

엘은 나지막이 중얼거린 뒤 리오를 향해 힘없이 웃어 보였다.

"고민이 있으면 말해 봐, 알렉스. 큰 도움은 못 되겠지만 최선을 다해 도울 테니까."

"고민은 무슨! 하여튼 말만이라도 고맙다."

엘은 리오의 어깨를 툭 치며 말을 끊었다가 머뭇거리며 다시 입을 열었다.

"난 이제 여길 나가야겠어. 그러니 내가 없더라도 재미있는 시간 보내라고."

"어, 알렉스! 야!"

그녀는 리오의 외침을 못 들은 척하고 입구 쪽으로 서둘러 걸어갔다. 하지만 이리저리 사람들을 헤치며 나아가야 하는 길이라 자연히 걸음이 늦어질 수밖에 없었다.

엘이 입구로 향하는 계단에 막 발을 올려놓았을 때였다. 연회상 중간쯤에 서 있던 알비노가 그녀를 발견하고 눈을 크게 뜨는 모습이 보였다. 곧바로 알비노를 위시한 패거리들이 그녀에게 다가오기 시작했다. 엘은 낮게 혀를 차며 재빨리 남은 계단을 올라갔다.

일단 입구만 나선다면 연회장 뒤쪽에 위치한 넓은 정원 어딘가에 몸을 숨기는 건 어려운 일이 아니었다.

"야! 너, 거기 서!"

사람들의 말소리를 뚫고 알비노의 커다란 외침이 들려왔다. 저만치 서서 엘이 처음 보는 사람과 얘기를 나누던 리오가 그 소릴 들었는지 입구 쪽으로 고개를 돌렸다. 그리고 그 즉시 엘을 향해 빠른 걸음을 옮기기 시작했다.

골치 아픈 일이 벌어지리라는 불길한 예감이 들자 엘의 등줄기로 서늘한 바람이 지나갔다.

더욱 마음이 다급해진 그녀가 걸음을 재촉해 어떤 두 명의 젊은 남녀 사이를 지나가려 할 때였다. 엘의 발이 치렁치렁하게 늘어진 여자의 드레스 자락을 밟는 순간 하필이면 여자가 남자 쪽으로 몸을 틀었다. 엘이 어떻게 막을 새도 없이 여자가 요란한 비명을 지르며 바닥에 넘어졌다. 그러자 사람들의 놀란 외침이 뒤이어 터져 나왔다.

"세, 세상에! 이게 무슨 짓이에요?"

넘어진 여자가 몸을 버둥거리며 앙칼진 어조로 소리쳤다.

"죄송합니다. 정말 죄송합니다."

당황한 엘이 사과의 말을 정신없이 중얼거리며 여자를 지나치려는 찰나 여자 옆에 서 있던 남자가 엘의 오른팔을 와락 움켜잡았다.

"뻔뻔스럽게 어딜 그냥 가려는 거야? 빨리 정중히 사과하고 부축해 드리지 못해?!"

조급한 마음에 엘은 잡혀 있는 팔을 힘껏 뿌리쳤다. 그러나 곧바로 누군가의 손에 다시 잡히고 말았다. 황급히 고개를 돌려보니 그녀의 팔을 잡고 히죽거리는 알비노의 모습이 보였다.

"자일스 전하께서 널 친히 보자고 하셨다. 그러니 얌전히 따라와. 반항하면 우리만 더 재미있어진다는 건 잘 알고 있겠지?"

어느새 왼팔 역시 자일스 패거리 중 한 명인 브레인이 움켜쥐고 있었다. 엘이 팔을 비틀자 두 팔을 조이는 힘이 더욱 강해졌다. 주먹이라도 휘두를 생각으로 몸을 긴장시켰던 엘은 자신이 처한 상황을 깨닫고 입술을 질끈 깨물었다. 연회장에서 소란을 일으키는 건 아무리 생각해도 현명한 행동이 아니었다. 오히려 그녀 손으로 무덤을 파게 될 수도 있었다.

"알렉스, 무슨 일이야?"

알비노 뒤쪽에서 리오의 목소리가 들리며 그가 불쑥 모습을 보였다.

"네가 상관할 일이 아니야!"

"참견하지 말고 꺼져! 아니면 단단히 혼이 날 줄 알아!"

"우리 일을 방해하면 자일스 전하께서 널 아예 통째로 으스러뜨려 버리실 거다!"

자일스 패거리들에게서 험악한 말이 터져 나왔지만 리오는 오히려 더 가까이 다가와 매서운 눈으로 그들을 노려봤다.

"알렉스한테서 그 손 떼!"

잔뜩 인상을 쓴 리오가 처음 듣는 험악한 목소리로 내뱉듯이 말했다. 그러자 꽤 놀란 듯 몸을 움찔한 브레인이 엘의 왼팔을 내팽개치듯 놓았다. 그와는 달리 알비노는 비웃음이 가득한 얼굴을 한 채 가소롭다는 듯 리오를 아래위로 훑어 내렸다.

"못하겠다면? 못하겠다면 네가 어쩔 건데?"

알비노의 이죽거리는 말이 떨어지기가 무섭게 리오가 손을 뻗어 엘의 팔을 단단히 잡고 있는 알비노의 손목을 움켜잡았다. 손 마디가 하얗게 돌출될 정도로 리오의 손에 힘이 주어지자 알비노의 입에서 비명이 터져 나왔다. 그와 동시에 엘의 팔을 잡고 있던 알비노의 손이 떨어져 나갔다.

"이게 감히 누굴! 가만두지 않겠어!"

얼굴이 벌겋게 달아오른 알비노가 손목을 문지르며 이를 갈았다. 그러자 다른 패거리들도 잔뜩 인상을 쓴 채 포위하듯 엘과 리오 주위를 둘러쌌다.

엘은 무거운 한숨을 내쉬며 주위를 살폈다. 험악한 분위기를 풍기는 그들 주위로 어느새 둥근 공간이 만들어져 있었다. 슬쩍 연회장을 빠져나간다는 그녀의 계획은 이미 틀어진 것이 확실했다.

"연회장에서 소란을 피우면 아시리움 성전에서 좋아할까?"

엘의 말에 자일스 패거리들이 움찔하는 반응을 보였다.

"아마 너희들이 떠받드는 위대한 황태자 전하도 그리 기뻐하진 않을 걸?"

불편한 기색이 역력한 얼굴로 서로의 눈치를 살피는 그들의 모습에서 엘은 더 이상 일이 커지지 않으리라는 걸 알 수 있었다.

"네가 얌전히 따라온다면 우리도 소란 피울 생각 없어."

거짓말이 아니란 걸 강조하기 위해서인지 요하임이 똑똑 끊어지는 어조로 말했다.

재빨리 그들을 제치고 밖으로 뛰어나갈까 하는 유혹이 엘의 머리를 빠르게 스치고 지나갔다. 하지만 어리석은 행동이라는 생각이 뒤이어 떠올랐다. 엘이 대항하면 자일스 패거리들은 그야말로 그녀를 질질 끌고 자일스 앞으로 데려갈 게 틀림없었다. 무슨 일이 있어도, 설령 그녀의 정체가 밝혀진다 하더라도 그런 굴욕적인 모습을 보이고 싶지 않았다.

"알았어!"

마침내 결정을 내린 엘이 결연한 얼굴로 말했다. 그리고 그녀는 잠시 말을 끊고 요하임을 똑바로 바라봤다.

"내 발로 갈 테니 앞장서!"

요하임이 간단히 고개를 끄덕여 보이고 몸을 돌렸다.

"알렉스, 그럴 필요가 뭐 있어?"

리오가 영문을 모르겠다는 듯 물었다.

"별일 아니니까 넌 여기 있어. 금방 돌아올 테니까."

말을 마치고 나서 엘은 리오에게 어색한 미소를 던졌다. 그녀의 얼굴에서 석연치 않은 무언가를 느꼈는지 리오의 얼굴에 슬쩍 불안이 스쳐 갔다.

엘은 다른 패거리들의 경계심 어린 시선을 받으며 요하임의 뒤를 따랐다.

겉모습만이라도 당당하게 보이고 싶은 마음에 그녀는 의식적으로 어깨를 펴고 고개를 치켜들었다. 하지만 심장이 걷잡을 수 없이 세차게 고동치고 있었고 등줄기와 손바닥엔 축축한 땀이 배어들고 있었다. 걸음을 옮길수록 성큼성큼 다가드는 싸늘한 두려움이 서서히 그녀의 숨을 조여왔다.

엘이 마른침을 꿀꺽 삼켰을 때 저만치에 서서 누군가와 얘기를 나누고 있는 자일스의 모습이 보였다. 자일스 옆에 서 있는 나이 지긋한 남자에게 시선이 꽂히는 순간 엘의 심장이 널컥 내려앉았다.

저 사람이야! 저 사람이 바로 세렌 국 국왕이야!

피의 흐름이 멈췄는지 일순간 손발이 차디차게 얼어붙었다.

갑자기 등을 미는 손길이 느껴졌다. 그녀도 모르는 새 걸음을 멈춘 모양이었다. 엘은 묘하게 일그러져 보이는 세렌 국 국왕을 응시하며 다시 다리를 움직이기 시작했다.

노곤한 낮잠 속의 기억나지 않는 꿈을 꾸듯 그녀를 둘러싼 모든 것이 아득하게 느껴졌다.

점점 느려지는 엘의 걸음을 재촉하며 다시 한 번 누군가가 그녀의 등을 떠밀었다. 엘은 그 힘에 밀려 비틀거리며 앞으로 나아갔다.

자일스가 세렌 국 국왕에게 무슨 말을 하며 엘을 손가락으로 가리켰다. 그 손가락을 따라 칠흑같이 까만 눈동자가 그녀를 향했다.

다 끝났어! 모든 게 다 끝났다고!

이제 가짜 왕자라는 외침이 들리며 그녀를 잡기 위해 사람들이 몰려들 것이다.

그녀를 똑바로 응시하고 있는 세렌 국 국왕의 모습이 파열할 듯 숨 가쁘게 질주하는 심장 속으로 파고들었다.

리자드! 어떻게 해요? 어떻게 해요?!

가슴 깊은 곳에서 제어할 수 없는 절규가 쏟아졌다.

엘의 눈가에 파르르 경련이 일었다. 그녀는 몸을 돌려 미친 듯이 도망치고 싶은 욕망을 안간힘을 다해 누르고 세렌 국 국왕의 검은 눈동자를 마주 바라봤다. 두 사람 사이의 공기가 팽팽하게 당겨졌다.

"드디어 알렉스가 왔군."

자일스의 목소리가 들린 후에야 엘은 움직임을 멈춰야 한다는 걸 깨달았다. 그녀가 엉거주춤 몸을 세웠을 때 숨길 수 없는 흥분으로 넘실거리는 자일스의 말이 다시 들려왔다.

"사랑스러운 아들을 만난 소감이 어떻소, 세바스티앙 3세?"

엘은 두 주먹을 불끈 쥐고 얼얼해질 정도로 어금니를 악물었다. 그 순간 세렌 국 국왕이 그녀를 와락 끌어안았다.

"알렉시스, 내 아들!"

굵직한 남자 목소리가 귀를 파고들며 등을 두드리는 따뜻한 손길이 느껴졌다. 손가락 끝까지 뻣뻣하게 굳어 있던 엘은 돌변한 상황 변화에 정신을 차릴 수가 없었다. 한순간 정신이 아득해졌다가 숨 돌릴 새도 없이 얼음물을 뒤집어쓴 듯 격렬한 진저리가 전신을 훑어 내렸다.

"정말 반갑구나, 알렉시스!"

몸을 뗀 세렌 국 국왕이 이번엔 엘의 어깨에 팔을 둘러왔다.

어떻게 된 일이지? 대체 어떤 일이 일어난 거지?

마음속에 혼란스런 질문들이 연이어 떠올랐다.

"근데 어떻게 된 거냐? 아비를 보고도 인사말조차 없다니."

굵직한 목소리가 들리며 그녀의 어깨를 꽉 움켜잡았다 놓는 손길이 느껴졌다.

"아, 안녕하십니까? 오랜만에 인사드립니다."

아직 멍한 상태에 있던 엘은 꿈속에서 들려오는 것 같은 천연덕스러운 자신의 목소리에 놀라 눈을 깜박였다.

"그래, 정말 오래간만이다. 많이 어른스러워진 것 같구나, 알렉시스."

"감사합니다."

엘은 말을 끝내고 살짝 미소를 지어 보였다.

아몬이 마법을 사용한 것이 틀림없다는 생각이 들었다. 어떤 마법인지는 상상도 되지 않지만 마법이 불러일으킨 일이라고 확신할 수 있었다. 그렇지 않다면 다른 무엇으로도 이 상황을 설명할 수 없었다.

"그런데 여긴 어떻게 오시게 된 것입니까?"

"자일스 황태자 전하께서 특별히 날 초대해 주셨다. 베푸신 은혜 다시 한 번 감사드립니다, 전하."

세렌 국 국왕이 자일스를 향해 정중히 고개를 숙였다. 그를 따라 자연스럽게 옮겨진 엘의 시선에 딱딱하게 굳은 얼굴로 이를 악물고 있는 자일스가 보였다.

꽤나 약이 오르겠지, 잔뜩 기대하고 있던 계획이 수포로 돌아갔으니.

"저도 감사드립니다. 절 위해 이런 자리까지 마련해 주시고… 평생이 은혜 잊지 않겠습니다."

매끄럽게 말하며 엘은 살짝 미소까지 지어 보였다. 엘의 보라색 눈동자와 마주친 자일스의 옅은 초록색 눈동자에서 분노에 찬 섬광이 번뜩였다. 고소해하는 그녀의 마음을 눈치 챈 것 같았다.

"두 사람 다 기뻐하니 나 역시 만족스럽군."

이를 악문 기색이 역력한 자일스의 목소리가 들리자 엘의 얼굴에 퍼져 있던 희미한 웃음기가 한층 진해졌다.

"저… 자일스 전하."

자일스 뒤에 서 있던 알비노가 왜 이런 일이 벌어졌는지 영문을 알수 없다는 얼굴로 자일스를 불렀다.

기껏 신이 나 엘을 끌고 왔는데 자일스는 엉뚱하게 두 부자의 만남을 준비해 놓고 있었으니, 엘로서는 황당해하는 그의 마음을 충분히 알고도 남았다.

자일스가 섣불리 입을 놀리지 말라는 듯 알비노에게 매서운 시선을 던졌다. 그리고 세렌 국 국왕을 향해 고개를 돌렸다.

"그럼 두 사람이 편안히 얘기 나눌 수 있도록 난 자리를 비켜줘야겠군."

"감사합니다, 자일스 전하. 전하께서도 즐거운 시간 보내시길 바랍니다."

세렌 국 국왕이 지나치다 싶을 만큼 깊숙이 허리를 굽혔다. 씁쓸한 마음에 엘은 그에게서 슬쩍 시선을 뗐다.

거만하게 고개를 끄덕여 보인 자일스가 걸음을 옮기기 시작하자 호기심 어린 얼굴로 은근히 그들을 살피던 사람들이 서둘러 길을 비켜주었다. 신경질적인 동작으로 바람을 일으키며 사람들 사이를 걷는 자일스를 그의 패거리들이 서둘러 뒤따랐다.

"지금 대체 무슨 일이 벌어진 거야? 도무지 정리가 안 되는군."

엘의 바로 뒤쪽에서 리오의 목소리가 들렸다. 아직 긴장이 가시지 않은 상태로 뻣뻣하게 서서 자일스를 바라보고 있던 엘은 소스라치게 놀라 몸을 홱 돌렸다.

"뭘 그리 놀라?"

리오가 유난히 파래 보이는 눈을 깜박이며 물었다.

"네가 여기 왜 있는 거야?"

그녀의 질문이 맘에 들지 않는지 리오가 슬쩍 얼굴을 찌푸렸다.

"그럼 친구가 얼굴이 새파랗게 질려 악당들에게 끌려가는데 가만히 보고만 있냐? 너라면 그렇게 하겠어?"

못마땅하다는 눈으로 엘을 노려보던 리오가 갑자기 태도를 바꿔 세렌국 국왕을 향해 정중히 인사를 건넸다.

"실례를 범했습니다, 전하. 전 보시다시피 알렉스의 친구로 체르몬국의 리오카사이 보즐라르 드 아르트로라 합니다. 만나뵙게 되어 영광입니다."

리오의 정식 명을 처음 듣는 엘은 이해할 수 없는 묘한 기분을 느끼며 새삼스럽게 리오를 바라봤다. 이상하게도 리오가 낯설어 보였다. 손을 뻗으면 만질 수 있을 정도로 가까이 있는데도, 그 짧은 거리가 영원히 좁혀지지 않으리라는 느낌이 들었다. 엘이라는 이름을 가진 천민 소녀에게 리오는 그 길고 긴 이름만큼이나 먼, 도달할 수 없는 별세계의 사람이었다.

"만나서 반갑소, 왕자. 알렉시스 친구라니 더욱 반갑군."

"앞으로도 오랫동안 친구로 남아 있을 테니 어여삐 봐주시기 바랍니다."

리오의 붙임성있는 말에 세렌 국 국왕의 얼굴에 웃음이 피어올랐다.

"이런 유쾌한 친구를 가진 알렉시스가 부럽군."

"원하신다면 전하께도 친구가 되어드리겠습니다. 저야 영광스러울 따름입니다."

엘은 기분 좋은 웃음을 나누는 두 사람을 남의 일인 것처럼 멀거니 서서 바라보고 있었다.

"알렉시스, 좋은 친구를 두었구나."

세렌 국 국왕의 시선이 갑자기 엘을 향하자 그녀의 몸이 반사적으로 흠칫했다.

"너와 그리고 네 친구와 좀 더 이야기를 나누고 싶지만 아무래도 힘들 것 같다. 자일스 전하의 마음을 상하게 해드릴까 봐 말 안 하고 있었지만 한시라도 빨리 세렌 국으로 돌아가야 해서 말이다."

"아, 예, 그러십니까?"

긴장이 일시에 풀리는 바람에 엘은 순간적으로 현기증까지 느꼈다. 하지만 그녀와 반대로 리오의 얼굴엔 놀라움과 서운함이 드러나 있었다.

"오늘 밤 당장 떠나신다는 겁니까?"

"그렇다네. 아시리움 성전에서 고맙게도 세렌 국까지 호위를 해주겠다 하셨네."

"하지만 밤에 먼 여행을 떠나신다니. 피곤도 아직 풀리지 않으셨을

텐데 오늘 밤 푹 쉬시고 내일 떠나는 것이 어떠시겠습니까?'

열심히 만류하는 리오에게 불편한 심기가 드러난 엘의 시선이 쏘아졌다.

다행스럽게도 그녀의 마음을 아는지 세렌 국 국왕은 미소를 지은 채 고개를 가로젓고 있었다.

"나도 그랬으면 좋겠네만 한시가 급한 일이 있어서… 나 역시 서운하네. 하지만 다시 만날 날이 있을 테니 그날을 기약하기로 하세."

"할 수 없겠군요. 그럼 조심해서 돌아가십시오, 전하."

리오가 세렌 국 국왕을 향해 정중히 고개를 숙였다. 그러자 세렌 국 국왕도 그를 향해 살짝 얼굴을 끄덕였다.

"덕분에 즐거운 시간 보냈네. 아시리움 성전에서 좋은 가르침 많이 받고 건강히 돌아가길 빌겠네."

세렌 국 국왕이 잠시 말을 멈추고 엘에게 시선을 돌렸다.

"알렉시스, 너도 무사히 돌아오길 바라겠다."

검은 눈동자에서 말로 설명하기 힘든 묘한 감정이 느껴지자 엘의 얼굴이 미세하게 굳어졌다. 하지만 그녀는 재빨리 고개를 숙이며 입을 열었다.

"안녕히 돌아가십시오… 아버님."

엘은 잠시 망설이다 아버님이란 말을 작게 중얼거린 뒤 고개를 들었다. 그러자 이미 저만치에서 걸음을 옮기는 세렌 국 국왕의 뒷모습이 보였다.

"뭐 해, 알렉스?"

"무슨 소리야?"

엘이 되묻자 리오가 기가 막히다는 표정을 지었다.

"오랜만에 만난, 그것도 먼 길을 떠나시는 아버님을 배웅도 안 해드릴 거야?"

"그럴 필요 없어."

엘은 무뚝뚝하게 말했다.

"하지만……."

"네가 상관할 일이 아니야, 리오."

리오의 말을 끊는 엘의 어조는 냉랭했다.

그녀는 굳어지는 리오의 얼굴을 외면하며 지끈거리는 이마를 문질렀다. 그의 마음을 상하게 했다는 건 누구보다 엘이 잘 알고 있었다. 하지만 좀 전에 일어난 모든 것이 그녀가 감당하기에는 너무나 벅찬 일이었다. 걷잡을 수 없이 몰아쳤던 극도의 두려움과 긴장은 엘을 기진맥진하게 만들었다.

"미안해, 리오. 신경이 좀 곤두서 있어서……."

엘은 진심을 담아 말하며 리오에게 힘없이 미소를 지어 보였다.

"난 나가 있어야겠어. 머리가 아파서 말이야."

"나도 같이 가."

다른 때와 다른 엘의 모습에 놀랐는지 리오의 눈엔 걱정이 어려 있었다.

"아니야, 혼자 있고 싶어서 그래."

엘은 리오가 반대할 틈을 주지 않고 즉시 몸을 돌려 입구 반대쪽에 보이는 연한 장밋빛의 우아한 휘장을 향해 걸었다. 사람들이 북적대는 입구보다는 넓은 정원과 연결되어 있는 테라스 쪽이 마음을 가라앉히고 생각을 정리하는 데 유용하리라는 판단에서였다. 그리고 무엇보다도 트레비아 연주에서 무사히 빠져나올 수 있는 계획을 구체화시키기 위해서는 사람들의 시선이 닿지 않는 곳이 필요했다.

엘은 묵직한 휘장을 젖히고 테라스로 나왔다. 시원한 바람이 달아오른 그녀의 얼굴을 기분 좋게 식혀주었다. 엘은 맑고 서늘한 공기를 깊이 들이쉬며 정원으로 이어지는 계단을 내려갔다.

연회장에서 새어 나온 불빛이 정원 가장자리에 놓인 정교하게 휘어진 안락의자들을 비춰주고 있었다. 엘은 안락의자에 앉아 소곤거리고 있는 몇 쌍의 남녀들을 지나 불빛이 거의 비치지 않는 정원 깊숙이 들어갔다.

상쾌하고 맑은 밤이었다. 하늘을 가득 채운 수많은 별들이 쏟아질 듯 밝게 빛나며 반짝거려 그녀 자신이 별들에 둘러싸인 것 같았다.

엘은 사람들의 말소리가 거의 들리지 않는 곳에서 멈춰 섰다. 그리고 잠시 주위를 살핀 후 길게 늘어진 나뭇가지를 손으로 헤치며 조금 더 깊이 들어갔다. 스무 걸음 정도 걸은 후 멈춘 곳에 두 사람이 앉기에 적당해 보이는 나무 의자가 마치 그녀를 위해 미리 준비되어진 것처럼 덩그러니 놓여 있었다. 사실 이곳은 엘이 조용히 생각할 일이 있거나 왠지 모르게 마음이 심란해질 때마다 종종 찾던 장소였다.

엘은 힘이 다 빠져 버린 사람처럼 나무 의자에 쓰러지듯 주저앉아 다리에 팔꿈치를 대고 손에 얼굴을 묻었다. 곧 이어 거칠고 긴 신음 소리가 새어 나왔다. 세렌 국 국왕과 대면했을 때의 일이 떠오르자 새삼스레 그녀의 몸이 부르르 떨렸다. 그 자리에서 도망치거나 기절하지 않고 어떻게 참고 견뎠는지 도무지 실감이 나지 않았다. 방금 전에 일어난 일이 며칠 전, 아니, 몇 달 전에 일어난 것처럼 아득하게 느껴졌다.

정신 차려. 어차피 이것으로 한 고비는 넘긴 거야. 이미 지나간 일을 다시 되뇌일 시간 따윈 없어. 눈앞에 닥친 문제에만 정신을 집중해야 돼.

엘은 스스로를 채찍질하며 몸을 바로잡았다. 그리고 안쪽 깊숙이 넣어두었던 단도를 꺼내 들었다.

세바스티앙 3세는 부들부들 떨리는 손으로 술잔을 가득 채웠다. 흘러넘친 액체가 손가락을 적셨지만 그는 알아채지도 못했다. 단숨에 술잔을 기울이자 불그스름한 술이 그의 턱을 타고 옷깃 속으로 흘러들었다. 세바스티앙 3세는 거친 숨을 몰아쉬며 술잔을 내려놓았다. 그리고 옷소매로 턱에 묻은 술을 대충 닦았다.

혼자 있을 때조차 예의범절을 지키고 유난히 깨끗한 걸 좋아하는 평소의 그로서는 생각할 수도 없는 행동이었다. 하지만 지켜야 될 예의 따위는 그의 머리에 떠오르지도 않았다.

세바스티앙 3세, 세렌 국의 국왕인 그의 머리를, 아니, 그의 온몸을 가득 채우고 있는 건 뒷골이 쭈뼛 곤두서는 숨 막힐 듯한 두려움이었다. 어둠에 싸여 있던 방에 발을 디디는 순간 시작된 공포는 아무리 독한 술을 들이켜도 조금도 사그라지지 않았다.

마치 눈앞에서 지금 막 벌어지고 있는 일인 것처럼 그때의 일이 생생하게 다가들자 세바스티앙 3세의 몸에 발작적인 경련이 일었다.

"아시리움 성전에 오신 걸 진심으로 환영합니다, 전하."

자신의 이름을 보르헤스라 밝힌 고위 사제가 정중히 말했다.

"반갑습니다, 보르헤스 사제님. 환영해 주셔서 감사합니다."

세바스티앙 3세 역시 예의를 갖춰 인사말을 건넸다.

한 나라의 국왕인 그였지만 아시리움 성전의 고위 사제를 함부로 대할 수는 없었다.

"이리로 오십시오, 전하. 오늘 있을 연회 준비로 많이 소란스러울 것입니다. 이해해 주십시오."

세바스티앙 3세는 알겠다는 대답을 하며 주위를 이리저리 둘러봤다. 이미 몇 번 방문한 적이 있는 곳이었지만 아시리움 성전의 엄청난 규모와 아름다움은 볼 때마다 그에게 탄성을 자아내게 했다.

방문자들의 숙소가 있는 동관으로 가는 길이라 생각하고 있던 세바스티앙 3세는 보르헤스 사제가 자신을 본관으로 안내하고 있다는 걸 알게 된 순간 놀라움에 걸음을 멈췄다. 그러자 세바스티앙 3세의 궁금증을 읽은 사제가 침착한 어조로 입을 열었다.

"숙소는 잠시 후에 안내해 드리겠습니다. 그전에 전하께서 꼭 만나뵈어야 할 분이 계십니다. 그러니 서두르십시오."

보르헤스 사제의 말은 그의 궁금증을 풀어주기는커녕 한층 가중시켰다.

"제가 꼭 만나뵈어야 할 분이라니… 그분이 대체 누구십니까?"

어안이 벙벙한 세바스티앙 3세가 곧바로 질문을 던졌지만 보르헤스 사제는 엄숙한 얼굴로 입술을 꼭 다문 채 묵묵히 걸음을 옮길 뿐이었다. 그가 입을 연 건 일층 본관 깊숙이 들어선 곳에 위치한 거대한 검은색 문 앞에서 막 걸음을 멈췄을 때였다.

"법황 성하께서 기다리고 계십니다."

놀라움에 입을 멍하니 벌리고 있던 세바스티앙 3세가 마음을 채 진정시킬 여유도 없이 문이 부드럽게 열렸다. 보르헤스 사제가 지체하지 말고 어서 안으로 들어가라는 듯 옆으로 비켜선 채 팔을 들어 올렸다.

법황이 왜 자신을 만나려 하는지 상상도 안 되는 세바스티앙 3세는 터질 듯한 긴장에 마른침을 꿀꺽 삼키며 안으로 들어섰다.

온통 검은색으로 이루어진, 그리 밝지 않은 공간이 보였다. 전면엔 바닥에 끌릴 듯한 검은 커튼이 드리워져 있었고 사방의 벽과 천장, 고풍스러운 가구들, 하다못해 곳곳에 놓인 고급스러운 장식품 하나하나까지 온통 검은색이었다.

검은색에서 뿜어지는 압도적인 분위기에 눌려 세바스티앙 3세는 잠시 숨을 쉴 수조차 없었다. 혹시 자신이 꿈을 꾸는 건 아닌가 하는 생각이 빠르게 머리를 스쳐 갔다.

"반갑습니다."

낮고 매끄러운 목소리가 그의 정신을 번쩍 들게 했다.

"서, 성하!"

세바스티앙 3세는 다짜고짜 머리를 조아리며 숨 가쁘게 외쳤다. 그리고 조심스레 얼굴을 들어 주위를 살폈다. 눈이 닿는 곳 어디에서도 법황의 모습이 보이지 않자 그의 입술이 멍하니 벌어졌다.

"좀 더 가까이 오시겠습니까?"

다시 한 번 같은 목소리가 들리자 세바스티앙 3세는 그제야 법황이 있는 곳을 눈치 챌 수 있었다. 법황의 목소리는 무겁게 내려진 검은색 휘장 뒤에서 나오고 있었다.

세바스티앙 3세는 어색하고 뻣뻣한 걸음으로 다가가 휘장 앞에 놓여 있는 의자에 앉았다. 그리고 그 즉시 기겁을 하며 일어나 휘장을 향해 서둘러 무릎을 꿇었다.

"법황 성하, 제 무지를 용서해 주십시오. 감히 예도 올리지 않고……."

"상관없으니 어서 일어나십시오."

두터운 휘장 뒤에 있는 법황이 눈으로 그를 본 것처럼 말하자 세바스티앙 3세의 얼굴에 감출 수 없는 놀라움이 나타났다. 그가 엉거주춤 일어나 다시 의자에 앉자 기다렸다는 듯 법황의 목소리가 들려왔다.

"전하께 드릴 부탁이 있습니다."

세바스티앙 3세는 단도직입적인 법황의 말에 혼란스러움을 느끼며 눈을 깜박였다.

"원하시는 걸 말씀하십시오."

"예? 서, 성하, 그게 무슨 말씀이신지……!"

놀란 그의 외침에 법황이 건조한 어조로 대답했다.

"제 부탁을 들어주시면 전하께서 원하시는 걸 갖게 해드리겠다는 말입니다."

"아, 아닙니다, 성하! 제가 어찌 감히! 제가 성하를 위해 해드릴 수 있는 일이 있다는 것 자체가 저에게는 크나큰 영광입니다!"

세바스티앙 3세가 벌겋게 달아오른 얼굴로 쩔쩔매며 소리를 높였다.

"그렇게 말씀하시면 제 임의대로 감사의 마음을 표하겠습니다. 만약 제 부탁을 들어주신다면 전하께선 카이엔을 갖게 되실 겁니다."

도저히 믿어지지 않는 말에 세바스티앙 3세의 온몸이 딱딱하게 굳었다.

카이엔이라면 갖가지 광물과 자원이 풍부할 뿐만 아니라 비옥하고 광활한 평야가 끝없이 펼쳐져 있는 천연의 보고로서, 리아잔 제국을 위시한 모든 나라들이 탐을 내는 곳이었다.

세바스티앙 3세는 의자 팔걸이를 부서져라 움켜쥐며 두 눈을 질끈 감았다. 그의 얼굴을 흥건히 적신 땀방울이 목을 타고 이미 땀이 흠씬 배어든 옷깃 속으로 흘러내렸다.

세렌 국 전체를 합친 것보다 더 값어치있는 엄청난 보물이 그의 손에 떨어질 수도 있다. 그런 생각이 머리를 스치자 눈앞이 아찔해지며 참기 힘들 만큼 속이 울렁거렸다.

"물론 제 부탁을 들어주셨을 때의 얘깁니다. 제가 만족할 만한 결과가 나오지 않는다면 카이엔은 물론 세렌 국조차 공기 중으로 날아가게 될 것입니다."

청천벽력 같은 말이 채 정신도 차리기 전에 세바스디앙 3세를 덮쳤다. 싸늘한 손아귀가 심장을 움켜쥐는 듯한 느낌에 그의 입술에서 거친 헐떡임이 터져 나왔다.

"그, 그게 무슨… 전 성하께서 무슨 말씀을 하시는지……"

"전 같은 말을 반복하는 걸 좋아하지 않습니다."

법황이 냉정한 어조로 그의 말을 잘랐다.

몇 번 심호흡을 하고 땀으로 끈적이는 두 손을 힘껏 맞잡은 뒤에야 세바스티앙 3세는 겨우 말을 할 수 있었다.

"제 모든 걸 걸고서 성하의 말씀을 따르겠습니다."

"좋습니다. 그리 어려운 일은 아니니 그렇게 긴장하실 필요 없습니다."

법황의 말이 명령처럼 느껴지자 세바스티앙 3세는 서둘러 손수건을 꺼내 얼굴에 맺혀 있는 땀을 닦고 옷매무새를 가다듬었다.

"오늘 밤 연회에 참석하시면 알렉시스 왕자를 만나게 되실 겁니다."

감히 상상할 수도 없는 엄청난 말이 들릴 거라 예상하고 있던 세바스티앙 3세는 법황이 너무나 당연한 말을 하자 미간을 찡그리며 혀로 바짝 마른 입술을 축였다. 하지만 다음에 나온 법황의 말은 그의 몸과 마음을 송두리째 얼어붙게 만들었다.

"정확히 말해 가짜 알렉시스 왕자를 만나시게 될 거라는 말입니다. 제 부탁은 간단합니다. 연회에 참석한 모든 사람이 그를 진짜 알렉시스 왕자로 믿어야 합니다. 그 누구도 그가 세렌 국의 왕자가 아닐지 모른다는 의심이 들게 해서는 안 됩니다."

요란한 소리와 함께 세바스티앙 3세가 의자에 앉은 자세 그대로 바닥에 넘어졌다. 몸을 일으키기 위해 버둥대는 그에게 다시 한 번 법황의 목소리가 싸늘하게 내리꽂혔다.

"만약 단 한 사람이라도 그의 신분을 의심하게 된다면… 전하께선 태어난 날을 저주하게 되실 겁니다."

달빛을 받은 칼날이 섬광이 일듯 반짝이며 눈을 자극했다. 엘은 단도를 왼손으로 옮겨 쥔 다음 오른쪽 팔 소매를 대충 걷어 올렸다. 근육이 막 붙기 시작한, 탄탄하면서도 가냘파 보이는 하얀 팔뚝이 드러났다. 기분 좋을 정도로 상쾌한 밤 기운이 엘을 둘러싸고 있었지만 그녀의 팔엔 미세한 소름이 돋아 있었다.

엘은 단도를 한껏 말아 쥐었다. 그리고 깊이 숨을 들이마시며 칼날

끝을 걷어 올린 팔뚝에 닿을 듯 가까이 댔다. 이제 단도를 아래로 긋는 일만 남아 있었다. 그리고 그건 지금까지 상처 입거나 다치는 걸 두려워해 본 적이 없는 그녀에게 있어 그리 어려운 일이 아니었다. 적어도 엘은 그렇게 생각하고 있었다. 그렇지 않았다면 트레비아 연주를 피하기 위한 방편으로 이런 방법을 선택할 수는 없었을 것이다.

피가 충분히 배어 나올 정도의 상처만 내면 되는 거야. 그러면 트레비아 연주를 피할 수 있는 그럴듯한 핑계가 생기는 거라고.

엘은 계속해서 마음속으로 별거 아니란 말을 되뇌었다. 하지만 그녀의 마음과는 반대로 단도를 잡고 있는 손에서 자꾸 힘이 빠져나갔다. 그녀 자신도 놀랄 정도로 단도가 부들부들 떨리고 있었다. 엘은 턱이 얼얼한 정도로 이를 악물고 단도를 으스러져라 움켜잡았다.

바보 같으니! 이 정도도 못하면 여기서 무사히 살아남을 수 있을 것 같아? 어차피 검술을 배우면서 상처는 많이 입어봤잖아.

가느다란 핏줄기가 팔을 타고 흘러 바닥으로 떨어졌다. 고통을 느끼지도 못했는데 어느새 칼끝이 살갗을 파고들어 가 있었다.

그래, 이제 이 상태에서 조금만 더 움직이면 되는 거야.

엘이 눈을 질끈 감고 막 단도를 내리그으려는 순간이었다.

"알렉스!"

커튼처럼 늘어진 나뭇가지가 들려지며 리오가 불쑥 모습을 보였다. 소스라치게 놀라 몸을 흠칫한 엘이 얼굴을 퍼뜩 쳐들었다.

"역시 여기 있었구나!"

어쩔 줄 모르며 이리저리 흔들리는 그녀의 시선에 반짝이는 은빛 단도가 잡혔다.

"대체 이런 데서 혼자 뭐 하는 거야?"

리오가 성큼성큼 다가오고 있었다. 단도를 숨기기 위한 그녀의 손길이 다급해졌다. 하지만 극도로 당황한 엘의 동작은 어색하고 서툴 수밖에 없었다. 허겁지겁 의자 손잡이 틈으로 밀어 넣으려던 단도가 둔탁한 소리를 내며 바닥으로 떨어졌다.

엘의 입술에서 안타까운 신음 소리가 새어 나왔을 때 그녀 앞에 막 걸음을 멈춘 리오가 허리를 굽혔다.

"이게 뭐야?"

엘은 무슨 말을 해야 하나 잠시 망설이다 아무렇지 않은 듯 입을 열었다.

"단도잖아. 보면 모르겠어?"

"근데 왜 단도를 꺼내 들고 있는 거야?"

리오의 목소리는 의외일 정도로 조용했다.

"그, 글쎄… 어쩌다 떨어졌는지 모르겠어."

엘은 불편하게 파고드는 리오의 시선을 애써 피했다.

"어! 너, 다쳤잖아!"

크게 소리친 리오가 엘의 손목을 잡아 자기 앞으로 끌어당겼다.

"별거 아니야!"

엘이 다급히 말하며 손을 빼내려 하자 리오의 손가락이 한층 강하게 손목을 감아왔다.

리오에게선 한동안 아무런 말도 나오지 않았다. 그는 그저 피가 조금씩 흘러내리고 있는 엘의 상처를 유심히 살펴보고만 있었다.

"정말 별거 아니야, 리오. 그냥 살짝 긁힌 것뿐이야."

엘이 리오의 눈치를 살피며 조심스럽게 말했다.

"그래, 상처는 그리 깊지 않은 것 같아."

리오가 한숨을 내쉬며 그녀의 손목을 놓아주었다. 그리고 갑자기 웃옷을 들추더니 안에 입은 하얀 셔츠 자락을 밖으로 끄집어내어 단도로 길게 찢기 시작했다.

"리오, 너 지금 뭐 하는 거야?"

엘의 입술에서 어이가 없다는 물음이 터져 나왔다. 하지만 리오는 묵묵히 길게 자른 셔츠 조각으로 엘의 상처를 감싸고 있었다.

"나참, 이럴 필요 없다니까! 검술 시간마다 이 정도 상처쯤은 매일 입다시피 한단 말이야."

"그래, 검술 시간엔 그렇겠지."

상처를 감은 천에 매듭을 지으며 리오가 무뚝뚝하게 말했다.

"하지만 나도 알고 너도 알다시피 지금은 검술 시간이 아니야."

리오의 말을 끝으로 답답한 침묵이 흘렀다.

엘의 얼굴에서 서서히 어색한 웃음이 빠져나갔다.

"무슨 말이 하고 싶은 거야?"

불편한 그녀의 마음처럼 목소리 역시 낮게 가라앉아 있었다.

"왜 이런 거야?"

리오의 눈이 그녀의 시선을 똑바로 파고들었다.

엘은 얼굴을 돌려 정면에 있는 나뭇가지를 응시했다. 그리고 굳어 있는 입술을 움직였다.

"네가 무슨 말을 하는 건지 모르겠어."

"계속 이럴 거야!"

갑자기 리오가 버럭 소리를 질렀다.

"그렇게 못 알아들은 척하면 내가 '그래, 잘 알겠다' 하며 아무렇지 않은 듯 넘어갈 것 같아? 그럴 수 있을 것 같아?"

"네 마음대로 생각하면 되잖아!"

답답한 마음에 그녀 역시 언성이 높아졌다.

당장이라도 폭발할 것 같은 침묵이 다시 한 번 두 사람 주위에 가득 찼다.

엘은 리오와의 사이에 놓여 있는 단도를 집어 허리춤에 걸린 칼집에 꽂아 넣었다. 그리고 몸을 일으켰다.

잠시 머뭇거리며 할 말을 찾던 그녀는 입술을 꼭 다문 채 힘없이 걸음을 옮겼다.

"트레비아 연주 때문에 그런 거지?"

나뭇가지를 들어 올리려던 엘의 손이 얼어붙은 듯 허공에 정지됐다. 엘은 뻣뻣한 동작으로 고개를 돌려 그녀를 뚫어지게 응시하고 있는 리오를 마주했다. 두 사람의 시선이 마주친 순간 리오가 조용한 목소리로 말했다.

"그래, 내 말이 맞았군. 트레비아 연주를 피하기 위해서였어."

"저기… 자일스 전하, 왜 세렌 국 국왕을 초청하신 건지… 전 아직도 잘 이해가……."

알비노가 자일스의 눈치를 살피며 조심스럽게 말했다.

알비노의 말이 떨어지기가 무섭게 자일스의 매서운 눈초리가 그에게 날아들었다. 찔끔한 알비노가 허겁지겁 고개를 숙였다.

"모든 게 엉망이야! 그놈이 내 모든 걸 망치고 있어! 감히 날 조롱거리로 만들고 내 위엄과 권위를 더럽히고 있다고!"

자일스가 뿌드득 이를 갈며 불끈 쥔 두 주먹을 바르르 떨었다. 그의 분노에 압도당한 왕자들에게선 숨소리조차 들리지 않았다.

"세렌 국의 애송이 따위가 감히!"

자일스의 고함이 공기를 울린 직후, 뒤이은 짧은 침묵을 깨며 작은 목소리가 흘러나왔다.

"정말 알렉스는 대단해."

격한 분노를 담은 자일스의 눈이 브레인에게 꽂혔다.

"지금 뭐라고 한 거냐?"

영문을 모르겠다는 듯 눈을 깜박이던 브레인이 머뭇거리며 입을 열었다.

"알렉스가 대단하다고 했는데요… 지난번 일도 그렇고……."

브레인이 채 말을 끝맺지 못했을 때 자일스가 다리를 들어 그의 가슴을 걷어찼다. 요란한 소리를 내며 브레인이 의자에 앉은 채 뒤로 넘어졌다. 가슴을 부여잡고 일어나기 위해 버둥대는 그의 복부로 세찬 발길질이 가해졌다. 자일스가 다시 한 번 다리를 치켜들자 브레인이 괴로운 비명을 지르며 몸을 둥글게 말았다.

"멍청하고 무식한 놈! 뭐라고? 다시 말해 봐라! 다시 말해 보라고!!"

말을 하는 내내 자일스는 브레인을 무자비하게 걷어찼다.

"자일스 선하, 고정하십시오."

보다 못한 요하임이 바닥을 뒹굴고 있는 브레인 앞을 막고 나섰다.

아무리 어머니가 다르다 해도 브레인은 자신의 형제였다. 손톱만큼의 형제애도 가지고 있지 않았지만 요하임으로서는 이대로 자일스의 구타를 보고만 있을 수 없었다.

핏발이 곤두선 눈으로 브레인을 노려보며 거칠게 숨을 몰아쉬던 자일스가 마침내 뒤로 물러섰다. 숨을 죽인 채 자일스를 살피던 왕자들이 안도의 숨을 내쉬려는 찰나 자일스가 탁자 위에 놓여 있던 커다란 물병을 들어 브레인에게 던졌다. 충격의 반동으로 브레인의 얼굴이 뒤로 확 젖혀지며 깨진 물병의 파편이 사방으로 흩어졌다.

놀란 왕자들이 파랗게 질린 얼굴로 일제히 몸을 일으켰다.

"브레인! 브레인! 괜찮아?"

브레인 옆에 한쪽 무릎을 꿇고 앉은 요하임이 걱정스런 어조로 그를 불렀다. 브레인의 입술에서 낮은 신음 소리가 새어 나오자 요하임의 얼굴에 안도감이 어렸다.

움찔하던 브레인이 몸을 격렬하게 떨더니 곧 바닥에 질펀하게 토하기 시작했다. 잔뜩 인상을 찌푸린 요하임이 허겁지겁 뒤로 물러섰다.

"일어날 수 있겠어?"

요하임은 토악질을 멈추고 가쁜 숨을 몰아쉬는 브레인에게 조심스럽게 물었다. 그리고 브레인이 몸을 일으키려 하는 기색을 보이자 그의 머리를 받치며 힘을 보태주었다.

상체를 일으키자 유리 병에 찢긴 이마와 머리에서 물과 뒤섞인 붉은 핏물이 흘러내렸다. 걷잡을 수 없이 쏟아지는 새빨간 피가 눈 깜짝할 새 브레인의 얼굴을 뒤덮어 버렸다.

브레인의 멍한 눈동자에까지 피가 스며들자 섬뜩한 공포를 느낀 요하임은 엉덩방아를 찧고 말았다. 질린 얼굴로 슬금슬금 물러서는 요하임의 옷자락을 토사물과 피로 범벅이 된 브레인의 손이 와락 움켜잡았다. 그의 손을 격렬히 뿌리치는 요하임의 입에서 거친 숨소리가 터져 나왔다.

"자, 자일… 스… 전하……."

잔뜩 쉰 목소리로 브레인이 중얼거렸다.

"젠장! 입 닥쳐!"

버럭 소리를 지르는 자일스의 얼굴에도 불편한 기색이 슬쩍 드러나 있었다.

"요… 용서… 해… 주세……."

커다랗게 부릅뜬 브레인의 핏빛 눈에서 굵은 눈물 줄기가 쏟아져 내렸다.

"저놈을 어서 끌어내라! 내 눈에 보이지 않게 하란 말이다!"

자일스가 이를 갈며 소리치자 요하임이 서둘러 브레인을 부축해 몸을 일으켜 세웠다.

"구역질나는 놈! 도살장의 더러운 돼지처럼 피를 질질 흘리는 꼴이란!"

두 사람이 문을 나서는 순간 자일스가 내뱉듯 말했다. 그리고 갑자기 무슨 생각이 떠오르는지 몸을 굳히고 눈을 가느다랗게 떴다.

"그래, 바로 그거야! 바로 그거라고!"

자일스의 입에서 낮은 웃음소리가 터져 나왔다. 곧 이어 웃음소리는 넓은 방을 쩌렁쩌렁 울릴 정도로 커졌다.

영문을 알 수 없는 왕자들이 서로의 얼굴을 바라보고 있을 때 웃음기가 완전히 사라진 자일스가 그들에게 한 발 다가들었다.

"모두 기대하고 있어도 좋을 거다. 재미있는 일이 우릴 기다리고 있으니까. 아주 재미있고 흥미로운 일."

말을 마친 자일스가 다시 한 번 만족스런 웃음을 터뜨렸다. 그의 엷은 초록색 눈동자에 숨길 수 없는 흥분이 당장이라도 터져 오를 듯 이글거리고 있었다.

연회장의 열기는 시간이 갈수록 뜨거워졌다. 그에 따라 엘의 두통도 점점 심해지기만 했다. 엘은 뻣뻣한 목덜미를 주무르며 저만치 떨어진 곳에서 다미아 공주와 이름이 생각나지 않는 두 명의 왕자와 얘기를 나누고 있는 리오를 바라봤다. 그러자 자연스럽게 조금 전 정원에서 있었던 일이 떠올랐다. 리오가 그녀의 정체를 알고 있다는 생각에 심장이 덜컥 내려앉는 느낌을 받았던 일, 그리고 그게 아니란 걸 깨달았을 때의 몸이 꺼질 듯한 안도감.

리오는 다행스럽게도 엘이 트레비아 연주를 기어코 피하려 하는 이유를 수많은 사람들의 시선이 불러일으키는 중압감 때문이라 여기고 있었다. 평소 나서기 싫어하는 그녀의 성격을 알고 있는 리오로서는 당연한 귀결이었을 것이다. '자신은 용기가 너무 많아 주체를 못할 지경이니 용기없는 그에게 조금 나눠주겠다'고 너스레를 떨던 리오가 생각나자 엘의 입술에 미소가 피어올랐다.

만약 리오가 그녀의 정체를 알고 있던 거라면 어떻게 해야 했을지 엘은 생각만으로도 아찔했다.

엘의 시선을 느꼈는지 리오가 고개를 돌려 씩 웃음을 지어 보였다. 그리고 그녀에게 자신 쪽으로 오라는 손짓을 보냈다. 아르벨라 황녀의 겁탈 사건 이후 사람들을 대하기가 불편한 엘은 잠시 망설이며 머뭇거리다 마음 내키지 않는다는 기색이 역력한 얼굴로 걸음을 옮겼다.

"다들 안녕하십니까?"

먼저 엘이 어색하게 인사말을 건넸다.

"…알렉시스 왕자님."

다미아 공주가 떨떠름한 얼굴로 아는 체를 했다. 예의를 저버릴 수 없어 마지못해 나온 말임이 분명해 보였다.

엘은 복도 바닥에 쪼그리고 앉아 걸레를 든 채 알렉스라 부르겠다고 말하던 그녀의 모습을 떠올리며 쓴웃음을 지었다.

엘과 몸이 스치기라도 할까 봐 옆으로 주춤주춤 움직이는 모습을 보건대 그녀를 천하의 파렴치범으로 여기고 있는 게 확실했다. 하지만 다미아의 행동은 그 옆에 있던 두 명의 왕자들과 비교하면 장난이나 마찬가지였다.

잔뜩 인상을 쓴 채 경멸 어린 시선으로 엘을 노려보던 왕자 한 명이 상대할 가치도 없다는 듯 노골적으로 몸을 획 돌려 걸어가기 시작했다. 그러자 다른 왕자가 엘의 발치에 침을 퉤 뱉고는 그 뒤를 따랐다.

엘은 착잡함과 씁쓸함을 느끼며 두 사람의 뒷모습을 바라봤다. 그들의 행동을 충분히 이해할 수 있는 그녀로서는 발끈할 수도, 욕을 퍼부을 수도 없었다. 하지만 그녀와 달리 리오의 반응은 격렬했다.

"저 자식들이! 보자 보자 하니까!"

"리오, 그러지 마!"

험악하게 소리치며 그들에게 달려들려는 리오를 엘은 서둘러 만류했다.

씩씩거리는 리오의 서친 숨소리 위로 다미아의 목소리가 들려왔다.

"저… 저기, 아는 사람이 있어서… 이만 실례해야겠습니다."

불편한 기색을 보이며 살짝 고개를 숙여 보인 다미아가 도망이라도 치듯 빠른 걸음으로 그들에게서 멀어졌다. 그러자 리오가 거세게 한쪽 발을 굴렀다.

"어휴! 이거야 원, 속 터져서! 대체 언제까지 저럴 생각인 거야?"

"죽을 때까지."

엘이 남의 일인 것처럼 무심하게 말하자 리오가 잔뜩 인상을 쓰며 그녀를 노려봤다.

"저들의 행동에는 네 책임도 커! 왜 가만히 당하고 있는 거야?"

"그럼 어떻게 하면 좋은데? 덤벼들어서 주먹질이라도 하라는 거야?!"

리오가 답답해 못 견디겠다는 듯 자신의 가슴을 퍽퍽 소리가 날 정도로 세차게 내려쳤다.

"그래, 차라리 그렇게라도 해! 바보처럼 멍하니 서서 당하지 말고!"

"공주님들한테 주먹을 휘두르라고? 진짜 인간말종이 되게?"

엘은 어깨를 으쓱하며 싱겁게 씩 웃어 보였다. 하지만 잔뜩 찌푸려진 리오의 얼굴은 조금도 펴지지 않았다.

"그렇게 못하겠다면 최소한 말로라도 네 무죄를 주장해야지! 언제까지 이런 수모를 당할 생각이야?"

"어차피 아시리움을 나가면 평생 얼굴 볼 일 없는 사람들이야. 그들이 날 어떻게 생각하느냐 따윈 관심없어. 그리고 제발 날 믿어달라고 애원하는 그런 구차한 짓 할 마음 없어. 손톱만큼도."

"나참, 정말 그렇게 생각해? 어차피 넌 세렌 국의 왕자야. 앞으로 저 사람들과 마주칠 일이 없을 것 같아?"

기가 막힌다는 얼굴로 그녀의 말을 듣고 있던 리오가 소리 높여 반박했다.

대답하기가 곤란해진 엘은 다른 곳으로 화제를 돌리려고 주위를 휙 둘러봤다. 때마침 운 좋게도 웅성웅성하며 동요하고 있는 사람들의 모습이 눈에 들어왔다.

"어! 무슨 일이 있나 본데?"

엘이 과장되게 놀라는 척하자 리오가 가슴을 들썩이며 크게 한숨을 내쉬었다. 배시시 웃고 있는 엘과 눈이 마주친 순간 그의 입술에 허탈

한 웃음이 떠올랐다.

"그래, 네 마음대로 해라, 이 답답아. 그나저나 네 말이 맞는 것 같긴 하군. 호들갑스러운 사람들의 반응을 보더라도 알 수 있겠어."

엘은 고개를 끄덕이며 사람들의 시선이 집중되어 있는 입구 쪽을 유심히 살폈다. 하지만 별다른 걸 찾을 수는 없었다.

"대단한 사람이 입장하려나 봐."

리오의 말을 끝으로 윙 하는 아득한 울림이 엘의 귀를 가득 채웠다. 유령이라도 본 듯 커다랗게 열린 보라색 눈동자가 한곳에 못 박혔다. 엘은 두 눈을 질끈 감았다가 다시 떴다. 잘못 본 게 아니었다. 헛것을 본 건 더 더욱 아니었다. 반으로 갈라진 사람들의 통로를 걸어 성큼성큼 연회장으로 들어서는 사람은 틀림없이 리자드였다.

리오의 입술에서 나온 짧고 날카로운 휘파람 소리가 엘의 멍한 머리를 파고들었다. 자신이 숨을 멈추고 있다는 걸 그제야 깨달은 엘은 격하게 공기를 들이마셨다.

"먼저 자리를 뜨지 않길 정말 잘했는걸! 만약 그랬다면 땅을 치며 후회했을 기야!"

리오의 목소리엔 놀라움과 흥분이 고스란히 담겨 있었다.

"저… 사람… 누군지 알아?"

잔뜩 가라앉은 자신의 목소리가 멀리서 들려오는 것처럼 느껴졌다. 엘은 바싹 마른 입술을 축인 후 다시 입을 열었다.

"저 사람, 대체 누구야?"

"그러고 보니 알렉스, 너도 처음 보는 거겠구나!"

그녀를 향해 휙 돌려진 리오의 얼굴에서 단번에 흥분이 빠져나갔다.

"너, 얼굴이 왜 그래? 핏기가 하나도 없잖아! 알렉스, 어디가 아픈 거야? 어지러워? 아까 머리가 아프다 하더니 혹시……."

"아니, 난 괜찮아. 그것보다 지금 들어온 사람에 대해서 말해 줘!"

엘은 성급하게 리오의 말을 끊었다. 그리고 이상하다는 눈으로 그녀를 바라보는 리오를 향해 아무렇지도 않다는 듯 다시 입을 열었다.

"너무 궁금해서 그래. 사람들 반응도 예사롭지 않고 말이야."

"사람들 반응은 당연한 거야. 평생 한번 보기도 힘든, 베일에 가려져 있다시피 한 대단한 인물이 갑자기 나타났으니 말이야. 잘 들어, 저 사람이 누구냐 하면 말이야……."

눈을 반짝이며 소리를 높이던 리오는 분위기를 북돋으려는지 잠시 뜸을 들이다 다시 말을 이었다.

"바로 그 유명한 루벤스타인 대공이야! 리자드 카라우크 켈름 폰 루벤스타인 대공이라고!"

리자드 카라우크 켈름 폰 루벤스타인…….

엘은 낯설기만 한 이름을 속으로 천천히 되뇌었다.

"바르테즈 공국의 그 루벤스타인 대공?"

"그래, 너도 알고 있었구나! 뭐, 당연하겠지만 말이야."

리오의 말은 한 치의 거짓도 없는 사실이었다. 교육을 전혀 받지 못했던 시절의 엘도 루벤스타인 대공이란 이름은 익히 들어 알고 있었다. 항상 경외를 담은 어조로 사람들의 입에 오르내리던 그 이름은 엘에게 있어 아무리 발꿈치를 높이 들고 손을 힘껏 뻗어도 닿을 수 없는 하늘보다 더 먼 존재였다.

리자드 카라우크 켈름 폰 루벤스타인, 그는 바르테즈 공국의 절대 군주였다.

지금으로부터 약 300년을 거슬러 올라간 시점에 리아잔 제국 황제의 손에 의해 공작령으로 지정되어 그 후 바르테즈 공국이라는 이름으로 불리어지게 되었지만, 사실상 바르테즈 공국은 리아잔에 귀속된 나라가 아니었다. 오히려 바르테즈 공국은 다른 국가들과는 달리 리아잔 제국의 영향을 거의 받지 않는, 말 그대로 하나의 독립 왕국이었다.

리아잔 제국의 10분의 1 정도의 면적을 차지하고 있는 바르테즈 공국은 국토의 크기는 여타 나라들과 비슷하거나 조금 작았지만, 경제력과 군사력은 감히 비교할 수도 없을 만큼 월등했다.

리아잔 제국과 바르테즈 공국 사이에 전쟁이 일어나면 리아잔 병사 열 명보다 바르테즈 병사 한 명에게 자신의 목숨을 맡기겠다는 우스갯소리는 농담처럼 흔히 쓰이는 말이었다. 그 말처럼 바르테즈 공국의 기사들과 병사들은 어느 나라도 당해낼 수 없다는 실력과 용맹으로 유명했다.

리아잔 제국조차 섣불리 건드릴 수 없을 만큼 바르테즈 공국의 군사력이 막강한 데는, 군대는 물론 일반 백성들에 이르기까지 그들이 자신들의 군주인 루벤스타인 대공에게 받치는 맹종에 가까운 절대적인 충성도 한몫했다.

믿기지 않을 정도의 강한 통솔력과 카리스마를 가진 루벤스타인 대공은 완벽하게 베일에 가려진 인물이었다. 이런 점은 더욱 사람들의 호기심을 자극해 사람들이 모이는 곳이면 어디든 거의 빠짐없이 대공에 대한 허황되기까지 한 갖가지 풍문이 나오곤 했다.

"법황 성하를 못 뵈어 서운했는데, 루벤스타인 대공을 직접 눈으로 보게 된 것만으로도 서운함을 달랠 수 있겠어."

리오의 말에 깊은 생각에 잠겨 있던 엘은 퍼뜩 정신을 차렸다.

"루벤스타인 대공이 마음만 먹으면 웬만한 나라는 통째로 살 수 있다고 하던데… 비밀리에 리아잔 제국 상권의 반을 소유하고 있다는 말도 들었고… 그게 사실일까, 알렉스?"

"글쎄, 근데 저 사람이 루벤스타인 대공인지는 어떻게 안 거야?"

리자드에게서 눈을 못 떼고 있던 리오가 엘을 흘끗 쳐다봤다.

"몇 년 전인가 아버님께 들은 적이 있어. 루벤스타인 대공은 마주 보기만 해도 기가 질리는, 뭐라 할까… 숨 막힐 듯 강한 힘과 얼음같이 냉정한 분위기를 풍기는 대단한 미남이라는 말. 하지만 그 말을 듣지 못했더라도 알아볼 수는 있었을 거야. 루벤스타인 대공이 특이하게도 청회색 눈과 청회색 머리카락을 가지고 있다는 건 유명하잖아. 하지만 호들갑스러운 사람들의 반응만으로도 알아맞힐 수는 있었을 거야. 시간은 좀 걸렸겠지만."

잠시 말을 끊은 리오가 못마땅한 듯 입술을 비죽였다.

"다들 짧은 말이라도 한번 나눠보고 싶어 기를 쓰는군. 저기 저 사람은 대공의 옷에 침이라도 떨어뜨릴 기세잖아. 정말 가관이다! 꼭 주인의 관심을 끌고 싶어 미친 듯 꼬리 치는 강아지들 같지 않아?"

혀를 차대며 말은 그렇게 하고 있지만 리자드에게 못 박힌 리오의 눈엔 숨길 수 없는 동경이 담겨 있었다. 리자드의 주위를 둘러싼 사람들처럼 노골적으로 드러내기가 쑥스러워서 그렇지, 그와 인사라도 나누고 싶어하는 기색이 역력했다.

엘은 잠시 망설이다 단호한 어조로 입을 열었다.

"리오, 우리도 대단하신 루벤스타인 대공을 만나뵈러 가자. 인사도 드리고 말이야."

"뭐?"

놀라 눈을 휘둥그렇게 뜬 리오를 무시한 채 엘은 리자드를 향해 걸음을 옮겼다. 수많은 사람들에게 둘러싸여 있지만 리자드는 그들보다 머리 하나는 더 컸기 때문에 그의 얼굴을 살피는 건 어려운 일이 아니었다.

흥분된 사람들의 말에 짧게 응수하는 리자드의 얼굴은 무표정했다. 하지만 엘은 사람들을 내려다보는 그의 냉정한 얼굴에서 희미한 짜증을 읽을 수 있었다.

"야, 알렉스!"

리오가 엘의 팔을 잡아 걸음을 멈추게 했다.

"너답지 않게 왜 이래? 대공께 인사를 드린다고? 루벤스타인 대공이 우릴 쳐다보기나 할 것 같아?"

"그거야 대면해 보기 전엔 모르는 일이지."

엘은 아무렇지 않게 말하며 리오의 팔을 잡아당겼다.

"나참! 대체 왜 이러는 거야? 어차피 결론은 정해져 있는데. 난 저 사람들처럼 바보 짓 하기 싫단 말이야."

그녀가 이끄는 대로 순순히 따라오면서도 리오는 연신 투덜거렸다.

엘은 리오의 말을 흘려들으며 깊이 심호흡을 했다. 리자드와의 거리가 조금씩 좁혀지자 그것에 맞춰 심장 고동도 빨라지기 시작했다.

엘이 마른침을 꿀꺽 삼켰을 때 그녀의 존재를 알아채기라도 한 듯 리자드의 시선이 그녀를 향했다. 두 사람의 눈이 마주치는 순간 엘의 보라색 눈동자에 강렬한 섬광이 반짝였다. 하지만 그녀와 반대로 리자드의 청회색 눈동자는 어떠한 변화도 보이지 않았다. 처음 보는 사람을 대하듯 리자드의 시선이 무심히 그녀를 지나치자, 마치 검끝이 파고들기라도 한 것처럼 엘의 가슴에 싸늘하고 날카로운 통증이 느껴졌다. 그 즉시 몸을 돌려 달아나고 싶다는 생각이 머리를 스쳤다. 엘은 점점 부풀어 오르는 약한 마음에 지지 않기 위해 더욱 단호하게 발을 내디뎠다.

난 리자드에게서 무엇을 보고 싶어하는 걸까? 대체 그에게서 무얼 확인하고 싶은 것일까?

엘은 혼란에 싸인 채 걸음을 멈췄다. 워낙 많은 사람들이 리자드의 주위를 둘러싸고 있어 더 이상 앞으로 나아갈 수 없었다. 서로를 밀치다시피 하며 앞으로 가려는 사람들을 보건대 그들 사이를 뚫고 나가는 것 또한 용이하지 않을 게 분명했다.

"대공 각하!"

엘은 큰 소리로 리자드를 불렀다. 하지만 그녀의 말은 소란스런 사람들의 목소리에 묻혀 버리고 말았다. 엘은 깊이 숨을 들이마신 뒤 결연한 마음으로 다시 입을 열었다.

"루벤스타인 대공 각하!"

고함에 가까운 그녀의 목소리가 나온 순간 놀랍게도 사람들이 일제히 입을 다물었다. 그리고 그들의 시선이 엘에게 몰려들었다. 그 속엔 리자드의 시선도 포함되어 있었다.

엘은 따가울 정도로 그녀에게 못 박힌 사람들의 시선에 조금도 신경쓰지 않았다. 그녀의 눈엔 오직 리자드만이 들어올 뿐이었다. 엘은 주저없이 사람들 사이로 몸을 밀어 넣었다. 그리고 말 그대로 사람들을 헤치며 앞으로 나아갔다.

"세상에! 루벤스타인 대공 전하를 대공 각하라고 불렀어! 감히 그런 실례를 범하다니!"

톤 높은 여자의 말이 들리는 순간 엘의 얼굴이 붉게 달아올랐다. 그녀는 움츠러들려는 마음에 대항하듯 고개를 더 꼿꼿이 치켜들었다.

리자드에게서 서너 걸음 정도 떨어진 곳에 멈춰 선 엘은 정중히 예를 갖춰 고개를 숙였다.

"처음 뵙겠습니다."

단순한 인사말만 한 뒤 고개를 들자 리오가 다급히 그녀의 팔을 툭 건드렸다. 엘은 고집스럽게 리오의 행동은 물론 수군거리는 사람들의 말소리도 무시했다. 그녀도 자신이 정식 명을 밝히지 않은, 심각하다면 심각할 수 있는 무례를 범했다는 걸 잘 알고 있었다. 하지만 리자드 앞에서 거짓 이름을 말하고 싶지 않았다. 엘도 자신의 이런 고집스런 행동에 어떤 논리적인 이유를 붙일 수 없다는 걸 알고 있었다. 그저 그녀의 숨길 수 없는 솔직한 감정이 불러일으킨 일일 뿐이었다.

"저 체르몬 국의 리오카사이 보즐라르 드 아르트로, 루벤스타인 대공 전하께 인사드립니다. 만나뵙게 되어 영광입니다."

이대로는 안 되겠다고 생각했는지 리오가 재빨리 예를 갖추며 말했다. 그러자 엘에게 꽂혀 있던 리자드의 시선이 리오를 향했다.

"제 친구는 세렌 국의 알렉시스 라헬 드 이스파한입니다. 대공 진하를 뵙게 되어 긴장되고 당황한 마음에 실수를 저지른 것 같습니다. 제 이름에 맹세코 무례를 범할 마음은 결단코 없었으니 너그러이 이해해 주십시오."

리오를 보는 청회색 눈동자에 미묘한 반짝임이 지나갔다. 그리고 굳게 닫혀 있던 리자드의 입술이 천천히 움직였다.

"반갑소, 리오카사이 왕자."

잠시 말을 끊었던 리자드가 엘에게 무심한 시선을 던졌다.

"물론 세렌 국의 왕자도."

더 이상 할 말도 없고 관심도 없다는 뜻을 노골적으로 드러내며 리자드가 고개를 돌렸다. 그러자 그들을 둘러싼 사람들 사이에서 고소하다는 듯한 작은 웃음소리가 새어 나왔다.

얼굴이 벌겋게 상기된 리오가 엘의 팔을 잡으며 빨리 자리를 벗어나자는 눈짓을 보냈다. 엘은 그를 못 본 척하며 똑똑 끊어지는 목소리로 입을 열었다.

"대공께선 이런 자리에 참석하시는 일이 극히 드물다는 말을 들었습니다. 그런데 오늘은 놀랍게도 연회장에 모습을 보이셨습니다. 그 이유를 알고 싶습니다. 말씀해 주십시오."

여기저기서 급하게 숨을 들이키는 소리가 들렸다. 그리고 곧 이어 호기심으로 가득 찬 침묵이 그들 주위를 에워쌌다.

리자드가 그녀 쪽으로 천천히 시선을 돌리자 엘은 무의식 중에 숨소리를 죽였다. 그녀를 향하는 리자드의 얼굴엔 전혀 감정이 나타나 있지 않았다. 하지만 두 사람의 눈이 마주쳤을 때 엘은 그가 재미있어하고 있다는 걸 느낄 수 있었다.

"알렉시스 왕자라 했던가?"

"예."

리자드의 무심한 질문에 엘은 짤막하게 답했다.

"내가 이 자리에 참석한 이유가 궁금하다면 말해 주지. 이곳에 모인 대다수의 사람들처럼 나 역시 아시리움 성전의 초대를 받았소. 아시리움 성전에서 날 초대한 이유까지는 내가 알 수 없는 거고. 정 궁금하면 법황 성하께 여쭤보는 게 어떨까 싶군."

리자드의 말이 끝나자마자 사람들에게서 요란한 웃음소리가 터져 나왔다.

"저희는 이만 물러가겠습니다, 대공 전하. 즐거운 시간 보내시길 바

랍니다!'

크게 소리친 리오가 강하게 엘의 팔을 잡아당겼다. 엘은 아무 말 없이 리오가 이끄는 대로 사람들 사이를 걸었다. 상대적으로 한산한 연회장 구석에 이를 때까지 리오는 꽉 잡고 있는 그녀의 팔을 놓지 않았다.

"대체 너, 왜 그래?"

엘이 걸음을 멈추는 순간 리오가 힐책하는 어조로 말했다. 그의 파란 눈동자 가득 못마땅하다는 빛이 가득했다.

"루벤스타인 대공 앞에서 어떻게 그런 태도를 보일 수 있어? 마치 대드는 것 같더라! 또 그 말도 안 되는 질문은 뭐고? 평상시엔 나서는 걸 그렇게 싫어하더니만 대체 오늘은 어떻게 된 거야?"

엘이 입을 열기도 전에 리오의 말이 다시 쏟아져 나왔다.

"루벤스타인 대공께 그런 무례한 질문을 한 사람은 지금까지 너밖에 없을 거다! 옆에 있던 내가 다 가슴이 섬뜩하더라고! 너, 정말 오늘 이상한 점이 한두 군데가 아니야! 대체 왜 그런 거야?"

"리오, 넌 기분 나쁘지도 않아?"

엘의 물음에 리오가 영문을 모르겠다는 얼굴을 했다.

"그게 무슨 말이야?"

"루벤스타인 대공이란 사람, 거들먹거리며 우릴 무시하고 깔보기까지 했잖아. 그런데 넌 아무렇지도 않은 거냐고?"

기가 막히다는 듯 리오의 입술에서 바람 빠지는 웃음이 새어 나왔다.

"루벤스타인 대공이 거들먹거렸다고? 게다가 우릴 무시하고 깔봤다고? 알렉스, 너 혹시 꿈꿨냐? 소름 끼칠 정도로 무표정한 얼굴 때문에 오금이 저리기까지 했는데, 뭐? 너무 황당해 말이 안 나온다! 근데 정말 대단하더라! 보기만 해도 기가 질리는 사람은 정말 처음이야! 청회색 눈동자가 날 향할 때마다 다리가 후들거렸다니까!'

리자드 쪽을 바라보는 리오의 얼굴엔 경탄이 가득했다.

"그러니까 여자들이 저렇게 관심 끌고 싶어서 사족을 못 쓰는 거겠지. 남자인 내 눈에도 멋있고 근사한데 여자들은 오죽하겠어. 더군다나 대공은 아직 미혼이기까지 하니까 다들 목숨이라도 걸고 싶을걸?'

리오의 말대로 리자드의 주위엔 화려한 차림의 여자들이 한껏 미소를 짓고 서 있었다. 그중 리자드 옆에 거머리처럼 찰싹 달라붙어 있던 여자가 수줍은 듯하면서도 유혹 어린 미소를 지으며 리자드에게 귓속말을 건넸다. 그러자 리자드의 입술에 선명한 미소가 그려졌다.

리자드가 웃고 있어! 나한텐 한 번도 미소를 보여준 적 없는 리자드가!

사실 리자드의 얼굴에 나타난 미소는 의례적인 예의에 불과했다. 하지만 그의 입술에 시선을 못 박고 있는 엘에게 그의 눈동자에 담긴 짜증에 가까운 지루함이 보일 리 없었다.

"저럴 수가… 너무해……."

엘의 입술에서 낮은 중얼거림이 새어 나오자 리오가 어리둥절한 눈으로 그녀를 바라봤다.

"나쁜 놈! 냉혈한 악당 같으니!'

이를 악물고 내뱉듯 말하며 엘은 반대쪽으로 몸을 돌려 리자드를 등지고 섰다. 더 이상은 희희낙락하고 있는 리자드의 모습을 보고 싶지 않았다.

"알렉스, 왜 그래?'

"아무것도 아니야!"

엘은 강한 어조로 성급하게 대답하며 휘적휘적 걸어가 리자드의 모습을 가려줄 수 있는 커다란 기둥에 기대섰다.

"어, 아무래도 대공께서 연회장을 나가시게 될 것 같은데?"

엘을 뒤따라온 리오가 눈을 둥그렇게 뜨고 말했다. 엘은 그 순간 기둥 그림자에서 벗어나 리자드 쪽을 바라봤다.

나이 지긋한 고위 사제와 몇 마디 주고받던 리자드가 그의 정중한 안내를 받으며 입구 쪽으로 걸음을 옮기기 시작했다.

"리오!"

엘은 다급히 리오를 부르며 그에게 고개를 휙 돌렸다.

"나 급한 볼일이 생각났어! 잠깐 나갔다 올 테니 넌 여기 있어! 알았지?"

무슨 말인가를 하려고 입을 벌리는 리오를 무시하고 엘은 서둘러 연회장을 가로지른 후 입구로 향하는 계단을 뛰어올랐다. 걸음을 방해하는 사람들의 존재가 엘의 마음을 더욱 조급하게 만들었다

자신의 행동에 대한 이유는 엘 스스로도 알 수 없었다. 그녀의 머리를 가득 채우고 있는 건 오직 리자드를 만나야 한다는 생각뿐이었다.

예술품이라 불러도 손색없는 우아한 모양의 등불이 말끔하게 깔린 돌길 위로 빛을 던져 주고 있었다. 부드러운 금빛으로 물든 돌길을 울리는 엘의 다급한 발소리가 서늘한 밤하늘로 퍼져 나갔다.

오래지 않아 그녀의 눈에 리자드의 뒷모습이 들어왔다. 앞서 가는 사제의 느릿느릿한 걸음에 맞추느라 리자드 역시 속도를 높이지 못하고 있는 것 같았다.

"루벤스타인 대공 전하!"

엘의 외침에 사제가 먼저 움직임을 멈추고 뒤를 돌아봤다. 리자드 역시 더 이상 걸음을 떼진 않았지만 엘이 그 옆에 다다를 때까지 시선을 돌리지 않았다.

"무슨 일이십니까?"

못마땅하다는 감정을 얼굴에 노골적으로 드러낸 사제가 짜증 섞인 어조로 물었다.

"루벤스타인 대공께 꼭 드릴 말씀이 있어서 실례를 범했습니다."

엘은 사제가 아닌 리자드를 바라보며 말했다.

"죄송하지만 곤란합니다. 대공 전하께선 매우 바쁜 분이시니 연회장으로 돌아가서 다른 적당한 분을 찾으시기 바랍니다."

은근히 무시하는 듯한 사제의 말이 끝나자 뒤이어 리자드가 담담한 어조로 입을 열었다.

"내게 꼭 할 얘기가 있다니 궁금증이 생기는군."

예상치 못한 리자드의 말에 사제가 입술을 멍하니 벌리며 휘둥그레진 눈으로 그를 바라봤다. 어쩔 줄 몰라 하며 머뭇거리던 사제는 리자드의 서늘한 시선과 눈이 마주치자 찔끔해 재빨리 고개를 숙였다. 그리고 횡설수설하며 허겁지겁 발을 놀려 자리를 피해주었다.

사제의 발소리가 멀어지며 점차 어색한 침묵이 찾아왔다. 엘은 말로 표현할 수 없는 복잡하고 혼란스러운 감정을 느끼며 리자드의 시선을 슬쩍 피했다. 지난번 엘이 리자드에게 잔인할 정도로 호된 질책을 들은 이후 두 사람만 있는 장소에서 그를 마주 대하는 건 이번이 처음이었다.

"할 말이란?"

리자드가 무뚝뚝한 목소리로 짧게 물었다. 검게 빛나는 비수처럼 그의 눈길이 엘의 가슴 깊숙이 파고들었다.

엘은 선뜻 입을 열지 못하고 머뭇거리며 꼭 잡고 있던 두 손을 이리저리 비틀었다.

연회장을 나가는 리자드의 뒷모습을 보았을 때 이대로 그를 보내서는 안 된다는 생각이 들었다. 그에게 반드시 해야 될 말이 그녀의 가슴

속을 가득 채우고 마구 요동 치는 것만 같았다. 하지만 막상 그를 불러 세운 지금에 와서는 도무지 할 말이 떠오르지 않았다. 리자드와 시선이 마주친 순간 굳어버린 엘의 머리는 시간이 흐를수록 점점 더 뿌옇게 흐려질 뿐이었다.

"중요한 말은 아닌 것 같군."

단정 짓듯 말한 리자드가 몸을 돌리려는 순간 엘은 서둘러 입을 열었다.

"저, 정말 루벤스타인 대공이에요? 리자드가… 진짜 루벤스타인 대공이 맞아요?"

그녀도 모르는 사이, 정말 얼떨결에 나온 물음이었다. 그리고 말이 끝나는 순간 엘의 얼굴이 붉게 달아오를 정도로 어리석은 질문이기도 했다. 리자드 역시 대답할 필요가 없다는 생각을 했는지 굳게 다문 입술을 열지 않았다.

"대체 무슨 일이 생긴 거예요? 여기 온 이유가 뭐예요? 리자드가 아시리움까지 온 걸 보면 무슨 일이 일어난 건 분명한 것 같은데……."

엘은 조금 전 세렌 국 왕자로서 리자드를 대면했을 때 나온 것과 비슷한 질문을 다시 던졌다.

"말했다시피 아시리움 성전의 초대를 받아 왔소, 알렉시스 왕자."

질릴 정도로 냉정한 어조의 말에 엘은 입술을 질끈 깨물었다.

"예, 잘 알겠습니다, 루벤스타인 대공 전하. 미천한 저에게 잠시나마 귀중한 시간 내주신 점 깊이 감사드립니다."

엘은 딱딱한 목소리로 말한 뒤 뻣뻣하게 몸을 돌려 리자드에게서 멀어졌다.

"알렉시스 왕자, 몸 건강히 아시리움 생활을 마치길 바라오."

너무 나직해서 서늘한 바람 소리같이 느껴지는 목소리가 엘의 귀에 스며들었다. 놀라움에 몸을 멈칫한 엘이 귀를 의심하며 고개를 돌리자 성큼성큼 걸어가는 리자드의 뒷모습이 보였다.

날 걱정해서 한 말일까? 아니면 무슨 일이 있어도 이곳에 온 목적을 달성해야 한다는 뜻일까?

엘은 리자드의 모습이 더 이상 보이지 않을 때까지 시선을 돌리지 않았다. 그가 마지막 한 조각까지 어둠 속에 묻힌 후에야 고개를 치켜들었다.

깊은 밤, 새까만 하늘을 뒤덮은, 싸늘한 수정 조각처럼 보이는 별들이 땅에 닿을 듯 낮게 걸려 있었다. 엘은 별을 잡고 싶어하는 어린아이처럼 발꿈치를 세우고 팔을 높이 들어 올리며 손바닥을 힘껏 폈다. 그녀의 헛된 노력을 비웃기라도 하듯 작고 스산한 풀벌레 소리가 들렸다.

눈물이 나왔다. 이유도 알 수 없었다. 시린 어둠만 한 움큼 움켜쥔 그녀의 손 때문인지도 몰랐다. 엘은 이를 악물었다. 그리고 주먹 쥔 손으로 거칠게 눈물을 닦아냈다.

약한 바람을 일으키며 부드럽게 문이 닫혔다. 그러자 창가에 서 있던 루드비히가 천천히 문 쪽으로 몸을 돌렸다.

"어서 오십시오, 루벤스타인 대공."

루드비히는 부드럽고 낮은 목소리로 말하며 창가를 떠나 고풍스러운 탁자와 의자가 놓여 있는 곳으로 걸음을 옮겼다.

"초대해 주셔서 감사합니다, 법황 성하."

담담한 어조로 정중하게 인사말을 건넨 리자드가 의자에 앉자 루드비히가 그의 맞은편에 자리 잡았다. 그리 밝지 않은 파르스름한 불빛이 두 사람의 얼굴에 서늘한 그늘을 만들었다.

"제 취향에 맞춰 차를 준비해 놓았습니다. 대공의 입맛에도 맞았으면 좋겠군요."

두 개의 잔에 흑갈색의 액체가 부어지며 은백색 김을 피워 올렸다.

리자드는 찻잔을 들어 한 모금 마신 뒤 천천히 내려놓았다. 하지만 차 맛에 대한 말은 입에 담지 않았다. 루드비히 역시 앞에 있는 리자드의 존재는 까맣게 잊은 듯 조용히 찻잔을 기울일 뿐이었다.

"어떠십니까? 차가 마음에 드십니까?"

잠시 흐르던 침묵을 깨며 루드비히가 질문을 던졌다.

"예."

리자드가 짧게 대답하자 루드비히의 입술에 미소가 피어올랐다.

"제가 아는 어떤 분은 이 차를 너무 쓰다 생각하시는 것 같더군요. 물론 말씀하기는 마음에 든다 하셨지만 말입니다. 마음을 숨기시는 데 서툰 분이라 그분의 본심을 아는 건 그리 어려운 일이 아니었습니다. 그분과 달리 대공께선 감정을 드러내지 않으시니… 저로서는 대공의 말씀을 그대로 믿는 수밖엔 없겠습니다."

지나칠 정도로 매끄러운 어조의 말을 끝낸 루드비히가 맛을 음미하듯 차를 다시 한 모금 마셨다.

"대공께서 과거 아시리움에서 열리는 연회에 참석하신 게 언제인지 기억도 나지 않는군요. 오랜만에 연회에 참석하신 소감이 어떠십니까?"

"아시리움 성전의 이름에 걸맞게 훌륭하더군요."

잠시 말을 끊은 리자드가 루드비히를 응시하며 다시 입을 열었다.

"이런 자리가 마련된 이유가 궁금하군요. 성하께서 제게 친히 초대장을 보내신 건 의례적인 일이라 치부해도 말입니다."

"오해하고 계시는군요. 전 지금껏 제 손으로 누굴 초대해 본 적이 없습니다. 대공을 제외하고는 말입니다."

자신의 말이 진실이라는 걸 강조하려는 듯 루드비히가 리자드의 눈을 똑바로 들여다봤다.

"그렇다면 저로선 더할 나위 없는 영광입니다, 법황 성하. 비록 한층 가중된 궁금증이 절 괴롭히지만 말입니다."

의자 등받이에 몸을 기대는 리자드의 얼굴은 가면을 쓴 것처럼 무표정했다.

"이거, 정말 말씀드리기 곤란하군요, 대공. 솔직히 말하면 제 변덕으로 인해 발생한 일이랍니다. 어느 날 갑자기 그 유명한 루벤스타인 대공과 마음 편한 담소를 나눠보고 싶다는 생각이 들었습니다. 참을성이 없는 전 그 즉시 대공께 서찰을 보낸 거고 말입니다. 대공과 전 지금껏 몇 번 형식적인 인사를 나눈 적은 있어도 마음을 터놓고 얘기해 본 적은 없지 않습니까?"

루드비히의 얼굴에 나타난 미소처럼 그의 말투 역시 부드럽기 짝이 없었다. 하지만 그의 은회색 눈동자엔 오직 싸늘한 냉기만이 담겨 있었다.

"담소의 상대로 절 택해주셨다니 저로선 감사할 따름입니다. 하지만 사죄의 말씀을 드려야 하겠군요. 더 이상 아시리움 성전에서 시간을 지체할 수는 없을 것 같습니다. 미룰 수 없는 중요한 일이 절 기다리고 있어서 말입니다."

"실례가 안 된다면 그 중요한 일이 무엇인지 말씀해 주시겠습니까? 호기심이 생기는군요."

대답을 하기 전 리자드는 한쪽 입술 끝을 슬쩍 비틀어 올렸다.

"제가 아끼는 말이 얼마 안 있으면 새끼를 낳을 것 같습니다. 용맹한 말이긴 해도 제가 없으면 가끔 불안한 모습을 보이곤 해서 말입니다."

담담한 어조로 모욕적인 말을 끝낸 리자드가 루드비히를 향해 서늘한, 그러나 의미심장한 미소를 지어 보였다. 그러자 거기에 답하듯 루드비히의 얼굴에 재미있다는 미소가 떠올랐다.

"그런 중요한 일이 있으시다니 안타깝지만 대공을 만류할 수 없겠군요. 마음 편한 담소는 다음으로 미루겠습니다."

"이해해 주셔서 감사합니다."

몸을 일으킨 리자드가 루드비히를 향해 살짝 고개를 숙여 보였다. 하지만 당연히 의자에서 일어나 그를 배웅해야 할 루드비히는 조금도 움직이지 않았다. 오히려 더욱 깊이 의자에 등을 기댈 뿐이었다.

"그럼 전 이만."

"모쪼록 편안한 여행이 되시길 빌겠습니다."

인사말을 주고받는 두 사람의 얼굴엔 어떠한 감정도 나타나 있지 않았다.

문으로 향하는 리자드의 발소리가 조용히 멈춰 있던 공기를 울렸다.

리자드가 문고리에 손을 뻗는 순간 그를 뚫어지게 바라보고 있던 루드비히가 입을 열었다.

"연회장에 잠시 들렀다 가실 생각은 없으십니까? 조금 있으면 제가 많은 기대를 가지고 기다리던 트레비아 연주가 시작될 겁니다. 대공께서도 들어본 적이 있으실 것 같군요. 세렌 국의 알렉시스 라헬 드 이스파한 왕자라고 말입니다. 만약 참석하신다면 대공께선 지금껏 들어본 적 없는 훌륭한 연주를 감상할 수 있으실 겁니다."

"세렌 국의 알렉시스 라헬 드 이스파한 왕자라… 그리고 보니 조금 전에 들렀던 연회장에서 인사를 나눈 꽤나 호감 가던 왕자를 말씀하시는 것 같군요, 법황 성하. 저 역시 알렉시스 왕자의 트레비아 연주를 듣고 싶은 마음은 간절하나 안타깝게도 거절해야겠습니다. 성하께서 제 몫까지 훌륭한 연주를 즐기시기 바랍니다."

담담한 어조로 정중하게 말한 다음 리자드는 루드비히를 향해 의례적인 미소를 지어 보였다. 하지만 고개를 돌려 문을 나서는 그의 얼굴은 무서울 정도로 딱딱하게 굳어 있었다.

루드비히의 시선에서 벗어난 순간 자신의 감정을 드러낸 리자드와 마찬가지로 문이 닫히자 루드비히의 얼굴에 그려져 있던 미소 역시 흔적도 없이 사라졌다.

"리자드 카라우크 켈름 폰 루벤스타인……."

루드비히의 나지막한 중얼거림엔 싸늘한 냉기가 감돌고 있었다.

연회장을 부드럽게 휘감던 감미로운 음악이 한순간 멈추자 사람들의 시선이 악사들이 있는 단 위로 몰려들었다.

"조용히 해주십시오!"

악사들 앞에 자리 잡은 중년의 고위 사제가 사람들의 웅성거림 사이로 목소리를 높였다.

소란이 서서히 가라앉자 사제가 정중히 고개를 숙였다.

"전 웅게라고 합니다. 제가 감히 여러분들 앞에 선 것은 성 아우렐리아 축일의 마지막을 더욱 빛나게 해주실 분을 소개해 드리기 위해서입니다. 여러분들은 오늘 밤 평생을 통틀어 다시는 경험해 보지 못할 최고의 트레비아 연주를 감상하시게 될 겁니다."

웅게러 사제는 분위기를 좀 더 고취시키려는지 말을 끊고 사람들을 획 둘러봤다.

엘은 올 것이 왔다는 생각을 하며 터져 나오려 하는 괴로운 신음 소리를 억눌렀다. 그녀에게 작게나마 위안이 되는 건 연회에 참석할지 모른다던 법황이 끝내 모습을 보이지 않는다는 것 하나였다.

"세렌 국의 알렉시스 라헬 드 이스파한 왕자 전하!"

꿈을 꾸듯 정신이 멍한 가운데 이상할 정도로 사제의 목소리가 똑똑하고 명확하게 들렸다. 엘은 마른침을 꿀꺽 삼키며 제발 이 괴로운 시간이 그녀를 못 본 채 스쳐 지나가기를 빌었다. 하지만 사제의 말이 떨어지자 시간은 엘의 정면에서 멈춰 버렸고, 그것을 반증이라도 하듯 수백 개의 시선이 그녀에게 못 박혔다.

"알렉스."

리오가 용기를 내라는 듯 얼어붙은 엘의 어깨를 두드렸다.

엘은 리오에게 입술을 찡그려 억지 미소를 만들어 보인 후 그녀를 기다리고 있는 악몽을 향해 발을 내디뎠다.

악몽의 한가운데 있는 우윳빛 트레비아는 마치 천상에서 신의 손길이 닿길 기다리고 있는 듯 은은한 빛을 발하며 신비롭게 반짝이고 있었다.

엘의 걸음은 자꾸 느려져만 갔다. 하지만 아무리 엘이 천천히 걸음을 옮긴다 해도 결국 그녀가 도착해야 할 곳은 정해져 있었다.

엘이 단 아래에 이르자 사제가 환영하듯 한쪽 팔을 들어 트레비아를 가리켰다. 부르르 진저리가 쳐지며 그녀의 손과 발이 싸늘해졌다. 엘은 계단을 오르고 단 위를 걸으며 어금니를 악물었다. 그리고 트레비아 앞에 멈춰 섰다.

사제의 목소리가 들려왔지만 그가 무엇을 말하는지는 알 수 없었다. 엘은 단을 내려가는 사제의 뒷모습에서 시선을 떼어 그녀를 둘러싼 사람들을 휙 둘러봤다. 하지만 그들의 생김새며 표정은 그녀의 머리에 조금도 들어오지 않았다. 엘이 느낄 수 있는 건 오직 호기심과 기대로 가득 차 있는 그들의 시선뿐이었다.

두 눈을 꼭 감고 싶은 욕망이 치밀었다. 그녀의 눈에서 사람들의 모습이 사라진다면 그들 또한 자신을 볼 수 없을지 모른다는 어린아이 같은 희망이 짧은 순간 엘을 압도했다. 그녀는 어리석고 용기없는 자신에게 쓰디쓴 냉소를 날리며 눈앞에 놓인 트레비아에게 시선을 맞췄다. 그리고 무심하고 오만해 보이는 트레비아를 향해 손을 내밀었다.

아름다운 선율이 나오기를 기대하며 사람들이 한층 숨을 죽였다. 그리고 바로 그때, 팽팽하게 당겨져 있던 투명한 줄이 날카롭게 공기를 가르며 끊어졌다.

엘은 상처난 손을 다른 쪽 손으로 감싸 쥐며 몸을 일으켰다. 끊어진 줄이 팅겨지며 만들어진 상처에서 피가 흘러나와 바닥에 뚝뚝 떨어지자 사람들 사이에서 놀란 비명 소리가 터져 나왔다.

"어떻게 이런 일이!"

눈을 휘둥그렇게 뜬 웅게러 사제가 단을 뛰어 올라왔다. 그의 손엔 어느 귀부인이 내밀었을 게 분명해 보이는 분홍색 레이스 손수건이 들려 있었다. 엘을 서둘러 의자에 앉힌 웅게러 사제가 손수건으로 재빠르지만 한편으론 꼼꼼하게 그녀의 손을 감싸주었다.

"괜찮으십니까?"

조심스런 손놀림으로 매듭을 지으며 질문을 던지는 사제의 눈엔 걱정이 담겨 있었다. 엘은 미안하고 불편한 마음에 사제의 시선을 피하며 살짝 고개를 끄덕였다.

"예, 괜찮습니다."

"많이 놀라셨겠습니다."

"아, 예… 조금… 아니, 꽤 놀랐습니다."

얼굴에 나타난 표정처럼 그녀의 목소리 역시 어색하기만 했다.

"정말 죄송하게 됐습니다. 꼼꼼하게 살펴보고 조율까지 완벽하게 마친 건데 왜 이런 일이 생긴 건지……."

웅게러 사제가 영문을 모르겠다는 듯 고개를 절레절레 흔들며 트레비아를 쳐다봤다.

"원래 사고는 갑자기 찾아오지 않습니까? 어차피 연주는 불가능하게 됐으니 전 이만 내려가 보겠습니다. 트레비아가 멀쩡하다 해도 이 손으론 연주를 할 수 없을 테니 말입니다. 아, 상처를 살펴주셔서 감사합니다."

불편한 자리를 서둘러 모면하고 싶은 마음에 엘은 빠르게 말을 주워대며 어색한 미소를 지어 보였다. 그리고 어서 의관사제를 찾아가 상처를 치료받으라는 웅게러 사제의 말을 뒤로하고 재빨리 단을 내려갔다.

그 길로 엘이 찾은 곳은 연회장 뒤쪽의 넓은 테라스였다. 성큼성큼 걸어가 난간에 두 손을 얹은 엘은 상쾌한 공기를 가슴 가득 들이마시며 고개를 치켜들었다. 그녀의 입술에서 길고 긴 한숨이 저절로 터져 나왔다. 이토록 가슴 떨리고 숨죽였던 밤은 처음이었다. 오늘처럼 영원히 끝나지 않을 것같이 길게 느껴지는 밤은 지금껏 경험해 본 적이 없었다.

바람에 날려 눈을 가린 머리카락을 치우려 팔을 들어 올리던 엘은 손에서 느껴지는 통증에 몸을 흠칫했다. 그녀의 손을 감싼 손수건이 어둑어둑한 어둠 속에서 마치 환한 빛을 발하고 있는 것처럼 보였다.

근 70일 동안 집요하게 엘을 괴롭혔던 고민이 손에 난 작은 상처 하나로 깨끗이 해결되었다. 솔직히 엘은 별 탈 없이 트레비아 연주를 모면할 수 있었던 사실이 좀처럼 실감나지 않았다. 만약 리오의 도움이 없었다면 그녀는 지금 참을 수 없을 만큼 괴로운 고통을 느끼며 상처 난 팔을 감싸 쥐고 있을 것이다.

엘이 어떻게 해서든 트레비아 연주를 피하려 한다는 걸 안 리오는 자신의 단도에 엘의 단도를 내려쳐 만들어진 작고 날카로운 파편을 그녀의 손가락 사이에 단단히 끼게 했다. 자신이 어렸을 때 곧잘 저지르던 장난이라고 말하는 리오의 얼굴은 평소와 달리 진지하기만 했다.

현악기를 망칠 수 있는 가장 좋은 방법이라고 호언장담하던 그의 말이 딱 들어맞았다는 생각을 하며 엘은 손기락 끝으로 손수건을 살짝 쓸어보았다.

이걸로 됐어. 이제 모든 게 다 끝난 거야.

서늘한 바람 때문인지, 안도감 때문인지 엘의 몸이 부르르 떨렸다.

"추우십니까?"

테라스의 구석진 곳에서 갑자기 말소리가 들려오자 엘은 흠칫하며 고개를 휙 돌렸다.

"누, 누구십니까?"

소스라치게 놀란 엘의 입술에서 떨리는 목소리가 흘러나왔다.

"서운하군요. 제 목소리를 못 알아들으시다니."

부드러운 어조의 말이 다시 한 번 들려오자 엘은 그가 누구인지 비로소 알 수 있었다.

"인기척도 없이 대체 거기서 무엇을 하고 계십니까?"

"트레비아 연주를 기다리고 있었습니다."

어둠 속에서 조용히 걸어나오는 루드비히의 얼굴은 그의 목소리처럼 차분히 가라앉아 있었다. 그는 엘과 서너 걸음 떨어진 곳에 멈춰 서서 은은하게 빛나는 달빛과 그것이 만들어낸 그림자가 오묘하게 얽혀 있는 정원을 바라보았다.

잠시 침묵을 지키고 있던 엘은 불편한 마음에 머뭇거리며 입을 열었다.

"연주는 할 수 없었습니다. 보시다시피 제 손이……."

엘이 말끝을 흐렸을 때 루드비히가 그녀에게 고개를 돌렸다. 그리고 아무 말 없이 한쪽 손을 내밀었다.

어리둥절해하며 눈을 깜박이고 있는 엘에게 담담한 목소리가 들려왔다.

"상처를 치료해 드리겠습니다."

엘은 잠시 망설이다 고개를 가로저었다.

"아니오, 그러실 필요 없습니다. 상처도 그리 깊지 않으니까요. 뭐, 조금 아프기도 하고 또 며칠 동안 불편하겠지만 참을 수 있습니다."

"마음대로 하십시오."

순순히 그녀의 말을 받아들인 루드비히가 손을 내렸다. 그러자 변덕스럽게도 그의 행동에 대한 섭섭함이 슬그머니 엘의 마음속에 스며들었다.

엘은 이해할 수 없는 자신의 감정에 어이없어하며 작은 소리로 혀를 찼다. 그리고 머리에 떠오르는 대로 서둘러 화제를 바꿨다.

"루드비히는 왜 연회에 참석하지 않은 겁니까? 여기도 연회장이라 할 수 있겠지만, 지금은 연회가 거의 끝날 무렵이니까 참석했다 말하기는 좀……."

엘의 말을 뒷받침하듯 말 울음소리와 덜컹거리는 마차 소리가 바람을 타고 들려왔다.

"제가 직접 영접해야 할 귀중한 손님이 계셨습니다. 때문에 시간에 맞춰 연회에 참석할 수 없었습니다."

엘은 알겠다는 듯 고개를 끄덕이며 나오려는 하품을 억눌렀다. 그리고 뿌옇게 흐려진 눈을 깜박이며 말로 표현하기 힘든 복잡한 마음을 담아 입을 열었다.

"이걸로 성 아우렐리아 축일이 완전히 막을 내리는군요. 아마 이번 축일은 평생 동안 못 잊을 것 같습니다. 저와는 달리 루드비히는 매해 겪었던 일이니까 별 감흥이 없을 것 같은데… 제 생각이 맞습니까?"

엘은 루드비히를 바라보며 대답을 기다렸다. 하지만 꼭 다물어진 그의 입술은 움직일 기미를 보이지 않았다.

"루드비히?"

그의 얼굴에 닿아 있는 엘의 시선을 붙잡으며 루드비히가 입을 열었다.

"루벤스타인 대공을 만나보셨습니까?"

엘의 모든 것이 한순간 얼어붙었다. 그녀의 몸은 물론 머리와 심장까지도 숨을 멈췄다. 엘은 이를 악물고 주먹을 움켜쥐었다. 별 뜻 없이 나온 단순한 질문에 과민 반응을 보인 자신이 너무나 한심하게 느껴졌다.

엘은 그녀를 바라보며 대답을 기다리고 있는 루드비히에게 어색한 미소를 지어 보였다. 하지만 다른 때와 달리 루드비히는 마주 웃어주지 않았다.

"루벤스타인 대공을 만나보셨습니까?"

루드비히가 다시 한 번 좀 전과 똑같은 질문을 했다.

"만나뵈었습니다."

엘은 무뚝뚝하게 말하고 입술을 꼭 다물었다.

"그토록 유명한 분을 만나셨는데도 별 감흥이 없으신가 보군요."

"간단한 인사말만 나눈 분입니다. 이렇다 저렇다 감흥을 느끼는 것이 더 이상하다 생각합니다."

엘의 말투엔 희미한 짜증이 담겨 있었다. 하지만 루드비히는 그녀의 상태를 모르는 건지, 아니면 무시하는 건지 더 한층 대답하기 힘든 질문을 던져 왔다.

"혹시 그분을 전에 만나뵌 적은 있으십니까?"

"아니오!"

엘은 엉겁결에 버럭 소리를 질렀다. 그리고 지나칠 정도로 강한 부인을 했다는 걸 뒤늦게 깨닫고는 서둘러 다시 입을 열었다.

"그런 적 없습니다. 아시리움 성전이 아니라면, 또 이런 날이 아니라면 루벤스타인 대공 전하를 제가 어떻게 만나뵐 수 있겠습니까?"

"물론 그러시겠지요."

천천히 고개를 끄덕이는 루드비히의 얼굴에 서늘한 미소가 피어올랐다.

맥박에 맞춰 규칙적으로 머리가 지끈거려 오자 엘은 한숨을 내쉬며 이마를 문질렀다. 기진맥진할 정도로 녹초가 된 그녀의 몸이 간절히 휴식을 요구하고 있었다.

"전 이만 방으로 돌아가겠습니다. 몹시 피곤하군요."

엘의 한숨 섞인 말에 루드비히가 천천히 고개를 끄덕였다.

"편히 쉬십시오."

엘은 빠르게 걸음을 옮겨 연회장으로 통하는 휘장을 걷어 올렸다. 바로 그때 뒤에서 루드비히의 목소리가 들려왔다.

"루벤스타인 대공께선 어떤 분이신 것 같습니까?"

무의식 중에 엘은 잡고 있던 휘장 자락을 힘껏 비틀었다. 하지만 루드비히를 돌아보는 그녀의 얼굴은 담담하기만 했다.

"그런 걸 말할 만큼 그분에 대해 알지 못합니다. 왜 제게 그분에 대한 질문을 하시는 겁니까?"

루드비히의 은회색 눈에 순간적으로 섬광이 반짝였다.

엘은 워낙 대단한 분이라 궁금해서 그런다는 정도의 말을 예상하고 있었다. 하지만 막상 나온 그의 대답은 그녀의 생각을 완전히 뒤집는 말이었다.

"연회에 참석한 그 누구보다 루벤스타인 대공께 깊은 관심을 가지고 계실 것 같아 한 질문입니다. 제 생각이… 틀렸습니까?"

"예, 틀렸습니다. 틀렸고말고요. 엉뚱한 질문이 모두 끝나셨다면 전 이만 가보겠습니다."

휘장을 걷고 몸을 들이밀려던 엘은 다시 루드비히를 돌아보며 입을 열었다.

"오늘 좀 이상하군요, 루드비히. 정말 이상합니다."

입술을 다물자마자 엘은 휘장 밖으로 몸을 움직였다.

루드비히는 가만히 서서 흔들리는 휘장 자락을 바라보다 조금씩 밝의 기운이 엷어지기 시작하는 하늘로 고개를 돌렸다. 그의 입술에서 즐거움이라곤 조금도 묻어 있지 않은 짧은 웃음이 터져 나왔다. 달빛을 받아 더욱 신비롭게 보이는 그의 은회색 눈동자에서도 웃음기는 전혀 찾을 수 없었다. 그건 그저 얼음 조각처럼 싸늘하게 반짝이고 있을 뿐이었다.

"거참, 이상하군요."
의관사제가 이맛살을 찌푸리며 이해할 수 없다는 어조로 말을 이었다.
"지난번 팔에 난 깊은 상처가 하루 만에 감쪽같이 아물었을 때 제게 뭐라 하셨는지 기억나십니까?"
"저… 그, 글쎄요……."
엘은 말을 얼버무리며 사제의 눈치를 살폈다.
"유달리 상처가 빨리 아무는 체질이라 하셨습니다. 저로선 도저히 믿을 수 없는 말이었지만 눈앞에 나타난 확실한 증거를 받아들이지 않을 수 없었지요. 그런데 지금 이 일은 대체 어떻게 된 일인지……."
하얀 천이 감긴 손을 내려다보는 사제의 얼굴엔 혼란이 가득했다.
엘은 괜찮다는 그녀를 억지로 끌고 온 리오를 원망하며 서둘러 의자에서 일어났다. 더 있으면 한층 곤란한 질문이 나오리라는 건 깊이 생각하지 않아도 알 수 있었다.
"치료해 주셔서 감사합니다."
엘은 사제의 입이 움직이려 하는 순간 시기 적절하게 그의 말을 가로막은 후 살짝 미소를 지어 보였다. 그리고 보폭을 넓게 하여 성큼성큼 치료실을 가로질렀다.

"내일 저녁때쯤 다시 오십시오."

내일이든 모레든 치료실에 올 생각이 전혀 없는 엘은 사제의 말을 못 들은 척하고 재빨리 문밖으로 나왔다.

"다 끝났어?"

엘을 본 리오가 벽에 기대고 있던 몸을 바로잡으며 물었다.

"안 가고 기다리고 있었던 거야?"

놀란 엘의 반응에 리오가 별거 아니라는 듯 어깨를 으쓱해 보였다.

"딱히 할 일도 없으니까. 연회 다음날은 휴식을 취한다는 걸 미리 알았다면 어제 밤을 새워 노는 건데 말이야."

불만스럽게 입술을 비죽이는 리오를 보며 엘은 피식 웃음을 지었다.

발을 내딛는 엘과 나란히 걸음을 맞추며 리오가 다시 투덜거렸다.

"대체 하루 종일 뭘 하지? 이럴 바에야 차라리 교육이나 받으면 좋겠다!"

"우와! 천하의 리오님 입에서 그런 말이 나올 줄이야!"

과장되게 놀라는 척 눈을 동그랗게 뜨는 엘을 보며 리오가 산뜩 인상을 찌푸렸다.

"너도 이십 일이 넘는 시간을 방에 갇혀 지내봐. 그럼 내 마음을 충분히 이해할 수 있을 테니까. 요샌 방문을 보기만 해도 숨이 막히는 것 같다니까."

하소연조로 변한 리오의 말에 엘은 알 만하다는 듯 고개를 끄덕였다.

복도 맞은편에서 걸어오던 사제 두 명이 두 사람을 향해 살짝 고개를 숙였다. 엘과 리오도 미소를 지으며 눈인사를 건넸다.

"사제님들은 평상시와 다른 거 없어 보이는데?"

빠르게 걸음을 옮기는 사제들의 뒷모습에서 눈을 떼며 엘이 말했다.

"그거야 당연하지. 휴식 시간이 주어지는 건 우리 왕족들뿐이니까. 아시리움 성전의 사제들이 하루라도 휴식을 갖는 줄 알아? 지금껏 그런 일은 한 번도 없었어. 단언하는데 앞으로도 그런 일은 아마 없을 걸."

말을 멈추고 생각에 잠긴 것 같던 리오가 금세 다시 입을 열었다.

"만약 법황 성하께서 명령이라도 내리신다면 아시리움 성전의 전통 아닌 전통도 그날로 바뀌게 되겠지만 말이야. 그나저나 어젯밤이 법황 성하를 뵐 절호의 기회였는데……."

적지 않게 안타까운 듯 리오는 가슴까지 들썩이며 한숨을 내쉬었다.

"그러고 보니 나도 섭섭하긴 해. 하지만 워낙 바쁘신 분일 테니까."

"그것도 그렇지만 아시리움 성전을 떠나신 것 같아. 너 기다리다 슬쩍 들은 건데, 법황 성하께서 아시리움에 안 계신다고 하더라고. 그래서 어제 연회에도 참석 못하신 건가 봐. 그나마 루벤스타인 대공을 봤으니……."

엘은 문득 걸음을 멈추고 리오를 바라봤다.

"정말이야? 성전 안에 법황 성하가 계시지 않다는 말 사실이냐고?"

정색을 하며 묻는 엘의 반응을 별거 아니라 생각했는지 리오는 가볍게 고개를 끄덕였다.

"틀림없어. 내 귀로 분명히 들은 거니까. 근데 말이야, 온통 붉은 옷을 입고, 머리엔 괴상한 금관을 쓰고, 끔찍할 정도로 두툼한 황금 벨트까지 차고 온 사람 기억나? 유난히 키 작고 왜소했던… 왜 있잖아, 계단에서 보기 좋게 넘어지기까지 한."

웃음 띤 리오의 목소리를 흘려들으며 엘은 묵묵히 다리를 움직였다.

그녀의 머리는 법황이 아시리움 성전에 없다는 사실과 절호의 기회가 찾아왔다는 생각으로 꽉 차 있었다. 대충이나마 본관 수색을 다 마친 지금으로썬 정말 절묘할 정도로 일이 착착 진행되는 셈이었다.

엘을 집요하게 괴롭혔던 성 아우렐리아 축일도 막을 내렸으니 이젠 물건 찾기에만 전념할 수 있게 된 것이다.

이번이 마지막일지도 몰라. 이번 기회를 놓치면 영영 물건을 찾을 수 없을지도 모른다고.

엘은 자신도 모르게 두 주먹을 불끈 쥐었다. 그 즉시 상처 입은 손에 통증이 느껴졌다.

"왜 그래?"

리오가 다급히 질문을 던졌다. 걱정스런 기색이 역력한 리오를 향해 엘은 부드러운 미소를 지었다. 할머니가 돌아가신 지금, 리오만큼 그녀를 걱정하고 위해주는 사람은 어디에도 없으리라는 생각이 들었다.

"싱겁게 웃기는……."

리오가 찌푸린 얼굴을 누그러뜨리며 피식 웃음을 지었다.

내가 여자란 걸 알면… 그것도 천민 여자애란 걸 알면 넌 어떤 얼굴이 될까? 아마 날 경멸하고 혐오하게 되겠지?

엘의 가슴에 서늘한 바람이 지나갔다. 휑한 가슴 한복판으로 뾰족한 얼음 조각들이 박혀드는 것 같았다.

제발 그런 일이 일어나지 않기를, 리오가 그녀의 정체를 모른 채 일이 마무리될 수 있기를 간절히 빌며 엘은 리오를 향해 다시 한 번 부드러운 미소를 지었다.

*　　　　*　　　　*

빛 속을 떠도는 자잘한 먼지가 성큼성큼 걷는 발걸음 사이로 쉴 새 없이 일렁이며 격렬히 나붓거렸다. 공기를 울리는 힘찬 발소리가 긴 복도를 가득 채우자 복도를 오가던 사람들이 허겁지겁 옆으로 비켜서며 깊숙이 머리를 조아렸다.

제러드는 성큼성큼 앞서 가는 루벤스타인 대공에게서 너무 뒤처지지 않기 위해 더욱 속도를 높였다. 필사적인 노력의 결과, 거리는 조금 가까워졌지만 대신 그는 거친 숨을 고르기 위해 입술과 코를 벌름거리며 안간힘을 써야 했다.

제러드의 뒤를 따르는 다섯 명의 기사들 역시 상기된 얼굴로 숨을 몰아쉬고 있었다. 짙은 피로가 쌓인 그들은 얼굴부터 발끝까지, 몸 전체가 땀과 먼지로 뒤범벅되어 있었다. 바르테즈 공국 국민들의 추앙을 한 몸에 받는 최고의 기사들이라고는 좀처럼 믿기지 않는 행색이었다. 하지만 아시리움 성전에서 바르테즈 공국까지의 여정을 생각하면 그들이 모두 실신하지 않은 것만으로도 대단한 거였다.

마법이라는 내키지 않는 힘을 빌려 상당한 시간을 줄일 수 있었지만, 아무리 그래도 칠 일 밤낮을 한시도 쉬지 않고 말을 달린 그들의 모습이 깔끔한 귀공자 같을 수야 없지 않은가?

하지만 제러드의 이런 자기 위안은 그의 앞에서 걸음을 옮기는 루벤스타인 대공을 보는 순간 힘없이 사그라졌다. 대공의 모습은 그들과 똑같이 강행군을 했다고는 도저히 믿기지 않을 만큼 단정하고 깔끔해 보였다. 지금까지 한 번도 흐트러진 모습을 보인 적이 없는 대공이지만, 제러드는 새삼스레 경이를 느끼며 대공의 뒷모습을 바라봤다. 피곤으로 흐려진 그의 시선엔 언제나 그랬듯 확고한 존경과 충성이 담겨 있었다.

　제러드는 손등으로 이마에 밴 땀을 대충 닦으며 더 한층 속도를 높였다. 루벤스타인 대공의 어깨에 닿을까 말까 하는 그의 신장으로 긴 다리를 이용해 성큼성큼 걷는 대공을 따라잡는 건 결코 쉬운 일이 아니었다.

　복도를 돌아 3층으로 향하는 계단 앞에 이르렀을 때 루벤스타인 대공이 별안간 걸음을 멈췄다. 깜짝 놀란 제러드는 특유의 순발력을 발휘해 대공과 두 걸음 정도 떨어진 지점에서 몸을 세울 수 있었다. 하지만 미처 안도의 숨을 내쉬기도 전에 뒤에 오던 사람들이 그의 등에 세차게 부딪쳐 왔다. 한순간 중심을 잃은 제러드는 두 팔을 휘저으며 경악에 찬 얼굴을 대공의 등에 박고 말았다.

　뒤에서 격하게 숨을 들이키는 소리가 들리더니 다음 순간 짙은 정적이 찾아왔다. 제러드는 황급히 몸을 세웠다. 평소에도 혈색이 좋은 그의 얼굴은 이제 그야말로 불덩이처럼 시뻘겋게 달아올라 있었다.

　루벤스타인 대공이 몸을 돌려 석상처럼 굳이 있는 그들을 바라봤다.

　"이제 됐으니 모두 물러가라!"

　낮지만 단호한 어조로 그들에게 더 이상 따라오지 말라는 명령을 내린 대공이 단호한 발걸음으로 계단을 오르기 시작했다.

　대공의 모습이 시야에서 사라진 순간 제러드는 쭈뼛거리며 엉거주춤 서 있는 기사들에게 독기 어린 시선을 던졌다.

　"누구야? 누가 날 민 거야?"

　제러드가 이를 갈며 으르렁거리자 찔끔한 기사들이 앞 다투어 입을 열기 시작했다.

"난 아니야! 나도 밀린 거라고!"

"나도 마찬가지야!"

"왜 날 보는 거야? 나도 이 녀석이 미는 바람에 중심을 잃게 된 거란 말이야!"

"내 탓 하지 마! 나도 피해자니까!"

목소리가 잠잠해지며 제러드를 비롯한 다섯 명의 시선이 일행의 맨 뒤에 서 있는 에지몬트에게 날아갔다.

"너냐?"

"너였구나!"

"그래, 바로 너였어!"

"제러드, 바로 에지몬트 자식이 범인이야!"

이미 밝혀진 사실을 기사들의 귀감이라 일컬어지는 이케르가 침을 튀기며 크게 소리쳤다.

"애.송.이."

제러드가 이 사이로 밀어내듯 한마디 한마디 똑똑 끊으며 말하자 아직 앳된 기색이 남아 있는 에지몬트의 얼굴이 창백하게 질렸다.

현재 20살인 에지몬트는 최고의 검술 교관으로 인정받는 베르하르트조차 혀를 내두르는 탁월한 검술 실력으로, 바르테즈 공국에서 가장 실력있는 소수의 기사들만이 들어갈 수 있는 켈름 기사단에 들어온 기사였다.

기사단에 소속된 지 이제 겨우 사십 일밖에 되지 않았다는 것과 스무 살이라는 그의 나이는 다른 켈름 기사단 기사들에게 애송이로 불리게 되는 빌미가 되었다. 애송이라는 말을 들을 때마다 에지몬트는 벌겋게 상기된 얼굴로 펄펄 뛰었지만, 경험이나 머릿수에서 한참 밀리는 그로서는 매번 기사들의 장난기 섞인 놀림과 구박을 감수할 수밖에 없었다.

"바, 바… 바, 바닥 때문에……."

당황한 나머지 혀가 꼬이게 된 에지몬트의 얼굴이 더 한층 붉어졌다.

반면 다른 기사들은 입술을 실룩거리며 낄낄대고 있었다.

"꽤나 얼었나 본데?"

"에이, 설마! 어여쁜 아가씨들의 가슴을 사정없이 뛰게 만드는 우리의 기사 에지몬트님이 이런 일로 얼기야 하겠어?"

"당연하지! 지난번에 그 라탄가 리탄가 하는 아가씨한테 온 편지 생각 안 나? 오, 아름답고 용맹하신 에지몬트님! 에지몬트님의 늠름하고 훌륭하신 모습에 제 마음을 온통 빼앗기고 말았습니다."

눈을 지그시 감은 카셀이 특유의 걸걸한 목소리를 애써 간드러진 어조로 흉내 내자 요란한 웃음소리가 터져 나왔다.

"젠장! 부끄럽지도 않습니까? 다른 사람한테 온 편지나 훔쳐 읽는 사람들이 신성한 기사라고 할 수 있겠습니까? 나 같으면 당장 검을 빼들어 자결을 하였을 겁니다!"

흥분한 에지몬트가 한쪽 발을 세차게 구르며 말을 끝내는 순간 다른 기사들이 일제히 입을 다물었다.

"네가 감히 우릴 모욕했겠다!"

에지몬트를 노려보는 이케르의 한쪽 볼에 경련이 일었다.

"애송이, 진짜 기사가 무엇인지 똑똑히 보여주마!"

말을 끊은 제러드가 다른 기사들을 둘러보며 버럭 소리쳤다.

"저놈을 붙잡아!"

기겁한 에지몬트가 반대쪽으로 훌쩍 몸을 날리려 했을 때는 이미 제
러드를 뺀 네 명의 기사들이 그의 팔다리를 완벽히 제압한 뒤였다.

"왜, 왜 이래요? 이거 놔요!"

고래고래 소리 지르는 그의 몸이 공중으로 번쩍 들렸다.

에지몬트는 격렬히 몸을 뒤틀었지만 그의 팔다리를 감은 억센 완력
을 당해낼 수는 없었다.

키득거리는 여자 웃음소리를 들은 에지몬트의 몸이 딱딱하게 굳어
졌다. 황급히 주위를 살피던 그의 얼굴에 경악과 함께 수치심이 몰려
들었다.

요란한 소리에 하나둘 모여든 사람들이 거의 오십 명에 이르러 있었
다. 대부분은 하인과 하녀들이었지만 기사들도 상당수 끼어 있었다.

"젠장! 이거 놓으란 말이야!"

악에 받친 에지몬트가 버럭 고함을 지르자 다섯 기사들의 얼굴에 만
족스러운 웃음이 피어올랐다.

"너처럼 땀 냄새 풀풀 나는 애송이에게 가장 잘 어울리는 곳이 어딘
줄 아냐?"

제라르의 말이 끝나는 순간 어느새 커다란 창문 앞에 멈춰 선 기사
들이 들고 있던 에지몬트를 창문 밖으로 휙 집어 던졌다. 비명을 지르
며 곤두박질친 에지몬트는 엄청난 소리와 함께 성을 휘감아 도는 수로
에 빠져 버렸다.

"어이, 애송이! 거기서 목욕이나 시원하게 하고 나오라고!"

요란한 웃음소리를 뚫고 켈름 기사단의 최고참으로 평소 에지몬트
가 존경해 마지않던 제러드의 목소리가 들려왔다.

"훌륭하신 선배님들! 이 은혜는 언젠가 꼭 갚아드리겠습니다!"

"오, 그거 고맙군! 답례로 향기나는 선물을 하나 내려주지!"

그 말이 끝나자마자 에지몬트의 목 긴 가죽 부츠가 그의 머리를 향해 내리꽂혔다. 재빨리 머리를 피한 에지몬트가 웃음을 터뜨리며 방심한 순간 다른 쪽 부츠가 그의 정수리를 맹렬히 가격했다. 에지몬트는 입술을 질끈 깨물어 터져 나오려는 비명을 막았다. 그리고 요란한 웃음소리를 들으며 아무렇지 않다는 얼굴로 헤엄을 치기 시작했다.

수로 가장자리에 이른 그는 먼저 부츠를 밖으로 던진 다음 두 명의 하인들 손을 잡고 수로에서 빠져나왔다. 온몸에서 물을 뚝뚝 흘리면서도 에지몬트는 기둥에 반쯤 몸을 숨긴 채 그를 바라보고 있는 젊은 아가씨에게 눈을 찡긋거리며 미소를 지어 보였다. 그런 다음 기사들에게서 터져 나온 요란한 야유 소리를 들으며 부츠를 옆구리에 낀 채 맨발로 당당하게 걸음을 옮겼다.

아몬은 아래층에서 들려오는 왁자지껄한 웃음소리에 슬쩍 미소를 지었다.

평소 그의 주군인 루벤스타인 대공은 무서울 정도로 엄격하고 규율을 중요시했지만 반면 부하들이 일단 업무에서 벗어났을 때는 마음 편히 쉬고 즐기며 그동안 쌓였던 긴장과 피로를 풀 수 있게 배려해 주었다. 때문에 지금처럼 커다란 웃음소리를 듣는 건 이곳에서 그리 드문 일이 아니었다.

웃음소리는 아몬이 계단을 내려와 커다란 검은 문 앞에 설 때까지 이어졌다. 그를 본 시종이 황급히 고개를 숙이며 문을 열었다. 불편한 기색을 은근히 내보이는 시종을 바라보며 아몬은 쓴웃음을 지었다.

바르테즈 공국의 유일무이한 마법사로 알려져 있는 그를 자신들과 다른 이질적인 존재로 바라보는 사람이 비단 눈앞의 시종 혼자만은 아니었다. 거의 다라 해도 지나치지 않을 정도로 많은 사람들이 그의 능력을 두려워하고 그를 괴물처럼 여긴다는 것도 알고 있었다. 하지만 아몬은 다른 사람들의 생각 따위는 조금도 신경 쓰지 않았다. 그에게 작게나마 영향을 줄 수 있는, 의미있는 사람들은 극소수였다. 그중 아몬의 전부를 소유하고 있다 해도 지나치지 않은 사람은 오직 그의 주군인 리자드뿐이었다.

"부르셨습니까, 리자드님."

아몬은 등 뒤에서 문이 닫히는 순간 정중히 고개를 숙이며 말했다.

아몬은 그의 주군을 대부분 리자드님이라 호칭했다. 그는 감히 그런 호칭을 사용하는 건 바르테즈 공국뿐만 아니라 존재하는 모든 나라의 사람들을 통틀어 자신밖에 없으리라고 단언할 수 있었다.

아몬은 의식적일 때는 물론이고 무의식적일 때조차 그 호칭을 고집스레 사용했다. 이유는 그 자신조차 명확히 알 수 없었다. 그를 꺼려하는 사람들에게 자신이 그들보다 우월하다는 걸 보여주고 싶어서일 수도 있고, 또는 그가 주군에게 있어 다른 사람들보다 더 필요한 존재라는 걸 스스로에게 증명하고 싶어서일지도 모른다.

루벤스타인 대공을 리자드라 스스럼없이 부르던 엘의 모습이 일순 아몬의 머리를 스쳐 갔다. 그러자 그의 입술에 희미한 미소가 그려졌다. 만약 이런 사실이 세상에 알려진다면 사람들의 반응은 그야말로 상상을 초월할 것이 분명했다.

"건강한 모습으로 돌아오신 걸 보니 정말 기쁩니다, 리자드님."

아몬은 충동적으로 솔직한 마음을 털어놓았다. 그리고 우뚝 서서 창밖을 바라보고 있는 리자드에게 다가갔다.

그가 다섯 걸음 정도 떨어진 곳에서 걸음을 멈췄을 때, 리자드가 낮고 조금은 거칠게 느껴지는 목소리로 말했다.

"그가 알고 있다."

아몬은 영문을 알 수 없어 눈을 깜박이며 리자드를 바라봤다.

"저… 무슨 말씀이신지……."

"법황이 이번 일을 알고 있다는 말이다."

리자드의 말이 들리는 순간 아몬의 몸이 딱딱하게 얼어붙었다. 아몬은 얕고 급하게 숨을 몰아쉬며 떨리는 입술을 열었다.

"리, 리자드님, 엘은 무사하십니까? 혹시 다치신 건……."

리자드가 천천히 그를 향해 고개를 돌렸다.

"그 아이는 괜찮다, 아직까지는."

말을 끊은 리자드의 입술에 서늘한 냉소가 피어올랐다.

"아마 당분간은 그런 상태가 유지될 수 있을 거다. 변덕스런 법황의 감정이 돌변하지만 않는다면 말이다."

"예? 법황의 감정이라 하셨습니까? 대체 그게 무슨……."

말끝을 흐리던 아몬이 갑자기 고개를 퍼뜩 쳐들었다.

"하, 하면… 법황이 엘을… 엘에게 개인적인 감정을 갖고 있단… 그런 말씀입니까?"

"그래, 그런 뜻이다."

아몬의 입이 멍하니 벌어졌다.

아몬은 정신을 차리기 위해 세차게 고개를 흔들었다. 하지만 혼란과 경악으로 가득 찬 머리는 좀처럼 맑아지지 않았다.

"법황이 그 아이의 정체를 눈치 챈 건지, 또 이번 일을 어디까지 알고 있는지는 모른다. 하지만 우린 그가 모든 걸 알고 있다는 전제 하에 움직여야 한다."

말을 마친 리자드가 다시 창으로 몸을 돌렸다.

아몬은 잠시 망설이다 입을 열었다.

"법황은 대체 어떤 인물입니까?"

리자드가 지금까지 법황에 대한 사소한 정보라도 모으기 위해 모든 영향력을 동원했다는 건 아몬도 알고 있었다. 그리고 막대한 돈과 수많은 사람들의 목숨과 맞바꾼 정보가, 값어치라곤 조금도 없는 하찮은 것들뿐이란 걸 모를 리 없었다. 하지만 지금껏 법황을 본 적이 없어 모습을 상상하기조차 힘든 아몬과 달리 리자드는 짧고 형식적인 만남에 불과했지만 이번 연회뿐만 아니라 그전에도 법황을 몇 번 만난 적이 있었다.

"완벽하게 가려진 복잡하고 위험한 존재. 말 몇 마디로 그를 표현할 수 있는 사람이 과연 존재할지 궁금하군."

리자드는 잠시 말을 멈췄다가 나지막한 목소리로 다시 입을 열었다.

"또 한 가지 궁금한 건 대체 법황이 어떤 방법으로, 어떤 경로로 정보를 손에 넣었는지 하는 거다."

"아시리움 쪽엔 현재 우리 쪽 사람이 전혀 없으니, 방법은 알 수 없으나 엘을 통했을 것이 분명하지 않습니까, 리자드님?"

아몬은 의아한 마음에 눈을 깜박였다.

별안간 리자드가 커튼을 내렸다. 그러자 어둠이 순식간에 두 사람을 둘러쌌다.

"엘을 통해서라… 그 아이가 법황에게 정보를 줄 수 있을 만큼 무언가를 알고 있다 생각하느냐?"

"그렇군요, 리자드님. 제가 어리석었습니다."

엘이 그들이나 그들의 계획에 대해 전혀 아는 것이 없다는 사실을 새삼스레 깨달은 아몬이 서둘러 대답했다.

"그가 누구인지 알아봐라, 아몬. 최대한 빨리."

아몬을 향하는 리자드의 청회색 눈동자가 어둡게 반짝였다.

엘은 내키지 않는 마음으로 램프에 불을 붙였다. 달빛이 환한 밤이면 힘들긴 해도 신경을 집중해 그럭저럭 수색을 할 수 있었지만 오늘처럼 구름이 두텁게 낀 날은 램프 없이는 한 치 앞도 분간하기 힘들었다. 누군가의 눈에 띌 위험이 있지만 날씨를 탓하며 소중한 하룻밤을 그냥 날려 보낼 수는 없었다.

엘은 램프의 심지를 작게 조종했다. 그리고 부드럽게 몸을 떠는 파르스름한 램프 불을 조심스레 비추며 계단을 내려갔다.

엘은 칠 일 동안 계속됐던 서관 수색을 오늘로 마칠 생각이었다. 어제에 이어 일층 복도 아랫부분만 살펴보면 서관에서 대충이라도 그녀의 눈이 스쳐 가지 않은 부분은 손바닥으로 가릴 정도밖에 되지 않을 것이다.

내일부터 찾아봐야 할 다른 수십 개의 건물들이 떠오르자 엘의 입에서 무거운 한숨이 터져 나왔다. 그녀는 기진맥진할 정도로 지친 상태였다. 엘을 극한까지 밀어붙였던 연회 이후 제대로 휴식을 취하지 못한 채 며칠째 새벽까지 이어지는 강행군이었다. 하지만 육체적인 괴로움은 이차적인 문제였다. 무엇보다 그녀를 가장 힘들게 하는 건 아무리 노력해도 끝내 물건을 찾지 못할 거라는 약한 마음이었다. 엘의 이런 생각은 하루 종일 그녀를 따라다니며 의기소침하게 하고 조금은 자포자기하게 만들었다.

엘은 넓은 홀을 가로질러 홀의 왼쪽으로 이어진, 괴괴한 정적이 감도는 복도를 걸었다. 아시리움 성전의 다른 건물들과 비교해 서관이 다른 점은 벽이며 복도에 그림이나 장식품이 전혀 걸려 있지 않다는 것이었다. 지금 엘이 걷고 있는 복도 역시 나무와 대리석으로 이루어진 차가운 벽과 바닥을 고스란히 드러낸 채 길게 뻗어 있었다.

엘은 복도 끝에서 다섯 번째 문 앞에서 멈춰 섰다. 그리고 싸늘한 수정 고리를 잡아 문을 열었다. 한쪽 구석에 팔걸이가 정교하게 휘어진 안락의자들과 견고하게 보이는 탁자 하나가 놓여 있었고 그 맞은편으로 한쪽 벽을 가득 메운 커다란 책장이 보였다.

엘은 서관을 살펴보는 동안 법황이 유난히 책을 좋아하는 사람이라는 걸 어렵지 않게 알 수 있었다. 서관엔 크고 작은 서재가 네 개나 있었고 그 외의 방들에서도 지금처럼 커다란 책장을 쉽게 발견할 수 있었다.

하지만 수색하는 입장에 있는 엘로서는 책이 많다는 건 조금도 달가운 일이 아니었다. 책장과 책장 사이며 선반, 칸막이 등은 그렇다 치고, 물건이 들어갈 만한 두툼한 책만 골라 살펴보는 것만으로도 하룻밤이 꼬박 걸리는 경우가 많았다.

"법황 성하, 책을 좋아하시는 건 이해할 수 있지만, 이건 좀 지나치다 생각지 않으세요?"

엘은 투덜투덜 혼잣말을 하며 맥없이 한숨을 내쉬었다. 하지만 어차피 처음부터 끝까지 그녀의 손으로 해야 되는 일이었다.

엘은 책장 옆에 있는 선반 위에 램프를 올려놓은 다음 수색을 시작했다. 의자를 받치고 책장 위며 어둡게 그늘진 구석과 뒤쪽까지 살펴보았으나 눈에 띌 만한 건 전혀 없었다. 다음으로 엘은 맨 윗칸에서부터 두툼한 책을 차례로 빼어 들춰보기 시작했다.

엘이 의자에서 내려와 어깨 정도 높이에 있는 가죽 표지 책을 꺼내 살핀 뒤 아무 생각 없이 다시 꽂으려고 할 때였다. 수를 셀 수 없을 만큼 여러 번 그냥 스쳐 지나쳤던 어둡고 좁은 구석이 유난스레 신경을 건드렸다. 엘은 들고 있던 책을 바닥에 내려놓고 몇 권을 더 뺐다. 그러자 넓어진 틈으로 안쪽에 숨어 있던 붉은 원이 나타났다. 엘은 램프를 들어 올려 그녀의 눈을 사로잡고 있는 곳으로 가까이 가져갔다.

좀 더 밝아진 시야에 보인 건 처음 생각처럼 단순히 붉은색이 칠해진 원이 아니었다. 주먹만한 크기의 원 안엔 자잘한 무늬가 바깥쪽부터 안쪽을 향해 소용돌이치는 모양으로 적혀 있었다.

엘은 얼굴을 바싹 들이밀어 자잘한 무늬를 찬찬히 살폈다. 무늬는 일정한 간격을 두고 계속 반복되고 있었는데, 처음 보는 낯선 문자 같기도 했다.

그래, 어떤 의미있는 문장을 반복해서 적어놓은 것일지도 몰라.

그 순간 전에 도서관에서 보았던 고대어와 비슷하다는 생각이 머리를 스쳐 갔다. 휘둥그렇게 떠진 그녀의 눈을 사로잡은 건 어딘지 모르게 낯익어 보이는 몇 개의 문자였다. 루드비히가 말한 고대어가 확실하다는 느낌이 들었다.

어떻게 읽는지도 모르고, 뜻이 무엇인지 상상도 안 되는 그녀가 이런 확신을 한다는 것 자체가 우스갯소리일지도 모른다. 하지만 그녀가 느끼는 직감이 너무 강렬해서 엘은 감히 반박의 말을 떠올릴 수 없었다.

샨… 뭐더라? 샨… 무슨 어라고 했는데……. 이걸 적어가서 루드비히에게 물어볼까? 루드비히는 이 문자를 알고 있는 것 같았는데.

어떻게 할까 잠시 망설이다 엘은 그냥 못 본 걸로 치고 수색이나 계속하기로 결정을 내렸다. 붉은 원을 이루고 있는 문자가 호기심을 자극하긴 했지만 그런 것에 아까운 시간을 낭비할 수는 없었다.

엘은 책을 들어 제자리에 꽂으려다가 붉은 원을 이루고 있는 문자의 소용돌이를 손끝으로 따라 그렸다. 이유를 달 수 없는, 완벽하게 충동적인 행동이었다.

그녀의 손가락이 원의 중심에 닿았을 때였다. 갑자기 가운뎃손가락에 따끔한 감각이 느껴졌다. 놀라 손을 들이보니 뾰족한 것에 찔린 듯 손가락 끝에 핏방울이 맺혀 있었다. 엘의 시선이 무엇에 홀리기라도 한 것처럼 붉은 원을 향했다. 눈을 의심할 수밖에 없는 광경이 시선을 사로잡았다. 붉은 원 전체에서 불그스름한 빛이 나오고 있었다. 그리고 빛은 살아 있는 생명체처럼 서서히 소용돌이를 따라 움직이고 있었다. 움직임이 빨라질수록 붉은 빛이 조금씩 진해지고 또 넓어졌다.

엘은 눈 깜짝할 새 책장을 온통 점령해 버린 붉은 빛을 피해 주춤주춤 뒤로 물러섰다. 대체 그녀 앞에서 무슨 일이 벌어지고 있는 것인지 놀랍고 혼란스럽기만 했다. 엘이 알 수 있는 건 붉은 빛에서 나오는 어떤 강력한 힘이 그녀를 둘러싸고 있는 공기를 진동시키고 있다는 것 하나였다.

미친 듯이 회전하던 빛이 한순간 움직임을 멈추고 수축하는가 싶더니 곧 작렬하듯 터져 올랐다. 엘은 그녀를 한입에 삼킬 것 같은 거대한 빛이 맹렬히 달려드는 순간 눈을 질끈 감고 손으로 얼굴을 감쌌다.

본능적으로 뒤로 물러서던 그녀가 중심을 잃고 바닥에 넘어졌을 때 눈을 자극하던 빛의 파장이 거짓말처럼 사라졌다. 엘은 눈을 번쩍 뜨고 그녀 앞에 나타난 믿을 수 없는 광경을 바라봤다. 한쪽 벽 전체를 온통 차지하고 있던 책장이 보이지 않았다. 책장이 있던 자리에 새로이 자리 잡고 있는 건 커다랗게 입을 벌리고 있는 검은 구멍이었다.

엘은 눈이 마비될 것 같은 짙은 어둠에 시선을 고정시킨 채 천천히 일어나 구멍을 향해 다가갔다. 그러자 아래로 향해 있는 계단의 윤곽이 조금씩 떠오르기 시작했다. 엘은 걸음을 멈추고 램프를 집어 들었다. 그리고 구멍이 시작되는 첫 번째 계단 위에 닿을 때까지 멈춰 서지 않았다.

좁은 돌 계단이 낯선 어둠을 향해 나선을 그리며 아래로 뻗어 있었다. 엘은 팔을 내밀어 계단 아래쪽을 램프 빛으로 비춰보았다. 하지만 짙은 어둠을 뚫기에는 램프 빛이 터무니없이 미약했다.

안으로 들어가야 하나? 이 계단 아래 내가 찾는 물건이 있을까? 어쩌면 이 어둠 속에서 날 기다리고 있는 건 끔찍한 악몽일지도 몰라.

엘은 마른침을 삼키며 램프를 힘껏 움켜쥐었다.

확신할 수 있는 건 아무것도 없지만 그녀는 자신이 끝내 이 계단을 내려갈 수밖에 없으리란 걸 알고 있었다. 그게 오늘, 지금 당장이 아닐 수도 있지만 아시리움 성전의 다른 곳에서 물건을 찾지 못한다면 그녀는 다시 이 계단 앞에 서게 될 것이다.

엘은 허리에 찬 단도를 더듬어본 다음 손을 올려 반지를 움켜쥐었다. 그녀에게 있는 건 단도와 반지, 그리고 희미한 램프, 이 세 가지가 전부였다.

어차피 해야 될 일이야. 용기를 내자.

엘은 마음속으로 되뇌며 깊이 숨을 들이마셨다. 그리고 어둠을 향해 발을 내디뎠다.

계단은 끝없이 이어졌다. 끝났구나 싶을 때마다 램프 빛은 엘 앞에 어김없이 계단의 모습을 드러냈다. 마치 어둠이 그녀를 놀리며 끊임없이 계단을 토해놓는 것 같았다.

돌 계단엔 하나같이 미끈거리는 이끼가 끼어 있었다. 때문에 엘은 손으로 축축한 벽을 짚고 긴장한 채 한 발 한 발 신중히 움직일 수밖에 없었다.

다시 한 번 가는 몸서리기 엘의 몸을 흔들고 지나갔다. 온몸에 배어 드는 축축한 땀이 가뜩이나 싸늘한 그녀의 몸에서 얼마 남지 않은 체온마저 빼앗아가고 있었다.

저 어두운 계단 아래 어딘가에서 한줄기 바람이 불어왔다. 그러나 엘의 살갗에 축축하고 어딘지 모르게 끈적끈적한 감촉이 느껴지자 바람이 아닐 수도 있다는 생각이 들었다.

지금이라도 계단을 다시 올라가라는 소리가 메아리치듯 엘의 마음속을 울렸다. 용기없는 그녀를 놀리기라도 하듯 램프 불이 가볍게 팔랑거렸다. 차가운 공포가 뱃속에서 단단히 뭉치는 것을 의식하며 엘은 뻣뻣하게 튕기듯이 계단을 내려갔다.

드디어 계단이 끝나며 그녀 앞에 둥근 공간이 나타났다. 스무 명 정도로 채워질 수 있을 만큼 그리 넓지 않은 공간엔 눈에 띨 만한 어떤 물건도 놓여 있지 않았다. 하지만 텅 빈 바닥 따위는 엘의 눈을 끌지 못했다. 엘의 시선과 정신을 온통 점령해 버린 건 그녀 앞에 우뚝 서 있는 붉은 문이었다. 희미한 램프 불에 떠오른 붉은 문이 소름 끼칠 만큼 강렬해서 엘은 도저히 다른 데로 눈을 돌릴 수 없었다.

엘은 천천히 걸어 문 바로 앞에 섰다. 그리고 손바닥을 문에 살짝 가져다 댔다. 손바닥에 느껴지는 거칠고 싸늘하고 딱딱한 감촉으로 돌로 만들어진 문이라는 걸 알 수 있었다.

엘은 소리없이 내리는 안개비처럼 두려움 섞인 호기심이 슬며시 몸을 적시는 걸 느끼며 붉은 문 앞에 우두커니 서 있었다. 그리고 조금 망설이다 문에 밀착되어 있는 손에 조심스레 힘을 가했다. 육중한 돌문이 서서히 뒤로 미끄러지자 그녀는 벌어진 틈으로 몸을 밀어 넣었다. 그리고 그 순간 모든 것이 멈춰 버렸다. 엘은 움직이지도, 숨을 쉬지도 않았다.

잠시 고동을 멈췄던 심장이 격렬하게 요동 치기 시작하자 그녀의 모든 감각이 한꺼번에 깨어났다. 엘은 얕고 빠르게 숨을 헐떡이며 미친 듯이 고개를 휘저어 주위를 둘러봤다. 그녀를 둘러싼 모든 것이 붉은색이었다. 천장과 바닥, 사방의 벽이 붉은 핏빛으로 넘실거리고 있었다.

엘은 걷잡을 수 없이 부들거리는 다리를 한 발 한 발 움직여 뒤로 물러섰다. 갑자기 등에 뭉클한 감각이 느껴졌다. 조금 전 들어왔던 딱딱한 돌문의 감촉을 예상하고 있던 엘은 움찔하며 세차게 몸을 돌렸다.

그런데 당연히 있어야 할 문이 보이지 않았다. 이리저리 고개를 돌려도 그녀의 시선에 들어오는 건 하나로 이어진 완벽히 밀폐된 붉은 공간뿐이었다.

엘은 혼란과 경악에 싸여 문이 있던 자리에 손을 가져가 댔다. 그러자 그녀의 등에 느껴졌던 불쾌한 감각이 되살아났다. 사람의 체온처럼 온기를 품고 있는 뭉클한 감촉에 심장이 쿵쾅거리고 솜털이 쭈뼛쭈뼛 일어났다.

엘은 얼어붙은 머리 가죽이 오그라드는 듯한 공포심을 이기려 안간힘을 쓰며 얼굴을 가까이 가져가 벽을 유심히 살폈다. 그리고 오래지 않아 벽 전체에 피가 흥건히 배어 흘러내리고 있다는 것을 깨달을 수 있었다. 엘은 격하게 진저리를 치며 피가 묻은 손바닥을 옷자락에 미친 듯이 문질렀다.

그 순간 그녀의 손이 닿아 있던 바로 그 자리에서 두 개의 핏빛 눈동자가 번쩍 눈꺼풀을 들어 올렸다. 그것을 시작으로 불이 번지듯 벽 여기저기서 붉은 눈이 떠오르기 시작했다. 키다랗게 얼린 엘의 눈에 비명이 가득 차 올랐다.

"이건 꿈이야… 이건 꿈이야……."

엘은 덜덜 떨리는 목소리로 같은 말을 중얼거리며 미친 듯이 고개를 휘저어 붉은 방을 가득 채운 피투성이 얼굴들을 바라봤다. 사방의 벽과 천장, 심지어는 그녀가 딛고 있는 바닥까지 엉망으로 찢기고 파헤쳐져 붉은 살점이 너덜거리는 얼굴들이 겹겹이 쌓여 있었다.

갑자기 천장에서 폭우가 쏟아지듯 핏방울이 후드득 내리치기 시작했다. 엘의 머리를 물들인 붉은 피가 그녀의 얼굴을 타고 몸 전체로 번지기 시작했다. 바닥에서 솟아 나온 피가 살아 있는 생명체처럼 꿈틀거리며 끈적끈적한 손길로 엘의 발목을 휘감았다. 수천, 아니, 수만 개의 얼굴에서 핏줄기가 폭포수처럼 쏟아져 내렸다.

엘의 입술에서 날카로운 비명이 터져 나왔다. 입 안으로 흘러든 비릿한 피가 미끄러지듯 목을 타고 몸속 깊이 파고들었다.

엘을 둘러싼 얼굴들이 그녀를 흉내 내듯, 아니, 저주받은 노래를 부르는 것처럼 찢어진 입을 커다랗게 벌렸다. 그 순간 칠흑 같은 어둠이 그녀를 덮쳤다. 엘은 힘없이 꼬꾸라지며 질척한 피 웅덩이 속에 잠겨 들었다.

"……스! 야, 알렉스!"

엘은 눈을 뜨며 벌떡 상체를 일으켰다. 격렬한 몸서리가 식은땀이 홍건한 그녀의 몸을 흔들고 지나갔다.

"세상에! 지금 네 얼굴이 어떤 줄 알아? 핏기라곤 조금도 남아 있지 않은 송장 같아! 대체 무슨 꿈을 꾼 거야?"

리오가 걱정스런 얼굴을 가까이 가져왔다.

엘은 격렬하게 고동치는 자신의 심장 소리를 들으며 리오에게서 그의 어깨 너머로 시선을 옮겼다. 밝은 푸른색으로 물든, 끝없이 펼쳐져 있는 청명한 하늘이 시야를 가득 채웠다.

난 지금 여기 있어! 난 환한 햇빛이 비치는 아름다운 정원에 있는 거야! 붉은 방에 있는 게 아니야! 끔찍한 피 웅덩이 속에 묻힌 게 아니야! 그래, 지금 내 옆엔 리오가 있어, 리오가! 난 혼자가 아니야!

"알렉스, 왜 그래? 얼마나 끔찍한 악몽을 꾸었기에 너답지 않게 이렇게 몸을 떠는 거야? 식은땀까지 흘리고."

엘은 리오의 눈을 똑바로 바라보며 파리한 입술을 움직였다.

"리오… 잠깐만 나 좀 안아줄래?"

억양없는 엘의 말이 끝나는 순간 리오의 얼굴이 딱딱하게 얼어붙었다.

"잠깐만, 리오… 잠깐이면 돼."

엘은 간절함을 담아 리오를 바라봤다. 그녀를 둘러싼 이 모든 게 허무한 꿈이나 환상이 아니란 걸 스스로에게 각인시키고 싶었다. 붉은 방은 단순한 악몽에 불과하다는 걸, 그녀가 여기 있는 한, 잠들지 않는 한 두려워할 필요가 없다는 걸 증명받길 원했다.

머뭇거리던 리오가 뻣뻣한 팔을 들어 어색하게 엘의 어깨와 등을 감쌌다. 그의 따뜻한 체온이 느껴지는 순간 엘은 그녀가 리오에게 한 낯뜨거운 부탁의 진짜 이유를 깨달을 수 있었다. 그건 극히 단순했다. 엘은 그저 따뜻한 온기가 필요했던 거였다. 그녀를 아끼는 누군가의 체온을 간절히 느끼고 싶었을 뿐이다.

엘은 그녀를 둘러싼 따뜻한 햇볕과 리오의 온기를 느끼며 천천히 숨을 내쉬었다. 격하게 뛰던 심장 고동이 서서히 가라앉기 시작했다.

"리오……."

엘은 나지막이 속삭이듯 리오를 불렀다. 그녀의 몸을 감싼 리오의 팔이 슬쩍 굳어지는 게 느껴졌다.

"왜… 왜 그래?"

리오가 살짝 떨리는 목소리로 물었다. 그가 이 상황을 몹시 거북해하고 있다는 걸 깨닫게 되자 엘의 얼굴이 조금씩 달아오르기 시작했다. 엘은 어색함과 쑥스러움을 느끼며 어떻게 해야 하나 잠시 망설이다 인상을 찌푸리고 손으로 코를 막으며 몸을 바로잡았다.

"리오, 너 목욕 좀 해야겠나! 어휴! 이 땀 냄새!"

얼굴이 벌겋게 달아오른 리오가 벌떡 몸을 일으켰다.

"너도 반나절 동안 이리 뛰고 저리 뛰며 지독한 교관에게서 검술 교육을 받아봐! 땀 냄새가 안 날 수 있나!"

버럭 소리를 지른 리오가 바람이 일 정도로 몸을 세차게 돌려 뛰다시피 걸음을 옮기기 시작했다.

"그렇게 서두르지 않아도 목욕물은 널 기다리고 있을 거야, 리오!"

엘은 장난기 어린 말을 소리친 후 큰 소리로 웃음을 터뜨렸다.

고개를 휙 돌린 리오가 잠시 그녀를 매섭게 노려보다 픽픽 발을 구르며 다시 걷기 시작했다.

시야에서 리오의 모습이 사라지는 순간 엘은 웃음을 멈췄다. 웃음기가 빠르게 사라지며 그녀의 얼굴에 짙은 피로감이 내리 덮였다.

붉은 방이 나오는 너무나 생생한 악몽이 떠오르자 발작적으로 몸서리가 쳐졌다. 아니, 솔직히 말하면 엘은 그것이 악몽인지, 아니면 실제 현실에서 일어난 일인지조차 분간이 되지 않았다.

엘이 처음 그 꿈을 꾼 날, 자신의 비명 소리에 놀라 잠에서 깨어난 곳은 바로 그녀의 방 안 침대 위였다. 그때 눈을 뜬 엘이 처음으로 한 일은 조금 전 잠에서 깨어났을 때와 똑같이 주위를 둘러보는 거였다. 그녀가 이른 아침 순수한 햇빛이 세상을 환히 밝히고 있다는 걸 스스로에게 납득시키는 데는 상당한 시간이 필요했다. 그런 후에야 엘은 그녀의 몸 어디에서도 악몽의 흔적이 보이지 않는다는 것을 깨달을 수 있었다. 몸이 축축한 건 땀이 배어들어 그런 것일 뿐 그녀의 몸 어디에서도 핏자국은 보이지 않았다.

붉은 방은 그저 악몽이 빚어낸 섬뜩한 환영(幻影)이 분명했다. 하지만 이 피투성이 꿈은 엘의 마음 한구석에 웅크린 채 그녀를 놓아주지 않았다. 엘은 사 일 밤을 하루도 빠짐없이 공포에 질려 경련을 일으키며 끈적이는 땀투성이로 잠에서 깨어났다. 심지어 오늘은 잠깐 눈을 붙인 야트막한 낮잠에까지 집요하게 악몽이 따라왔다.

악몽은 엘의 생활을 완벽하게 점령해 버렸다. 신경은 바늘 끝처럼 날카로워졌고, 어떤 일에도 집중할 수 없었으며, 깨어 있는 내내 긴장과 불안에 싸여 자기 방어적인 행동을 보이곤 했다. 그리고 어둠을 꺼리게 되어 밤에 할 수밖에 없는 수색 활동도 잠정 중단하고 있었다. 밤마다 그녀는 밖으로 나갈 준비를 마친 후 방을 이리저리 오가며 한숨을 푹푹 내쉬다 끝내는 침대에 눕곤 했다.

이 모든 것은 엘을 의기소침하게 만들었다. 원래 생활로 돌아가기 위해선 그녀를 집요하게 따라다니는 붉은 방을 떨쳐 버리는 수밖에 없었다. 그러기 위해선 그녀 자신이 악몽 속으로 걸어 들어가야 했다. 즉, 다시 한 번 서관의 같은 곳에 서서 악몽 속의 그녀 행동을 그대로 따라 해보면 되는 거였다.

어떻게 보면 매우 간단한 일이었다. 하지만 엘은 당연히 악몽일 거라고 생각하고 있으면서도 선뜻 행동으로 나서지 못했다. 마음 밑바닥에 찌꺼기처럼 남아 있는 생생한 두려움이 그녀의 육체는 물론 의지까지 옴짝달싹 못하게 옭매고 있었다.

하지만 이대로 허송세월할 수 없다는 건 누구보다 그녀가 잘 알고 있었다. 언제까지 겁쟁이처럼 몸을 움츠리고 숨어 있을 수는 없는 노릇이었다.

엘은 팔을 뒤로 뻗어 바닥을 짚으며 상체를 젖히고 고개를 치켜들었다. 그리고 밝은 햇살에 눈을 지그시 감고 얼굴에 스며드는 따뜻한 햇볕과 부드러운 비람의 감촉을 음미했다.

그녀가 고단한 몸과 마음을 어루만지는 자연의 숨결에 빠져 조금씩 현실과 멀어지려 할 때였다. 서두르는 기색이 역력한 가벼운 발소리가 퍼뜩 정신을 차리게 했다. 엘이 몸을 바로잡고 조금 긴장한 채 소리가 들려오는 곳을 바라보고 있으려니, 상기된 얼굴의 아르벨라가 노란 드레스 자락을 나풀거리며 모습을 보였다.

"아르벨라!"

엘은 놀라움에 눈을 동그랗게 뜨고 서둘러 일어났다.

"아, 알렉스."

아르벨라가 늘어진 나뭇가지를 피해 살짝 몸을 숙이며 그녀에게 다가왔다.

"무슨 일입니까?"

질문을 던지는 엘의 목소리는 날카로웠다.

이런 대낮에 아르벨라가 일부러 엘을 찾았다는 건 필시 심상치 않은 일이 있다는 걸 반증하는 것이었다.

"정원 깊숙이 들어온 곳이니 괜찮겠지만, 그래도 혹시 모르니 짧게 말씀드리겠습니다, 알렉스. 자일스 오라버니가 또 무슨 흉계를 꾸미는 것 같습니다."

"흉계라고요?"

엘은 지긋지긋하다는 얼굴로 되물었다.

그녀가 안고 있는 문제만으로도 엘은 이미 넘치도록 힘들고 괴로웠다. 언제까지 자일스의 동정(動靜)을 살피고 그가 어떤 계략을 세운 건 아닌가 전전긍긍해야 하는 건지, 아르벨라의 얘기를 듣기도 전에 짜증이 치밀어 올랐다.

"예, 하지만 어떤 일인지는 아직 알아내지 못했습니다. 다른 왕자들에겐 그때그때 자일스 오라버니가 명령을 내리시는 것 같습니다. 그러니까 구체적인 계획은 자일스 오라버니만이 알고…….”

“아르벨라, 혹시 정보를 얻으려고 자일스 패거리들에게 접근한 겁니까?”

엘은 미간을 찌푸리며 아르벨라의 말을 끊었다. 그러자 아르벨라가 얼굴을 붉히며 어색하게 엘의 시선을 피했다.

“부정 못하시는군요.”

엘은 잠시 동안 아무 말 없이 아르벨라를 물끄러미 바라보다 입을 열었다.

“아르벨라, 그게 얼마나 위험한 일인지 정말 모르는 겁니까? 그 사실을 자일스가 알게 되면 대체 어쩌려고… 만약 그자가 자일스에게 입을 놀리면 어떡하려고 그런 일을 한 겁니까?”

“하지만 브레인 왕자님은 그럴 분이…….”

고개를 치켜들고 결연히 소리치던 아르벨라가 갑자기 말을 멈추고 손으로 입을 막았다.

엘은 크게 한숨을 쉬고 나서 진지한 어조로 말을 꺼냈다.

“브레인이 착한 성품을 지녔다는 건 저도 어느 정도 알고 있습니다. 저에게 악의를 갖고 있지 않다는 것도 말입니다. 어쩌다 보니 그들 패거리에 들어가게 된 거겠지요. 사실 브레인 자체만 놓고 보면 전혀 위험하지 않을지도 모릅니다.”

엘은 말을 끊고 흘러내린 머리를 대충 쓸어 넘겼다. 그리고 한층 어두워진 얼굴로 아르벨라를 바라봤다.

“하지만 브레인 뒤에는 자일스가 있습니다. 그렇기 때문에 브레인 또한 위험인물일 수밖에 없습니다. 브레인과 자일스는 전혀 다릅니다.

아르벨라도 알다시피 그는 잔인하고 포악한 성격을 가졌을 뿐만 아니라 엄청난 권력 위에 서 있습니다. 하지만 그것보다 자일스를 한층 더 위험한 인물로 만드는 건 그가 남을 괴롭히는 일에 관한 한 상당한 두뇌의 소유자라는 겁니다. 이 사실은 저도 근래에 들어서 깨달은 것이지요."

엘의 입술에 씁쓸한 미소가 그려졌다.

"알렉스가 무엇을 말씀하고 싶으신 건지 알겠습니다. 그만큼 절 걱정하고 계시다는 것 역시."

"앞으론 절대 위험한 행동을 하지 마십시오."

엘이 진지한 얼굴로 강경하게 말하자 아르벨라가 수줍은 미소를 지었다.

"예, 알겠습니다. 명심하겠습니다, 알렉스. 그럼 전 이만 가봐야겠습니다. 예상외로 얘기가 길어졌네요."

엘과 아르벨라는 서로를 향해 살짝 고개를 숙여 보였다. 얼굴을 들며 눈이 마주쳤을 때 두 사람은 동시에 입을 열었다.

"몸조심하세요, 알렉스."

"조심하십시오."

엘과 아르벨라는 서로의 얼굴을 바라보며 따뜻한 미소를 나눴다.

하지만 아르벨라의 뒷모습을 응시하고 있는 엘의 얼굴은 어둡게 가라앉아 있었다. 엘은 아르벨라가 완전히 시야를 벗어날 때까지 눈을 돌리지 않았다. 이상하게도 그녀의 모습이 너무 약하고 위태위태해 보여 시선을 뗄 수가 없었다.

무거운 한숨이 또 한 번 들려오자 리반은 책을 덮으며 고개를 들었다. 책 앞에서는 좀처럼 집중력이 흐트러지지 않는 그였지만 땅이 꺼져라 터져 나오는 요란한 한숨 소리가 십여 차례 연이어 머리를 파고들자 더 이상 모른 척할 수 없었다.

"왜 이러는 거야? 지나가는 것조차 끔찍해하는 도서관까지 찾아와 날 괴롭히는 이유가 뭐냐고?"

한숨 섞인 리반의 물음에 리오는 푸른 눈을 끔벅일 뿐이었다. 리반의 독서를 끈질기게 방해하다 자신의 노력이 성공했을 때 재미있어하며 리반을 놀려대곤 하던 평소의 그와는 전혀 다른 모습이었다.

"대체 무슨 일이야?"

리오의 얼굴을 살피는 리반의 눈엔 걱정스러운 기색이 어려 있었다.

"리반!"

"그래, 리오."

별안간 리오가 정색을 하고 그의 이름을 부르자 리반은 얼른 응수했다. 하지만 그 말을 끝으로 꾹 다물어진 리오의 입술은 좀처럼 열리지 않았다.

리반은 리오의 얼굴을 빤히 바라보며 천천히 열을 세기 시작했다. 평소 리오의 성격으로 보아 다섯, 늦어도 여섯 안에 답답함을 이기지 못하고 말을 꺼낼 게 분명했다. 하지만 리오는 그가 여섯을 지나 아홉을 셀 때까지도 입술을 굳게 닫고 있었다. 놀란 리반이 숫자 세기를 멈췄을 때 드디어 리오가 입을 열었다.

"리반……."

그 말만을 한 채 리오는 다시 조개처럼 입을 다물었다.

"말을 해봐, 내 이름만 부르지 말고!"

답답함을 참지 못하고 리반이 버럭 소리를 높였다. 침착하고 조용한 평소의 그와는 상당히 다른 모습이었다.

자신이 지금 도서관에 있다는 사실을 뒤늦게 떠올린 리반이 황급히 고개를 돌렸을 때, 입구 쪽에 앉아 있던 젊은 사제는 이미 주섬주섬 책을 정리해 밖으로 나가고 있었다. 그 순간 리반의 입술에서 낮은 신음 소리가 새어 나왔다. 예나 도리에 어긋나는 행동을 유난히 꺼려하는 리반으로서는 당연한 반응이었다. 그는 사제의 등을 향해 미안한 마음이 담긴 시선을 던지며 이제 마음 편히 얘길 나눌 수 있게 되었다는 생각으로 애써 자신을 위로했다.

"리반… 나 요새… 좀 이상해……."

리오가 풀 죽은 목소리로 나지막이 말했다.

"뭐가 어떻게 이상한데? 좀 구체적으로 말해 봐, 리오. 그래, 맞아! 지난번에 다친 상처가 완전히 낫지 않은 거지? 그런 거지? 대체 어디가 어떻게 안 좋은 거야? 행동하는 게 불편해? 아니면 어디 아픈 데라도 있어? 워낙 심한 부상이라 후유증도 만만치 않을 텐데……. 그러니까 내가 좀 더 누워 있어야 한다고 누누이 말한 거잖아. 넌 도대체 내 말을 콧등으로도……."

열심히 소리치던 리반은 팔짱을 끼고 한심스럽다는 표정을 짓고 있는 리오를 본 순간 말끝을 흐렸다.

"눈치라곤 조금도 없는 바보 같으니! 겉으로는 혼자 똑똑한 척 다 하더니만, 이렇게 하나만 알고 둘은 모른다니까! 내가 몸 조금 불편한 거 갖고 이러고 있겠냐, 이 답답아? 대답해 봐! 내가 기껏 상처 좀 입은 것 갖고 이러겠냐고?"

찔끔한 리반은 매서운 리오의 시선을 슬쩍 피하며 어색하게 입을 열었다.

"그거야… 뭐… 난 그저… 네가 평소와 다른 것 같아서… 그냥… 네가 지난번에 죽을 뻔했던 일이 저절로 떠올라서… 별 생각 없이……. 그럼 대체 왜 그러는 건데?"

수세에 몰렸던 리반이 다시 공세로 나오자 이번엔 리오가 재빨리 시선을 돌렸다.

"나 요새… 정말 이상해."

"그 말은 좀 전에도 했잖아. 그리고 이상한 건 사실이고."

"그, 그래? 그렇게 이상해? 어디가 이상한데?"

리오가 상체를 들이밀며 다급히 물었다.

"여러 가지로."

리반이 짧게 응수하고 입을 다물자 불만에 찬 리오가 입술을 실룩였다.

"리반, 그런 식 말고 좀 자세히 말해 봐!"

대답을 기다리며 리반을 바라보는 그의 눈엔 긴장이 감돌고 있었다. 하지만 리반이 좀처럼 입을 열지 않자 긴장은 짜증으로 변했다.

"너한테 진지한 대답을 기대한 내가 멍청이지!"

투덜대던 리오가 일어나기 위해 의자를 뒤로 밀었을 때였다. 그를 물끄러미 바라보고 있던 리반이 불쑥 말을 꺼냈다.

"알렉스 때문이지?"

몸을 흠칫한 리오가 리반에게 고개를 홱 돌리는가 싶더니 리반과 눈이 마주친 순간 재빨리 시선을 피했다. 그러자 리반의 얼굴이 딱딱하게 굳어졌다.

"이, 이럴 수가! 정말이구나! 정말이었어……."

부자연스럽게 높아졌던 어조가 급속하게 낮은 중얼거림으로 변했다.

숨 막힐 듯한 침묵이 공기를 묵직하게 내리눌렀다.

리오는 고개를 숙이고 입술을 잘근잘근 깨물며 탁자에 나 있는 작은 홈을 손가락으로 파고 있었고, 리반은 창백한 얼굴로 그런 리오를 물끄러미 바라보고 있었다.

리반이 입을 연 건 리오가 그를 흘끗 올려다봤을 때였다.

"어느 정도야?"

"모, 모르겠어. 내 감정이 정확히 무엇인지… 혹시 완전히 미친 건 아닌지조차 알지 못하는 내가 그런 걸 어떻게 말할 수 있겠어. 사실 너한테 말할 결심을 하는 것도 얼마나 힘들었는지 몰라. 만약 네가 아닌 다른 사람이 알게 되면… 내가 죽든지, 그 사람을 내 손으로 죽이든지 둘 중에 하난 반드시 일어나게 될 거야."

두 사람 모두 말을 돌리지 않았다. 그러기에 그들은 서로를 너무나 잘 알고 있었다.

"다른 친구들과 비교해 알렉스를 조금 더 가깝게 느끼는 거 아냐? 그걸 네가 너무 확대해서 민감하게 받아들이는 거 아니냐고?"

"아니야, 그런 게 아니야. 알렉스를 제외한 다른 녀석들을 대할 땐 한 번도 가슴이 두근거린 적이 없어. 만져… 보고 싶은 적도……."

얼굴이 시뻘겋게 상기된 리오가 쥐어짜 내듯 힘겹게 말했다. 그러자 리반이 이를 갈며 큰 소리로 외쳤다.

"알렉스는 남자야! 남자라고!"

"젠장! 나도 알아! 내가 그걸 모를 것 같아?"

리오도 악을 쓰며 버럭 소리를 질렀다. 그리고 의자에서 거칠게 일어나 빠른 걸음으로 도서관을 이리저리 오가기 시작했다.

"내가 왜, 어쩌다 이렇게 됐는지! 도대체 어떻게 해야 하는지 모르겠어!"

"모르긴 뭘 몰라? 빨리 마음부터 정리해야지!"

"어떻게?"

가만히 앉아 있는 것이 불가능해진 리반 역시 몸을 일으켜 창가로 뚜벅뚜벅 걸어갔다. 그리고 창턱을 두 손으로 힘껏 움켜쥐었다.

"어떻게 이런 일이! 네가 알렉스를 대하는 걸 볼 때마다 종종 이상하다는… 지나치다는 생각이 들었지만, 그런 끔찍한 감정을 갖고 있으리라고는 상상도 못했어! 이건 정말 말도 안 돼! 리오, 넌 제정신이 아니야! 네 말대로 완전히 미친 게 틀림없어! 그렇지 않다면 감히 그런 더럽고 구역질나는……!"

흥분해 악을 쓰는 리반의 얼굴로 주먹이 날아들었다. 얼굴이 확 젖혀지며 그의 몸이 거칠게 벽에 부딪쳤다.

주먹을 불끈 쥔 리오가 쓰러져 있는 리반 앞에 두 다리를 벌리고 서서 그를 죽일 듯 노려봤다. 그리고 씹어뱉듯이 험악하게 소리쳤다.

"더럽다고? 구역질난다고? 다시 한 번 말해 봐! 다시 한 번 주둥일 놀려보라고! 내 손으로 네 숨통을 끊어놓을 테니까!"

리반은 찢겨진 입술에서 흘러나오는 피를 손등으로 닦으며 천천히 몸을 일으켰다. 그리고 리오를 똑바로 마주 보고 섰다. 겉으로 보기엔 분간이 안 될 정도로 닮은 그들이었지만, 분노로 이글거리고 있는 리오의 눈과 달리 흔들림이 보이지 않는 리반의 푸른 눈은 냉정하게 반짝일 뿐이었다.

"왜 이렇게 과민 반응을 보이는 거야, 리오? 내가 한번 그 이유를 말해 볼까? 네 마음속 깊은 곳에선 내가 한 말을 수긍하고 있는 거야. 안 그래?"

리반의 말이 끝나는 순간 험악하게 이를 드러낸 리오가 다시 한 번 그에게 주먹을 휘둘렀다. 하지만 미리 예상하고 있던 리반의 대응은 리오보다 한 박자 빨랐다. 리반은 옆으로 몸을 비틀어 얼굴로 날아드는 주먹을 피하며 동시에 리오의 복부에 주먹을 꽂아 넣었다. 숨을 격하게 들이쉰 리오가 본능적으로 뒤로 한 발 물러서며 허리를 굽히고 복부로 손을 가져갔다.

"어릴 때처럼 너한테 일방적으로 당할 내가 아니야! 나한테 덤빌 시간에 완전히 돌아버린 네 머리에 찬물이나 쏟아 붓는 게 어때?"

비웃음이 가득한 리반의 말이 끝났을 때 리오가 천천히 고개를 들었다.

"잘난 체하지 마, 이 비실비실한 책벌레야! 네놈한테 지는 날이 바로 내가 죽는 날이 될 테니까! 다시 말해 너 같은 건 내 손가락 하나로도 뭉갤 수 있다는 말이다!"

리오는 벌겋게 달아오른 얼굴로 이를 부드득 갈며 말했다. 그러자 냉정함을 유지하던 리반의 얼굴도 불을 붙인 듯 순식간에 시뻘겋게 달아올랐다.

"정말 해보겠다는 거냐?"

"그래, 정말 해보겠다는 거다!"

마주 노려보는 두 사람의 푸른 눈에서 섬광이 번뜩이는 순간 그들은 누가 먼저랄 것 없이 서로에게 몸을 날렸다.

"오늘 저녁은 유달리 맛있는 것 같아. 그, 그렇지?"

엘은 어색하게 웃으며 리오와 리반을 번갈아 쳐다봤다. 하지만 두 사람 모두 그녀의 말에 아무런 대꾸도 하지 않았다. 빨간 머리 쌍둥이 형제들은 그저 뚱하게 앉아 음식을 이리저리 뒤적이고 있을 뿐이었다.

리오와 리반이 상당한 차이를 두고 들어와 식탁의 양 끝에 한 명씩 자리 잡은 후 지금까지 내내 같은 상황이 되풀이되었다.

심각한 다툼이 있었다는 사실을 노골적으로 드러내는 그들 사이에 끼게 된 엘은 정말 죽을 맛이었다. 당장이라도 자리에서 일어나고 싶었지만 간간이 눈을 마주치며 살기를 내뿜는 두 사람에 대한 걱정이 그녀의 발목을 붙잡고 있었다. 만약 엘이 식당을 나와 두 사람만 남겨진다면 다시 한 번 혈전이 벌어지게 될 가능성이 농후해 보였다.

엘은 시에라가 방으로 음식을 가져다 주는 아침을 제외하고는 대부분의 식사를 리오와 리반, 두 사람과 함께 했다.

한 건물 전체가 식당으로 이루어진 아시리움 성전에선 식사를 하고 싶을 때 마음 내키는 대로 아무 곳에나 들어가면 되었다. 그러면 그곳에서 입맛을 자극하는 온갖 산해진미를 맛볼 수 있었다. 그러나 지금 같은 분위기에선 제아무리 최고의 옴 식이 눈앞에 있다 해도 제대로 손이 가지 않을 뿐더러 입에 넣는다 해도 별 맛이 느껴지지도 않았다.

엘은 한숨을 내쉬며 리오와 리반을 번갈아 쳐다봤다. 그들이 식당에 오기 전 한바탕 전투를 치렀다는 건 어렵지 않게 짐작할 수 있었다. 엘이 눈을 뜨고 있는 이상 그들의 모습을 못 보고 지나칠 수는 없는 노릇이니까 말이다.

식탁에 앉아 두 사람을 기다리고 있던 엘에게 처음 얼굴을 보인 건 리오였다. 여기저기 멍과 핏자국이 선명한, 퉁퉁 부어오른 얼굴을 보며 엘은 입을 딱 벌렸다. 리오는 그녀의 경악한 얼굴을 못 본 척하며 식당 안으로 들어섰다. 아무렇지 않다는 듯 성큼성큼 걸음을 옮겼지만 엘은 리오가 한쪽 다리를 조금 절고 있다는 걸 눈치 챌 수 있었다.

평소와 다르게 리오가 식탁의 맨 위쪽에 자리 잡았을 때, 이번엔 리오와 거의 흡사한 모습의 리반이 나타났다. 사실 옷차림을 보고 알았지, 두 사람이 같은 옷을 입고 있었다면 엘은 누가 리오고 누가 리반인지도 알 수 없었을 것이다.

리반이 몸을 똑바로 세우지 못하고 엉거주춤 걸어 식탁의 맨 아래쪽에 앉은 후에야 엘은 입을 열 수 있었다. 그녀는 '두 사람, 서로 싸운 거지?', '대체 싸운 이유가 뭐야?' 라는 식의 질문은 하지 않았다. 그런 물음은 대답을 듣지도 못할 뿐더러, 잘못하면 가뜩이나 싸늘한 분위기를 한층 더 냉랭하게 만들 수 있었다. 때문에 엘은 날씨나 음식 같은 뻔한 화제를 꺼낼 수밖에 없었다. 물론 그것조차 두 사람 모두에게 무시당했지만 말이다.

"저녁 식사 후엔 뭘 할 생각이야? 무슨 계획이라도 있어?"

머리에 떠오른 대로 말한 엘의 물음에 웬일인지 리오가 고개를 들었다. 하지만 입을 여는 리오의 시선은 엘이 아닌 리반에게 꽂혀 있었다.

"함부로 입을 놀리는 책벌레 녀석의 희멀건 얼굴을 자근자근 뭉개줄 생각이야! 다시는 얼굴을 들고 다니지 못할 정도로!"

리오의 험악한 말이 끝나자마자 그 즉시 리반이 이죽거리는 어조로 응수해 왔다.

"난 완전히 머리가 돌아버린 시커먼 녀석의 엉덩이를 마구 걷어차줄 계획이야. 새털만 닿아도 고래고래 비명을 지를 때까지."

두 형제의 푸른 눈이 맞부딪치며 맹렬히 타오르자 당황한 엘이 얼른 입을 열었다.

"그, 그렇구나! 두 사람 다 바쁠 것 같으니까 난 혼자 검술 연습이나 해야겠다!"

말을 마친 엘은 고개를 이리저리 움직여 두 사람을 번갈아 보며 어색한 웃음을 지었다. 그러면서 슬쩍 팔을 올려 뻐근한 목덜미를 주물렀다.

"알렉스, 왜 그래? 목이 아픈 거야?"

리반이 조금 과장된 어조로 말하며 엘을 향해 걱정스러운 눈길을 보냈다.

"아니야, 괜찮아."

엘이 입을 다물기도 전에 리반이 의자 끌리는 소리를 시끄럽게 내며 일어나 그녀에게 다가왔다.

"목이 결리나 본데 어디 좀 봐봐."

갑자기 엘의 목덜미에 리반의 손이 느껴졌다. 반사적으로 목을 움츠린 그녀를 무시하고 리반이 그녀의 목덜미를 문지르기 시작했다.

"괜찮대도. 이럴 필요 없어, 리반."

"이런 건 그때그때 풀어줘야 돼. 그렇지 않으면 나중에 고생한다고. 그렇지, 리오? 너도 그렇게 생각하지?"

질문을 던지는 리반의 어조에서 묘하게도 약 올리는 것 같은 느낌을 받자 엘은 어리둥절해졌다. 그런데 더 이해할 수 없는 건 엘과 리반을 바라보고 있는 리오의 태도였다.

그는 붉게 달아오른 얼굴로 엘의 목에 닿아 있는 리반의 손을 뚫어져라 응시하다 시선을 올려 리반을 죽일 듯 노려보기 시작했다. 턱 근육이 단단히 조여진 거로 봐서 이를 악물고 있음을 어렵지 않게 짐작할 수 있었다.

"이제 됐어, 리반!"

엘은 단호하게 말하며 몸을 움직여 리반의 손에서 벗어났다. 평소와 다른 리반의 행동과 이해할 수 없는 리오의 반응이 의아하기도 했지만, 목덜미를 만지는 리반의 손길이 편하게 느껴지지 않았다는 게 가장 큰 이유였다.

"괜찮아졌다면 다행이고. 앞으로도 몸이 불편하거나 어려운 일이 있으면 언제든지 말해, 알렉스. 리오와 난 널 정말 좋아하는 네 친구니까."

부자연스러울 정도로 매끄럽게 말하며 리반이 엘의 양 어깨에 두 손을 얹었다.

"이. 제. 그. 만. 해."

리오가 한마디 한마디 이 사이로 뱉어내듯 뚝뚝 끊어 말했다. 불꽃이 튀는 푸른 눈에서 성난 기운이 쭉쭉 뻗어 나오는 것 같았다.

"뭘 그만 하라는 거야, 리오? 응? 좀 정확히 차근차근 말해 봐. 무슨 말을 하는지 알아야 그만둘지 계속할지 결정을 내리지, 안 그래?"

"너희 둘 다 정말 이상해. 대체 왜들 이러는 거야?"

답답한 마음에 엘은 목소리를 높였다. 그러자 리반이 퉁퉁 부은 얼굴을 힘겹게 움직여 그녀에게 좀 흉측해 보이는 미소를 지어 보였다.

"미안해, 알렉스. 리오는 신경 쓰지 마. 아무래도 리오가 날 질투하는 것 같으니까."

"이 자식이!"

리오가 험악하게 소리치며 벌떡 일어섰다. 그 순간 엘도 리반의 팔을 밀치며 단호하게 몸을 세웠다. 두 사람을 노려보는 그녀의 보라색 눈엔 진한 짜증이 담겨 있었다.

"전 이만 물러갈 테니 두 정신 나간 형제 분들은 남아서 따뜻한 우애를 더욱 돈독히 다지시길 바랍니다."

엘은 잔뜩 비꼬는 어조로 말하고 성큼성큼 걸어 문을 나섰다. 문소리에 섞여 무언가 부서지는 듯한 요란한 소리가 들려왔다. 순간적으로 몸을 움찔한 엘은 고개를 절레절레 흔들며 다리를 움직였다. 복도를 걷는 내내 귀에 거슬리는 소음이 그녀의 귀를 파고들었다. 두 사람 모두 미처 버린 게 틀림없다는 생각을 하며 엘은 무거운 한숨을 내쉬었다.

그녀는 식당 건물을 나와 잠시 망설이다 자신의 방으로 방향을 잡았다.

빨간 머리 쌍둥이 형제의 골치 아픈 신경전 사이에 끼어 제대로 식사도 못한 엘은 방문 앞에 도착할 때까지 투덜거림을 멈추지 않았다.

엘이 주린 배를 손으로 꾹 누르며 방에 한 발 들어섰을 때였다. 발끝에 가벼운 것이 부딪치는 감각이 느껴졌다. 반사적으로 고개를 숙이자 원색의 카펫에 떨어져 있는 하얀 종이가 강렬하게 눈을 파고들었다.

엘은 재빨리 복도 양쪽을 둘러봤다. 어둑어둑하게 엷은 어둠이 깔린 복도엔 짙은 정적만이 감돌고 있었다. 엘은 서둘러 안으로 들어와 문을 닫은 후 꼼꼼하게 접혀 있는 종이를 펴 들었다. 어둠 속에서 눈에 익은 글씨체가 희미하게 떠올랐다.

알렉스, 저 아르벨라입니다.
자일스 오라버니가 꾸미는 일이 무엇인지 알았습니다.
너무 끔찍한 얘기에 아직도 몸의 떨림이 멈추질 않네요.

알렉스가 제 글을 알아볼 수 있을지조차 걱정이 됩니다.

오늘 밤 자정 무렵에 제1검술 수련장으로 나와주세요.

입구에서 오른쪽으로 다섯 번째 나무 뒤에 있겠습니다.

무슨 일이 있어도 제 방으로 오시면 안 됩니다.

아무래도 자일스 오라버니가 절 의심하는 것 같습니다.

알렉스, 전 너무 두렵습니다.

그 두려움이 제 발목을 잡을 것 같다는 생각이 절 괴롭힙니다.

하지만 제가 알게 된 걸 무슨 일이 있어도 알렉스에게 알려야 한다는 결심 또한 확고합니다.

꼭 제가 말한 곳으로 나오셔야 합니다.

알렉스의 생명을 비롯한 모든 것이 달려 있습니다.

엘은 글을 다 읽은 다음 종이를 힘껏 말아 쥐었다.

자일스가 꾸미고 있다는 일에 대한 걱정도 마음을 불편하게 했지만, 그건 이차적인 문제였다. 그것보다는 두려움에 떨고 있을 아르벨라에 대한 근심이 더 컸다.

아르벨라의 글에서 느껴지는 왠지 모를 섬뜩함 때문일까?

아니면 엘의 직감이 그녀에게 위험이 다가오고 있음을 경고해 주고 있는 것일지도 모른다.

그래, 그래서 종이를 쥐고 있는 손이 이렇게 쉴 새 없이 떨리고 있는 것이리라.

엘은 창가로 다가가 반쯤 열려 덜걱거리고 있는 창문을 완전히 열어 젖혔다. 그리고 종이를 갈기갈기 찢어 바람에 날렸다. 자그마한 종잇 조각들이 어둠이 내리고 있는 회적색 하늘 위로 날아올랐다.

엘은 굳은 얼굴로 한동안 하늘을 올려다보았다.

이제 그녀에겐 기다리는 일만 남아 있었다.

그 기다림의 시간은 그녀를 괴롭히고 애태우며 느릿느릿한 걸음을 옮길 것이 분명했다.

이해할 수 없는 불길함이 넘실거리는 밤이었다. 나무 사이를 스치는 바람이 스산한 신음 소리를 냈고 기분 나쁜 그림자를 드리운 달이 숨죽여 걷고 있는 엘을 내려다보고 있었다.

엘은 구름에 몸을 반쯤 가리고 있는 핏빛 달에서 서둘러 시선을 떼었다. 섬뜩함이 느껴지는 붉은 달은 그녀에게 겁을 줘 몸을 싸늘하게 만들 뿐 그 무엇에도 도움이 되지 못했다.

엘은 고개를 들고 오로지 앞만 응시한 채 빠르게 다리를 움직였다.

벽처럼 거대하게 앞을 막고 있는 나무를 빙 돌아 나가자 어둠에 감싸인 검술 수련장 입구가 나타났다.

짙은 숲 그림자가 드리워진 수련장 내로 들어서며 엘은 걸음을 늦췄다.

아시리움 성전에 있는 다섯 개의 검술 수련장 중 이곳은 유일하게 사방이 숲으로 둘러싸인 곳이었다. 또 다른 건물들과도 상당히 멀리 떨어진 곳에 위치해 있었기 때문에 자연히 사람들의 발길이 드물게 돼 요샌 거의 사용하지 않는 수련장이었다. 때문에 무릎까지 올라오는 풀을 앞에 두고도 엘은 조금도 놀라지 않았다.

엘은 입구에 서서 신중하게 주위를 둘러본 다음 풀을 헤치며 아르벨라가 알려준 다섯 번째 나무 쪽으로 다가갔다.

"아르벨라."

엘은 숨죽인 어조로 아르벨라를 부르며 나무 주위를 살폈다. 하지만 그녀의 모습은 어디에서도 보이지 않았다.

지금 이곳으로 오고 있을 거라는 생각을 하며 엘이 나무에 등을 기댔을 때였다. 갑자기 그녀의 머리 위로 검은 그림자가 육중하게 내리덮쳤다. 미처 피하지 못한 엘은 검은 그림자에 깔려 바닥에 거칠게 넘어졌다. 그녀의 입술에서 짧은 비명이 터져 나왔다. 충격이 가해진 가슴에서 일순 공기가 빠져나가더니 곧 엄청난 고통과 함께 죄어들었다.

몸을 덮쳤던 그림자가 어느 순간 떨어져 나갔지만 엘은 일어나지 못했다. 그저 얼굴을 스치는 거친 풀잎을 느끼며 공기를 마시기 위해 숨을 헐떡이고 있을 뿐이었다.

갑자기 거친 손길이 그녀의 양팔을 잡아 질질 일으켜 세웠다. 그제야 엘의 일그러진 입술에서 고통스런 기침이 터져 나오며 가슴을 옥죄던 숨통이 트였다.

그녀는 억센 손아귀에서 벗어나기 위해 신속하게 몸을 비틀며 다리를 들어 오른쪽 사람의 발등을 힘껏 내리찍었다. 날카로운 비명 소리와 함께 오른쪽 어깨를 움겨잡고 있던 압력이 떨어져 나갔다.

"빨리 잡아!"

"놓치면 안 돼!"

엘이 왼쪽 팔을 잡고 있는 사람에게 주먹을 휘두르려는 순간 거친 고함 소리와 함께 세 사람이 그녀를 향해 한꺼번에 달려들었다. 그리고 엘이 정신을 차릴 새도 없이 그녀의 몸을 붙잡아 뒤에 있던 나무에 거칠게 밀어붙였다.

"비켜! 이게 무슨 짓이야?"

엘은 딱딱한 나무줄기에 부딪치는 순간 버럭 소리를 질렀다. 하지만 그녀가 채 입을 닫기도 전에 굵은 밧줄이 몸에 둘러지며 살을 파고들었다.

"자일스! 네 짓이지? 이리 나와, 자일스!"

엘은 악을 쓰며 목이 터져라 고함을 질렀다. 그러자 그녀가 묶여 있는 나무 뒤쪽에서 자일스가 불쑥 모습을 보였다.

"이거 놀랐는데? 네가 이 정도로 애타게 날 부르는 날이 올 줄이야!"

어슬렁대며 엘의 정면으로 다가온 자일스가 그녀를 향해 이죽거렸다.

"나쁜 자식!"

뿌드득 이 가는 소리가 엘의 입술을 뚫고 나왔다.

"이 건방진!"

자일스의 팔이 번쩍 들어 올려지더니 엘의 오른쪽 뺨으로 그의 손등이 내리꽂혔다. 충격의 반동으로 얼굴이 휙 돌려지며 윙 하는 소리가 귀를 울렸다. 엘은 비명이 터져 나오려는 순간 입술을 질끈 깨물었다. 이미 터져 있던 입술에서 느껴지는 날카로운 통증이 그녀의 멍한 머리를 파고들었다.

"다시 한 번 함부로 주둥일 놀리면 그 즉시 네 건방진 혀를 뽑아주겠다!"

엘은 으르렁대는 자일스의 목소리를 들으며 고개를 바로잡았다. 그리고 입 안에 고인 비릿한 핏물을 꿀꺽 삼켰다.

"꼴 좋다!"

램프를 든 알비노가 자일스 옆에 나란히 서서 히죽거렸다. 엘은 알비노를 무시하고 자일스를 향해 내뱉듯 소리쳤다.

"아르벨라를 어떻게 한 거냐? 그녀한테 무슨 짓을 한 거냐고?"

"아르벨라에게 무슨 짓을 했느냐고? 하하하! 우습군! 정말 우스워! 내가 귀여운 여동생을 괴롭히기라도 했을 것 같으냐?"

가슴까지 들썩이며 큰 소리로 웃어 젖히던 자일스가 일순 웃음을 멈추고 비웃음이 가득한 얼굴로 엘을 똑바로 바라봤다.

"네 환상을 깨뜨려 정말 미안하지만 아르벨라는 네가 생각하는 것처럼 착하고 마음 약한 아이가 아니다. 널 이곳으로 불러내 함정에 빠뜨리자는 계획이 누구의 머리에서 나온 줄 아느냐?"

"그 따위 말을 내가 믿을 것 같은가 보지?"

엘은 자일스의 말을 일축하며 슬쩍 조소를 드러냈다.

"못 믿겠다면 좀 더 자세히 말해 주마. 시간도 많고 또 어지간히 재미있을 것 같으니까."

말을 끊은 자일스의 얼굴에 악의를 담은, 잔인해 보이는 미소가 그려졌다.

"솔직히 말해 주겠다. 앞으로 일어나게 될… 그러니까 네가 겪게 될 모든 일들은 내가 직접 계획한 거다. 하지만 오늘 밤 이미 일어난 다른 일들은 아르벨라가 내게 말해 준 것이다. 오늘 아침 날 찾아온 아르벨라가 당돌하게 말하더군. 이미 내 계획을 알고 있으니 자신도 돕게 해

달라고 말이다. 구체적으로 말하면 널 적당한 장소로 끌어내는 일을 자신에게 맡겨달라고 청을 했다. 널 이리로 나오게 만든 서한(書翰)도 아르벨라가 자신의 방에서 미리 써와 나한테 내밀었단 말이다."

"웃기지 마! 아르벨라는 절대 그럴 사람이 아니야! 난 네 말 한마디도 안 믿어!"

엘이 단호하게 소리치자 자일스 얼굴이 슬쩍 찌푸려졌다.

"아르벨라가 말한 다른 얘기도 해줄까? 난 너와 아르벨라가 언제 어디서 만났는지도, 또 무슨 얘기를 했는지도 알고 있다. 하지만 네 얼굴을 보아하니 아직도 내 말을 믿지 못하는 것 같군. 그럼 구체적으로 예를 들어주지. 넌 성 아우렐리아 축일이 시작되기 며칠 전에 기도실에 있는 아르벨라에게 접근했다. 거기서 아르벨라는 울상을 짓고 자신의 어머니에 대한 얘길 꺼내 네 동정심을 불러일으켰지. 넌 그 자리에서 창문을 통해 아르벨라에게 음식을 가져다 주겠다는 말도 했다. 그 말대로 하렐이 시작되는 전날까지, 거지에게 적선하듯 그 애에게 먹을 걸 던져 줬지. 어떠냐? 내 말이 틀리느냐?"

아니야… 그럴 리가 없어! 거짓말이야! 거짓말이 틀림없어! 모든 건 자일스가 꾸민 거야! 아르벨라가… 아르벨라가 그런 짓을 할 리 없어!

엘은 수줍게 미소 짓던 아르벨라의 얼굴을 떠올리며 마음속으로 미친 듯이 중얼거렸다.

자일스 말을 믿는 건, 그의 말에 잠시나마 의심이 생기고 마음이 흔들리는 건 아르벨라를 배신하는 거라는 생각이 들었다. 엘은 어금니를 악물고 결연히 고개를 쳐들었다. 그리고 자신이 받은 충격을 내색하지 않기 위해 그녀에게 남은 자제력을 총동원했다. 하지만 선명한 미소가 그려진 자일스 얼굴을 보는 순간 자신의 노력이 별 소용 없다는 걸 알 수 있었다.

"이왕 말이 나온 김에 하나 더 말해 주지."

자일스가 이미 걷잡을 수 없이 혼란에 빠져 있는 엘의 올가미를 바짝 조여왔다.

"오늘 낮에 정원에서 넌 아르벨라에게 날 조심해야 한다는 말을 했다. 내 성격에 관한 말… 그러니까 포악하다느니 잔인하다느니 하는 말은 좀 불쾌했지만 머리가 좋다는 말엔 은근히 기분이 좋아지더군."

차디찬 손이 얼어붙은 심장을 움켜쥐는 듯한 충격이 그녀의 몸을 타고 올라와 악문 입술을 뚫고 터져 나왔다. 엘이 짧고 괴로운 신음 소리를 내며 거친 숨을 몰아쉬자 자일스가 히죽 만족스러운 웃음을 지었다.

"이제야 내 말을 믿는 것 같군. 하긴, 아르벨라가 자발적으로 말하지 않았다면 아무리 나라도 그런 소소한 것까지 알고 있을 리는 없으니까."

엘은 지일스의 말이 진실임을 인정할 수밖에 없었다. 그럴 리 없다고 목이 터져라 악을 써댄다 해도 깊게 상처 입어 쓰라린 피가 흐르는 그녀의 마음까지 속이는 건 불가능했다.

엘은 이를 악물고 깊이 숨을 들이마셨다. 그리고 단호하게 말했다.

"하고 싶은 말 다 끝났으면 어서 날 풀어줘!"

자일스의 눈에 작은 반짝임이 지나갔다.

"역시 넌 용기가 있어. 그것만은 인정해 주겠다. 하지만 호기를 부릴 상대로 날 선택한 건 네 실수다. 무릎 꿇고 머리를 조아려야 할 나에게 네까짓 게 감히 맞서려고 한 것 자체가 큰 잘못이란 말이다. 때문에 이런 자리가 마련된 거지, 깨닫지 못한 네 주제를 내가, 장차 위대한 리아잔 제국을 이끌 내 손으로 깨우쳐 주기 위해서."

"장차 위대한 리아잔 제국을 이끌고 나갈 분께서 이런 치졸한 짓을 하다니, 지나가던 개가 다 웃겠군."

엘이 잔뜩 비웃는 어조로 말하자 자일스 옆에 서 있던 알비노가 사납게 앞으로 나섰다.

"이게! 건방지게 어디서 감히!"

으르렁대던 알비노가 번쩍 주먹을 치켜들었다. 그러나 엘에게 휘두르지는 못했다. 자일스가 그의 팔을 잡아챘던 것이다.

"물러서!"

자일스가 짧게 명령을 내리자 찔끔한 알비노가 주춤주춤 뒷걸음질 쳤다. 그러면서도 그는 엘을 노려보던 시선을 떼지 않았다.

"자일스 전하, 제 손으로 저놈을 뭉개 버리겠습니다."

"내 생각은 너와 좀 다르다, 알비노."

자일스가 거만하게 말하자 뒤에 서 있던 요하임이 좀 초조한 기색을 드러내며 입을 열었다.

"어찌하실 생각이십니까? 벌써 많은 시간이 흘렀습니다."

"걱정하지 마라. 시간은 아직 많이 남아 있으니까. 우린 오늘 밤 색다른 즐거움을 맛보게 될 것이다, 아주 재미있고 흥미진진한."

엘은 자일스와 시선이 마주치는 순간 숨을 죽였다. 그의 눈엔 광포하게 빛나는 터질 듯한 흥분이 넘실대고 있었다.

서늘한 불안과 함께 두려움이 안으로 안으로 밀려들어 앙금처럼 쌓이기 시작했다. '제발 이러지 말라는' 애원이 당장이라도 터져 나올 것 같았다. 하지만 엘은 그녀가 느끼는 감정을 내색하지 않기 위해 안간힘을 썼다. 눈물 섞인 부탁이나 애원이 자신을 구해주지 못하리란 건 누구보다 엘 자신이 잘 알고 있었다. 모든 걸 스스로 견뎌내야 한다는 걸, 그녀 자신 외에는 그 어떤 것도 그녀를 도울 수 없다는 것을 스스로에게 되뇔 수밖에 없었다.

"이게 뭔지 알겠느냐?"

자일스가 겉옷 안 주머니에서 작은 병을 꺼내 엘 앞에 들어 올렸다.

"그게 뭡니까, 자일스 전하?"

엘이 입을 열기 전에 알비노가 재빨리 끼어들었다. 하지만 그는 못마땅하게 노려보는 자일스의 시선에 금세 몸을 움츠렸다.

"이건 암베르 즙이다, 죽어가는 사람도 살릴 수 있다는 최고의 명약으로 알려져 있는. 너무 고가품이라 웬만한 사람은 구경도 못하는 약이지."

엘은 잔뜩 긴장한 채 부드럽게 흔들리고 있는 액체를 바라봤다. 암베르 즙에 대해 많이는 모르지만 자일스가 말한 것 정도는 이미 할머니에게 들어 알고 있었다. 하지만 자일스가 그녀 앞에 암베르 즙을 내놓은 이유는 상상조차 되지 않았다.

자일스의 행동은 다른 패거리들에게도 의외였는지 호기심이 가득한 그들의 시선이 일제히 자일스 손에 들린 작은 병에 쏠려 있었다.

"꽤 놀란 것 같군. 하지만 놀라는 건 아직 이르다."

자일스의 얼굴엔 당장이라도 터질 것 같은 음험한 미소가 가득했다. 그는 미소를 지우지 않은 얼굴로 허리춤에서 금속성이 번뜩이는 물건을 꺼내 들었다. 자일스의 손에 들려 있는 건 길고 유난히 폭이 좁고, 무엇이든 한 번에 꿰뚫을 것 같은, 치명적인 위험이 묻어 나오는 단도였다.

엘은 이제 곧 싸늘한 칼날이 그녀의 몸 깊숙이 파고들어 올 거란 생각에 이를 악물었다. 그런 엘을 비웃음 가득한 눈으로 바라보던 자일스가 왼손에 들고 있던 검은색 병을 요하임에게 내밀었다.

"열어라!"

엘은 요하임이 병을 열어 자일스에게 내밀고 그가 그것을 받아 들 때까지 잠시도 눈을 떼지 않았다.

병을 건네받은 자일스는 엉뚱하게도 암베르 즙을 단도 양쪽에 쏟아부었다. 그리고 엘의 시선을 잡은 채 천천히 입을 열었다.

"사람들에게 거의 알려져 있지 않은, 암베르 즙의 다른 특징이 무엇인지 아느냐? 그건 암베르가 대단히 훌륭한 독이 될 수도 있다는 것이다."

"예? 그게 정말입니까, 자일스 전하? 하지만 어떻게 독이 된단 말입니까? 암베르는 약인데 말입니다!"

요하임이 소리 높여 물었다. 그러자 의기양양해진 자일스가 만족감이 가득한, 거만한 어조로 대답했다.

"다들 알다시피 암베르 즙은 먹으면 훌륭한 약이 된다. 하지만 그와 반대로 직접 살 속에 집어넣으면 독이 된다. 그것도 아주 치명적인 독이 되지. 즉사하지는 않지만 야금야금 몸을 좀먹어 들어가 고통스럽게 숨통을 잘라 버린다. 바로 이 두 번째 특징 때문에 내가 이 자리에 암베르를 가져온 것이다."

자일스가 엘 앞으로 바짝 다가서며 그녀의 얼굴 가까이 단도를 들이댔다.

칼날을 적신 액체가 투명하게 반짝였다. 엘의 눈에 그건 그저 단순한 물인 것처럼 보였다. 치명적인 독이 묻어 있다고는 믿어지지 않았다.

"말해 봐라! 어디에 암베르를 넣어줄까?"

단도가 엘의 목으로 서서히 다가들었다. 그리고 날카로운 칼끝이 격하게 뛰는 맥박을 지그시 눌렀다. 엘은 침을 꿀꺽 삼켰다. 목을 타고 흐르는 가느다란 핏줄기가 살갗을 태울 듯 뜨겁게 느껴졌다.

"입이 얼어붙었나? 어디가 좋은지 묻고 있지 않느냐? 심장? 목? 아니면 입 안 가득 단도를 쑤셔 넣어줄까?"

자일스의 말이 이어지는 동안 단도가 천천히 그녀의 얼굴을 타고 올라왔다.

"네 건방진 눈은 어떨까?"

칼끝이 엘의 눈을 향해 다가왔다. 반사적으로 눈을 깜박이자 속눈썹을 스치는 칼끝의 감촉이 고스란히 느껴졌다. 소름과 함께 싸늘한 공포가 밀려들어 그녀를 더 이상 견딜 수 없는 벼랑 끝까지 몰아붙였다.

엘의 눈가에 파르르 경련이 일었다. 막을 새도 없이 그녀에게서 공포에 질린 낮은 신음 소리가 흘러나왔다. 그러자 자일스의 얼굴에 그려져 있던 미소가 더욱 깊어졌다

"그렇게 무서워할 것 없다. 눈은 피할 생각이니까. 네 눈이 안 보이게 되면 그만큼 재미가 떨어지니까 말이다."

그 말을 끝으로 자일스가 엘의 오른쪽 어깨에 단도를 밀어 넣기 시작했다. 한순간 엘은 자신의 어깨에 칼날이 파고들고 있다는 것도 깨닫지 못했다. 그녀가 느낀 건 갑자기 어깨가 바람이 지나간 것처럼 싸늘해졌다가 일순 뜨거워졌다는 것뿐이었다.

자일스가 두어 걸음 물러선 뒤 어깨에 박혀 있는 단도를 그녀의 눈으로 직접 발견한 순간 비로소 어깨가 떨어져 나가는 듯한 통증이 한꺼번에 밀려들었다. 엘의 악다문 이 사이로 고통에 겨운 괴로운 신음 소리가 새어 나왔다.

"어깨를 찔린 고통은 얼마 안 가 사라지게 될 거다. 그 대신 다른 고통이 밀려들겠지만 말이다."

말을 끊은 자일스가 흥분을 감추지 못하고 입을 커다랗게 벌리고 있는 알비노를 보며 고갯짓을 했다.

"밧줄을 풀어줘라!"

자일스의 명령이 떨어지자 알비노가 불만 어린 목소리로 말했다.

"자일스 전하, 이대로 놈이 죽어가는 꼴을 구경하는 게 아니었습니까?"

"어서!"

자일스에게서 짜증 섞인 고함이 터져 나오자 알비노가 검을 빼어 들며 엘에게 다가왔다. 밧줄을 자르는 그의 얼굴엔 마지못한 기색이 노골적으로 드러나 있었다.

드디어 엘의 몸에서 헐거워진 밧줄이 흘러내렸다. 꽉 조여 있던 몸에 피가 돌기 시작하자 수천 개의 바늘이 쉴 새 없이 몸을 찔러대는 것 같은 통증이 일었다. 엘은 후들거리는 다리에 잔뜩 힘을 주어 버티며 팔을 들어 단도가 박혀 있는 어깨 부위를 잡았다. 바로 그때 그녀의 전신에 차가운 액체가 확 끼얹어졌다.

놀라움에 한순간 얼어붙었던 엘의 눈이 휘둥그레졌다. 얼굴로 흘러내린 머리카락이 은색으로 변해 빛을 내고 있었다. 머리카락뿐만이 아니었다. 그녀의 몸 전체에서 은빛이 쏟아지고 있었다.

"과연 효과가 탁월하군. 하긴 아시리움 성전에 싸구려 물건이 있다는 건 말이 되지 않지만. 최고급 염료를 뒤집어쓴 소감이 어떠냐?"

"대체 네가 원하는 게 뭐야!"

엘은 목이 터져라 소리를 질렀다. 그리고 몸을 비틀거리며 묵직하게 느껴지는 머리에 손을 얹었다. 독이 점점 그녀의 몸 전체로 퍼져 나가고 있다는 걸 알 수 있었다.

"사냥! 내가 원하는 건 사냥이다! 자, 어서 도망가라! 네가 도망칠 수 있는 충분한 시간을 주겠다! 물론 그런 다음엔 본격적인 사냥이 시작되는 거다!"

엘은 경악에 싸여 몸을 부들부들 떨며 자일스를 노려봤다.

"사, 사냥이라고요, 자일스 전하?"

알비노가 흥분해 소리쳤다. 그 말을 무시하고 자일스가 다시 입을 열었다.

"지금 이 순간에도 아까운 시간이 계속 흐르고 있다. 네가 굳이 이 자리에서 죽고 싶다면 소원대로 해주마! 하지만 조금이라도 살고 싶은 마음이 있다면 뒤돌아 최대한 빨리 도망치는 게 좋을 거다! 운이 좋으면 살아남을 수도 있을 테니까."

엘은 자일스 말이 끝나기 전에 몸을 돌렸다. 그리고 비틀거리며 달리기 시작했다. 그녀의 등 뒤로 즐거움과 악의로 뒤범벅된 흥분에 찬 웃음소리가 터져 나왔다.

"너무 심한 거 아닙니까, 자일스 전하? 독도 모자라 사람 사냥까지……."

넘어진 뒤 힘겹게 몸을 일으키고 있는 엘에게서 시선을 떼며 요하임이 말했다. 그러자 지금까지 한마디도 안 하고 있던 베르그까지 요하임의 말에 동조하고 나섰다.

"저 역시 심하나고 생각합니다. 자일스 전하, 알렉스를 진짜 죽일 생각이십니까? 알렉스는 일국의 왕자입니다. 또 지금은 아시리움 성전의 손님이기도 합니다. 만약 그가 죽는다면 일은 걷잡을 수 없이 커질 겁니다."

강경한 어조에 자일스의 얼굴이 험악하게 찌푸려졌다.

"내가 그런 것에 대한 방편도 생각해 놓지 않고 이번 일을 벌인 거라 생각하느냐? 멍청한 것들!"

잠시 그들을 노려보던 자일스가 애써 분노를 가라앉히며 다시 입을 열었다.

"이러쿵저러쿵 말이 많지만 어차피 너희들은 잠시 후 나와 함께 사냥을 시작하게 될 거다. 이유를 말해 줄까? 사냥에 성공한 사람에겐 아르벨라를 줄 생각이니까. 알겠느냐? 너희들 중 한 명이 리아잔 제국의 황녀를 갖게 된다는 말이다."

딱딱하게 얼어붙어 눈만 끔벅이는 그들을 바라보며 자일스가 히죽 웃음을 지었다.

"그게 어떤 건지 아직 실감이 안 나겠지. 리아잔 제국의 황녀가 왕위 계승권도 희박한 왕자와 맺어질 수 있다는 것에 의심도 생길 테고 말이다. 하지만 난 리아잔 제국의 황태자다. 그 정도 일은 나한테 아무 것도 아니다. 하지만 오늘 일이 제대로 풀린다면 너희들이 속한 어느 한 나라에선 그야말로 난리가 나겠지. 어떤 난리가 날지 알겠느냐?"

자일스의 질문에 답을 한 건 요하임였다.

"왕위 계승권이 하루아침에 뒤바뀌게 될 겁니다. 감히 아르벨라 황녀님을 아무런 힘도 없는 왕자와 혼인시킬 수는 없을 테니까요."

"요하임, 네 말이 맞다. 넌 알아들을 줄 알았다."

자일스가 만족스러움을 담은 눈으로 요하임을 바라봤다.

"자, 잠깐만요… 자일스 전하. 그럼 아르벨라 황녀님과 혼인하는 사

람은 자신의 나라에서 왕이 된다는, 그런 말씀인가요?'

극도로 흥분한 알비노의 목소리가 점점 커지더니 말이 끝날 즘엔 공기를 쩌렁쩌렁 울릴 지경이 되었다.

인상을 찌푸리고 있던 자일스가 고개를 끄덕였다.

"그래, 그러니까 왕이 되고 싶으면 사냥에 성공하란 말이다. 자, 어떻게 하겠느냐?'

말을 마친 자일스는 불편한 기색을 드러내고 있는 왕자들을 보며 슬쩍 미소를 지었다. 그들에게서 거절의 말이 나오지 않으리란 건 계획을 세울 당시부터 확신하고 있었다.

왕자들이 감히 뿌리치지 못할 조건을 단 건 어떻게 해서든 그들을 자신의 일에 끌어들일 필요가 있어서였다. 그와 같은 공범이 된다면 그들은 오늘 있었던 일에 대해 영원히 입을 다물고 침묵할 수밖에 없으리란 걸 자일스는 이미 꿰뚫고 있었다.

왕자들은 서로의 눈치를 살필 뿐 선뜻 나서지 못하고 있었다.

"만약 사냥할 마음이 있다면 숲이 꽤 넓으니까 각자 나눠서 찾아봐라. 그리고 놈을 발견한 사람은 도망가지 못하게 제압만 하고 즉시 나에게 소리쳐라. 내 손으로 마무리 짓고 싶으니까. 주어지는 상에 비해 사냥은 그리 힘들지 않을 거다. 방향을 못 잡고 흐느적거릴 뿐만 아니라 자신을 잡아달라고 온몸에서 찬란한 빛을 낼 테니까 말이다."

자일스는 말을 끊고 크게 웃음을 터뜨렸다. 앞으로 벌어질 일에 대한 기대감과 흥분이 급속도로 부풀고 있었다.

"이 정도면 시간은 충분히 준 거겠군. 난 이제 사냥을 시작할 것이다. 마음 내키지 않는 사람은 놀아가도 좋다."

말을 마치자마자 자일스는 램프를 들고 걸음을 옮기기 시작했다. 그리고 자신의 뒤를 따르는 발소리를 들으며 만족스런 미소를 지었다.

꿈에서 들려오는 듯한 풀벌레의 단조로운 울음소리에 머리가 욱신거렸다. 알싸한 나무 향이 몽롱한 감각을 자극했고, 다리를 스치며 사각거리는 풀이 몽환적인 춤을 추며 너울거렸다.

한 걸음 한 걸음 발을 내디딜 때마다 엘의 상태는 급속도로 악화되고 있었다. 온몸을 적신 염료 때문인지, 아니면 독의 영향인지 이가 딱딱 부딪칠 정도로 몸이 떨렸고 숨을 쉴 때마다 가슴에 뻐근한 통증이 일었다.

엘은 쉴 새 없이 비틀거리며 쓰러질 뻔하면서도 사력을 다해 버텼다. 조금만 방심하면 여지없이 무릎을 꿇고 그녀를 빨아들이려 하는 질척한 늪으로 쓰러질 것 같았다. 몸이 천근만근 늘어지며 참기 힘든 졸음이 쏟아졌다. 하지만 유혹에 넘어가 잠이 든다면 필시 자일스에게 끔찍한 죽임을 당하게 될 것이다.

자일스가 살의를 갖고 얼마 떨어지지 않은 저 뒤편에서 그녀를 쫓고 있다는 건 잘 알고 있었다. 어쩌면 다른 왕자들도 그녀를 사냥하는 일에 동참했을지도 모른다. 아니, 자일스를 생각하면 그럴 것이 확실했다.

엘의 입술에서 차라리 비명에 가까운 거친 웃음이 터져 나왔다.

그녀는 쓰러지듯 나무줄기에 몸을 기댔다. 머리에 뿌연 안개가 덮이며 속이 참을 수 없이 메슥거렸다. 쓰린 식도를 타고 거의 소화되어 질척한 물이 된 음식물이 역류했다. 엘은 두 팔로 매달리듯 나무를 껴안고 힘겹게 토하기 시작했다. 어깨에 박혀 있는 단도가 나무에 이리저리 부딪치며 상처를 헤집자 둔한 통증이 느껴졌다. 하지만 엘은 그런 것에 신경 쓸 정신도, 기력도 없었다.

가슴을 쥐어짜는 것 같은 고통스런 토악질이 멈추자 엘은 숨을 헐떡이며 눈을 꼭 감았다. 뾰족하게 튀어나온 나무줄기가 이마에 상처를 냈지만 그녀는 느끼지도 못했다.

어둠에 덮인 세상이 빙글빙글 회전하고 있었다. 시커먼 바닥이 강한 자력으로 그녀를 잡아당겼다.

어서 움직여야 해! 어서!

엘은 강하게 자신을 채찍질하며 나무에 기대고 있던 몸을 세웠다. 그리고 한 발 한 발 발을 옮기는 일에만 정신을 집중했다. 걸음걸이가 마냥 어색하게 느껴졌다. 오른발을 내딛고 그 다음에 왼발을 움직여야 한다는 사실조차도 잘 생각나지 않아 몇 번이나 발에 걸려 넘어질 뻔했다. 하지만 한시도 걸음을 멈출 수는 없었다. 이렇게라도 움직일 수 있을 때 어서 몸을 숨길 수 있는 곳을 찾아야 했다.

거리가 얼마나 좁혀진 걸까? 대체 어디에서 날 지켜보고 있을까? 지금 바로 내 뒤에 와 있을지도 몰라!

다시 한 번 발작적인 몸서리가 엘의 몸을 훑고 지나갔다. 그녀는 할 수 있는 한 최대한 빨리 몸을 움직였다. 피가 얼어붙는 듯한 두려움에 감히 고개를 돌려 뒤를 살필 수조차 없었다.

몸도 마음도 점점 한계에 다다르고 있다는 것이 느껴졌다. 숨은 턱 밑까지 차 올랐고, 몸을 타고 쉴 새 없이 차디차게 식어버린 끈적끈적한 땀방울이 흘러내렸다.

팔다리가 길게 늘어져 급기야 땅에 질질 끌리고 있는 것 같은 느낌이 들었을 때였다.

"찾았다!"

흥분에 찬 목소리와 함께 요란한 발소리가 들렸다. 엘은 외마디 소리를 지르며 도망치기 시작했다.

할머니! 도와주세요! 할머니!

가슴 저 깊은 곳에서 가슴을 헤집는 비명이 터져 올랐다.

그녀의 귀를 울리는 발소리가 걷잡을 수 없이 가까워지며 커져 갔다. 엘은 격하게 숨을 헐떡이며 뒤를 돌아보았다. 시야를 가득 채운 거대한 몸이 그녀를 덮쳐 왔다. 그 순간 엘은 죽음을 맛봤다. 코끝을 스치는 피의 향기가 맡아졌다. 목구멍에서 쓰디쓴 피 맛이 느껴졌다.

"리자드!"

바닥에 넘어지는 순간 엘은 비명처럼 리자드를 소리쳐 불렀다.

그녀는 거칠게 바닥에 넘어졌다. 질척지만 부드러운 감촉이 느껴졌을 때 엘은 자신이 진흙 위에 쓰러져 있다는 걸 깨달을 수 있었다.

"리자드가 누구야?"

호기심 가득한 목소리가 들렸다.

엘은 거대한 진흙구덩이에서 벗어나듯 힘겹게 몸을 일으켰다. 그러자 쪼그리고 앉아 그녀를 빤히 바라보고 있던 검은 그림자가 앉은 채로 한 걸음 다가왔다.

"브레인… 너, 브레인 맞지?"

엘은 숨을 헐떡이며 물었다. 자신이 말했다고는 믿기 힘든 어눌한 목소리가 꿈결처럼 몽롱하게 들렸다.

"그래, 나 브레인이야. 넌, 알렉스지?"

엘의 입에서 흐느낌에 가까운 안도의 숨이 터져 나왔다.

브레인이야. 내 앞에 있는 사람은 다름 아닌 브레인이야. 그는 날 해치지 않을 거야. 날 해칠 사람이 아니야.

"브레인……."

"잠깐만, 알렉스."

엘이 입을 여는 순간 브레인이 그녀의 말을 끊으며 몸을 일으켰다.

"찾았어요, 자일스 전하! 알렉스를 찾았어요! 여기 있어요! 바로 여기 있다고요!"

숲이 떠나가라 크게 고함친 후 브레인이 다시 그녀 앞에 앉았다. 그리고 악의라고는 조금도 느껴지지 않는 어조로 입을 열었다.

"무슨 얘기하려고 한 거야, 알렉스?"

엘은 브레인의 물음에 대답하지 않았다. 그럴 정신도 겨를도 없었다. 그때 엘은 두 손으로 진흙을 퍼 정신없이 몸에 바르고 있었다.

자일스가 그녀를 향해 다가오고 있다는 걸 잘 알고 있었다. 하지만 무작정 도망부터 칠 수는 없었다. 어차피 그녀의 몸 상태로는 얼마 못가 자일스에게 잡히게 될 게 자명했다.

지금 상황에서 엘이 할 수 있는 건 어떻게 해서든 어둠 속에 그녀 자신을 숨기는 일이었다. 그러기 위해서는 몸을 물들이고 있는 염료를 가리는 것이 선결 문제였다.

엘은 자일스가 이곳에서 멀리 떨어진 곳에 있길 간절히 바라며 철추를 매단 듯 무겁게 느껴지는 팔을 최대한 빨리 움직였다.

"지금 뭐 하는 거야, 알렉스? 노는 거야?"

호기심 어린 물음을 들으며 엘은 이를 악물고 가까스로 몸을 일으켰다. 그녀가 어둠을 향해 서너 걸음 걸었을 때 갑자기 눈앞에 환한 빛이 비쳤다. 엘은 눈을 태울 듯 달려드는 빛을 피하기 위해 고개를 돌렸다. 그 순간 자일스의 목소리가 귀를 파고들었다.

"그래, 여기 있었군."

한꺼번에 밀려든 충격과 절망이 엘에게서 얼마 남지 않은 힘마저 빼앗아 버렸다. 몸을 휘청한 엘이 무너지듯 바닥에 쓰러지자 자일스가 램프를 내려놓고 그녀 앞에 다리를 벌리고 섰다. 흥분과 광기로 희번덕거리는 자일스의 눈이 몽롱한 그녀의 머리를 파고들었다.

일어나! 어서 일어나! 이대로 죽을 순 없어!

엘의 마음속에 쉴 새 없이 살고 싶다는 절규가 떠올랐다. 하지만 이제 엘은 손가락 하나 움직일 수 없었다. 그녀의 팔다리는 이미 싸늘하게 굳어 무기력하게 뻗어 있을 뿐이었다.

"잘했어, 브레인. 넌 이제 네 방으로 돌아가! 다른 왕자들한테도 그렇게 말하고. 여긴 내가 알아서 할 테니까."

"알겠습니다, 자일스 전하."

몸을 돌리려던 브레인이 머뭇거리며 입을 열었다.

"다음에 또 보자, 알렉스."

엘은 발작적인 웃음이 터져 나오려는 입술을 질끈 물었다. 그리고 멀어지는 발소리를 들으며 힘없이 눈을 감았다.

엘은 몸에 퍼진 독이 빨리 그녀를 집어삼키기를 빌었다. 어차피 죽을 운명이라면 자일스의 손이 닿기 전에 죽음이 찾아들기를 간절히 염원했다.

"꼴 좋구나!"

자일스가 의기양양하게 말했다.

무기력하게 열린 그녀의 눈에 허리에서 검집을 빼내 램프 옆에 아무렇게나 던지는 자일스가 보였다.

"저런 장검은 별 재미가 없어서 말이다. 난 내 사냥감이 되도록 오랜 시간 살아남아 날 즐겁게 해주기를 바라거든. 그런데 장검은 까딱 실수라도 하면 돌이킬 수 없는 치명적인 결과를 가져오게 된다. 그럼 즐거움은커녕 마음만 상하게 되지. 아무리 나라도 송장을 되살리는 능력은 없으니까 말이다."

엘은 천천히 눈을 깜박였다. 뿌연 안개에 덮인 몽롱한 머리 속으로 자일스의 목소리가 스며들었다. 처음엔 의미없는 중얼거림이었던 말이 메아리치듯 반복해 울릴 때마다 조금씩 명확해지기 시작했다.

말을 멈춘 자일스가 히죽거리며 엘의 어깨에 박힌 것과 똑같은 단도를 꺼내 그녀를 향해 들어 보였다.

"자, 봐라! 아까는 그럴 겨를이 없었을 테니까. 정말 아름답지 않느냐? 리아잔 제국의 황태자에게 대대로 내려오는 보물이다. 듣자 하니 오래전 자신의 아들이었던 쌍둥이 형제의 죽음을 슬퍼하며 어느 황제가 만들게 했다 하더군. 이런 보검 맛을 보게 되다니, 세렌 국 따위의 애송이에겐 과분하다 생각지 않느냐?"

자일스가 단도를 고쳐 잡으며 엘에게 바싹 다가와 몸을 굽혔다. 그리고 초점없는 그녀의 눈을 들여다보며 이맛살을 찌푸렸다.

"재미있을 것 같아 독을 사용한 건데 아무래도 실수였나 보군. 즐기기도 전에 이미 송장 꼴을 하고 있으니!"

이를 갈며 짜증 섞인 말을 뱉어내던 자일스가 갑자기 손을 들어 엘의 뺨을 후려쳤다. 하지만 그녀의 넋 나간 얼굴은 조금도 변하지 않았다.

"젠장!"

악을 쓰는 자일스의 목소리를 들으며 엘은 조금씩 손가락을 꼼지락거려 보았다. 거친 풀을 스치는 명확하지 않은 감촉이 느껴졌다.

죽기 전에… 마지막 숨이 멎기 전에 기회가 한 번 찾아올 거야. 그래, 그럴 거야. 단 한 번의 기회……. 그걸 놓치지 않을 수 있을까?

"할 수 없지. 재미는 덜 하겠지만 네 죽음 자체가 나에게 큰 만족을 줄 테니까."

말을 멈춘 자일스가 엘에게 바짝 얼굴을 가까이 했다. 귓가에 확 끼얹어지는 뜨거운 입김이 느껴졌을 때 엘의 몸이 반사적으로 짧고 미세한 경련을 일으켰다.

"다행스럽게도 아직 그런대로 감각이 남아 있는 모양이로구나!"

자일스가 몸을 바로 세워 그녀의 눈앞에서 만족스런 미소를 지어 보였다.

엘은 무표정한 시선으로 그를 응시하며 거의 남아 있지 않은 힘을 왼쪽 손가락으로 집중시켰다.

"인간의 살갗 깊숙이 칼날을 밀어 넣는 기분이 어떤지 아느냐? 살이 베어질 때의 느낌, 붉은 피가 흘러나와 손을 적실 때의 느낌… 그게 어떤 것인지 상상이나 할 수 있느냐? 공포와 고통으로 번들거리는 눈동자… 귀를 멍하게 하는 찢어질 듯한 비명 소리… 이 모든 게 어우러지면 등골을 오싹하게 하는 흥분과 짜릿함에 숨이 조금씩 차 오른다. 하지만 이때 자제력을 잃어서는 안 된다. 아직 진정한 즐거움은 시작도 하지 않았으니까 말이다."

감출 수 없는 격정이 숨찬 자일스의 목소리에서 고스란히 느껴졌다. 섬뜩한 광기가 휘감아 도는 그의 눈동자가 아물거리는 엘의 눈을 꿰뚫었다.

자일스가 윗입술을 말아 올리며 히죽 웃었다. 바로 그 순간 엘은 자신의 어깨에 박혀 있는 단도를 뽑아 자일스에게 크게 휘둘렀다.

걷잡을 수 없이 고동치는 심장 박동 위로 찢어질 듯한 비명이 울려 퍼졌다.

크게 휘둘러진 팔의 반동으로 손에서 단도를 떨어뜨린 엘은 본능이 시키는 대로 어둠을 향해 엉금엉금 기기 시작했다. 뒤에서 끊임없이 들리는 저주에 찬 비명 소리가 그녀의 뒷덜미를 맹렬히 잡아챘다.

갑자기 어둠 속에서 불쑥 튀어나온 손이 엘의 머리채를 우악스럽게 휘어 감았다. 그 순간 엘의 입술에서 절망에 질린 야트막한 흐느낌이 새어 나왔다. 그리고 그녀의 흐느낌에 겹쳐 무언가 낮게 으르렁거리는 소리가 들려왔다.

"이, 이게 뭐야?!"

엘의 머리가 힘없이 땅에 떨어지며 경악과 공포에 찬 자일스 목소리가 명확하지 않은 울림으로 귀에 스며들었다.

엘은 마지막 남은 힘을 짜내 가까스로 무거운 눈꺼풀을 들어 올렸다. 힘없이 벌어진 시야 구석에서 번뜩이는 두 개의 검은 불꽃이 보였다. 불꽃이 서서히 물결치며 그녀에게 나사오기 시작했다. 엘은 벨벳같이 강렬하면서도 부드러운 물결이 그녀의 몸을 감싸는 걸 느끼며 천천히 눈을 감았다. 평화로운 암흑이 엘을 깊숙이 빨아들였다. 그리고 고통없는 망각이 찾아들었다.

〈3권으로 이어집니다〉

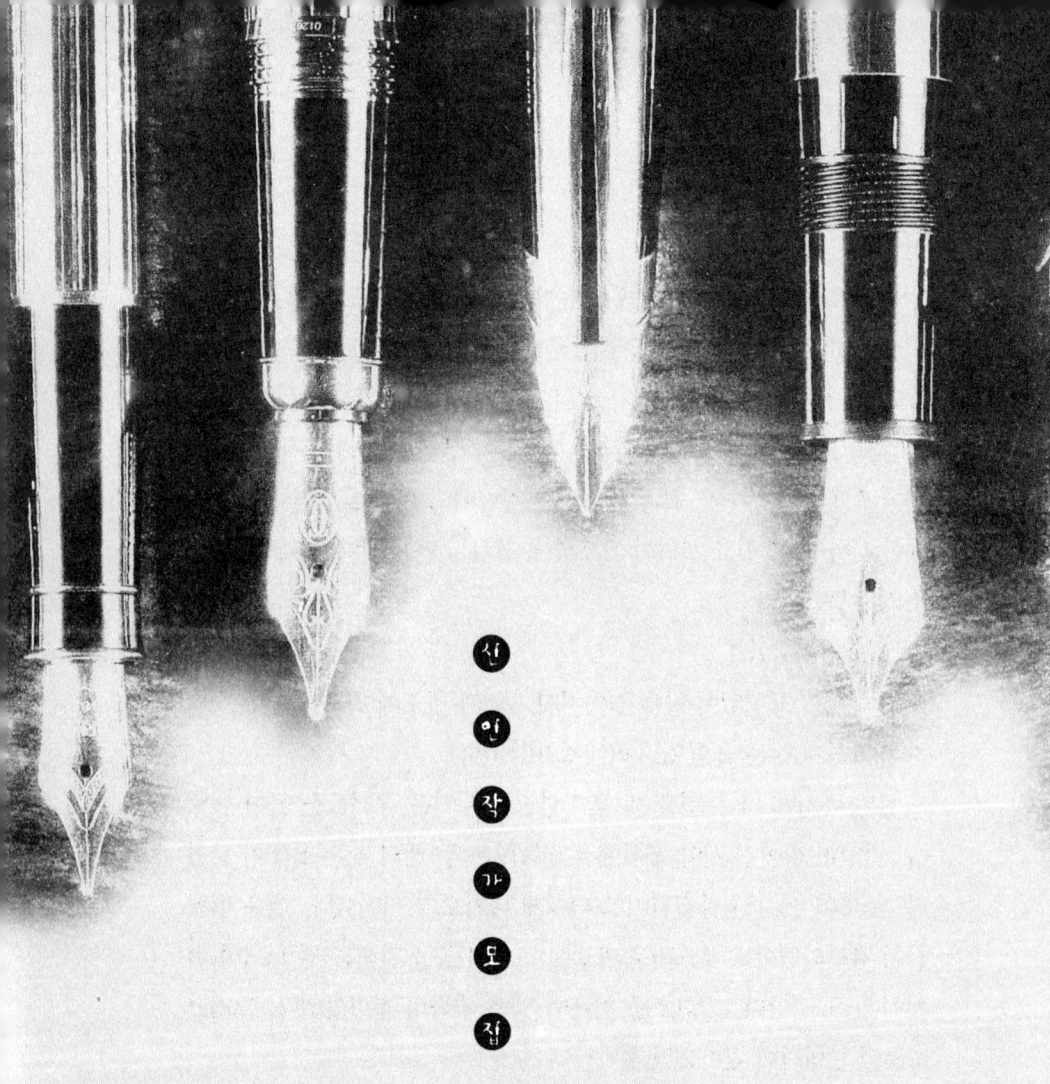

신

인

작

가

모

집

시작이 반이라고 했습니다.
작가의 길에 대한 보이지 않는 벽을 과감히 깨뜨리십시오!
청어람은 작가 지망생 여러분들의
멋진 방향타가 되어드리겠습니다.

저희 도서출판 청어람에서는
소설 신인 작가분들을 모집합니다.
판타지와 무협을 사랑하시는 분들의 많은 참여를 바랍니다.
소정의 원고(A4용지 150매)를 메일이나 우편으로 보내주시면
검토 후 출판 여부를 알려드리겠습니다.

주소:경기도 부천시 원미구 심곡1동 350-1 남성B/D 3F 우편번호420-011
TEL:032-656-4452 · **FAX**:032-656-4453
http://**www.chungeoram.com**
e-mail:chungeoram@chungeoram.com